福爾摩斯冒險史

The Adventures of Sherlock Holmes

十二道燒腦謎題，你有意願挑戰一下嗎？

柯南・道爾＝著
Conan Doyle
謝海盟＝譯

CONTENTS
目錄

關於作者

柯南・道爾　爵士（Sir Arthur Ignatius Conan Doyle；1859—1930）

英國小說作家&醫生，擅長撰寫推理小說，因成功塑造偵探人物——福爾摩斯而聞名於世。

一八五九年五月二十二日，亞瑟・柯南・道爾出生於英國蘇格蘭愛丁堡，從小就被送進天主教學校念書，十六年的求學過程讓道爾對天主教心生厭惡，爾後竟成為一名不可知論者（Agnosticism）。一八七六年至一八八一年間，道爾在愛丁堡大學習醫，畢業後作為一名隨船醫生前往西非海岸工作，一八八二年返英後，在樸茨茅斯開業行醫。不過，他的行醫之路不太順利，於是開始嘗試寫作。道爾的第一部重要作品是發表於一八八七年《比頓聖誕年刊》（*Beeton's Christmas Annual for 1887*）的偵探小說《暗紅色研究》（*A Study in Scarlet*；又譯《血字的研究》），這部小說的主人翁就是後來家喻戶曉的夏洛克・福爾摩斯。

此外，道爾也熱愛運動，曾在一八八二年至一八八四年間，在英國當地樸茨茅斯協會成立足球俱樂部（AFC），擔任過業餘守門員，並時常客串後衛。

一八八五年，道爾與路易莎·霍金斯（Louisa Hawkins，又稱 Touie）結婚，婚後生活平淡，路易莎在一九〇六年因罹患結核病過世，道爾於一九〇七年再婚，珍·勒奇（Jean Elizabeth Leckie）成為他的第二任妻子。

其實，道爾早在一八九七年認識珍之後就愛上了她，但出於對元配路易莎的忠誠，並沒有公開表示。道爾與路易莎育有兩名子女，而珍又跟他生下了三個孩子。

一八九〇年，道爾到維也納研習眼科，一年後返回倫敦，成為一名眼科醫生，這使得他擁有更多時間寫作，也嘗試書寫短篇小說。道爾最初在一八九一年七月至一八九二年六月間，於《岸濱月刊》連載這些短篇小說，一八九二年由出版商喬治·紐恩斯（george newness）將之結集成書，總共有十二篇，均以福爾摩斯為主角，也就是福爾摩斯系列的首部短篇小說集《福爾摩斯冒險史》。

在一八九一年十一月，他在一封給母親的信中寫道：「我考慮殺掉福爾摩斯……把他幹掉，一了百了。他占據了我太多時間。」儘管他母親在回信中強烈反對，道爾還是在一八九三年十二月的《最後一案》中，讓福爾摩斯和死敵莫里亞蒂教授一起葬身在萊辛巴赫瀑布。然而，小說的結局令讀者們非常不滿，引起了極大反彈，許多人甚至寫信到出版社抗議。大眾的壓力和豐厚的報酬使得道爾不得不讓福爾摩斯再度「復活」，終於在一九〇三年發表的〈空屋奇案〉中，讓福爾摩斯起死回生。於是，出版商喬治・紐恩斯將他的另外十二篇短篇小說，連同這篇〈空屋奇案〉，總共十三篇再度結集成書，於一九〇五年出版，也就是福爾摩斯系列的第三部短篇小說集《福爾摩斯歸來記》。

道爾總共寫了五十六篇短篇推理小說及四部中篇推理小說，全部以福爾摩斯為主角。

道爾的本業雖然是醫生，他卻藉由寫作，創造了今日推理小說的基本元素，諸如密室殺人、密碼學破解、亡者的訊息、各種毒殺、雙重角色扮演、易容術、狸貓換太子（換屍）、加工自殺（謀殺）、意料之外的凶器、特別設計的藏身處……等等。

他一共寫了六十篇關於福爾摩斯的故事，這些故事在四十年間陸陸續續在《岸濱月刊》上發表，這是當時英國出版社的慣常作法（查爾斯・狄更斯也是用類似的形式發表小說）。這些故事背景主要發生在一八七八年到一九〇七年間，最晚的一個故事是以一九一四年為背景。其中有兩個故事是以福爾摩斯第一人稱的口吻寫成，另外兩個以第三人稱寫成，其餘都是華生的敘述。

晚年的道爾公開表示相信唯靈論，甚至還以此為主題寫過好幾本書，有人認為這與他兒子在一戰中喪生有關。柯南・道爾在一九三〇年七月七日因心臟疾病過世，享年七十一歲。

導讀

經典如何歷久彌新？——引路一談福爾摩斯、道爾及其他

該怎麼理解一位大名鼎鼎的偵探推理作家、數名耳熟能詳的角色、僅僅六十個「正典」故事卻衍生出難以數計的形形色色作品，並且在類型敘事領域中成為不朽經典已達一百三十餘年（我們可以理所當然地預期，這個數字還會持續增長下去）之久？最好的方法當然是不假他人地親自閱讀起點原著，這樣的樂趣豈能找誰代勞，願多容我在此占據些許篇幅充當引路人，簡單一談夏洛克・福爾摩斯、亞瑟・柯南・道爾爵士及其他二三事。

首先，得從那位慧眼獨具的女性開始說起。

「這個人是天生的小說家！這本書肯定會大賣！」布坦尼太太閱讀完《暗紅色研究》（*A Study in Scarlet*；又譯為《血字的研究》）的未出版書稿之後，對丈夫這麼說。

時間是一八八六年九月，在華德・勞克出版公司擔任主編的G. T.布坦尼教授，將

幾天前新收到的一份書稿拿給同為作家的妻子審閱，沒想到她不但極為喜愛，還推斷出作者是一位醫生。事隔數日，布坦尼教授將這部作品提給高層討論確認，最後拍板決定接受這篇說長不長、說短不短的小說——只不過近期市場上廉價小說充斥，公司打算安排在一年後出版，而且只願意支付二十五英鎊買斷，沒有額外的版稅，希望這位住在英國樸茨茅斯南海區榆樹林布西村一號、二十七歲的亞瑟·柯南·道爾先生能夠同意。

「真正的文學作品是一顆難以打開的蚌殼，不過到頭來總是會有好結果的。」投稿給華德·勞克出版公司之前，道爾前前後後花了四、五個月時間寄給多家雜誌社和出版社，屢次收到退稿回覆之際，他寫下這段文字給自己的母親祖露心情。道爾原本將小說取名為「抽絲剝繭」，最後改成比較新潮的「暗紅色研究」；主述者約翰·H·華生醫生是借用某個朋友的名字（一樣是醫生，他叫詹姆士·華生），總比一開始想的「歐曼·賽克」好吧，那聽起來太像花花公子了；偵探主角則是夏洛克·福爾摩斯，這個愛爾蘭名字夠響亮吧，之前取名「薛倫佛·福爾摩斯」唸起來實在有些拗口……

寫小說向來是道爾的興趣和志向，而且出道之路還稱得上順遂，一八八四年發表的〈漢巴考克·傑佛森之宣言〉就曾被人誤以為出自羅伯·路易斯·史蒂文生（《金銀島》、《化身博士》作者）之手，行文風格也被拿來與艾德格・愛倫・坡相比——這倒是有幾分道理，因為求學時期的道爾就深深著迷於這位美國詩人暨小說家所寫的故事，讓邏輯推理之「美」與偵探角色之「怪」反映在自己日後的著作上。在此之前，眾小說家不是沒有寫過謀殺犯罪以及警察辦案題材，前者可以一路往前追溯到《聖經》故事，後者則可以在現實生活中得到諸多真實的新聞報導或是虛構的奇情小說相對照，卻一直要到愛倫・坡寫出〈莫爾格街凶殺案〉、〈瑪麗・羅杰之謎〉、〈失竊的信〉、〈金甲蟲〉、〈汝即真凶〉五篇深具原創性的偵探故事之後，這種強調開場神祕、過程緊張、解決合理、結局意外的格局架構成為一種新興的小說類型，在青少年時期的道爾心中埋下了種子。

影響道爾的前輩作家不只愛倫・坡，以《勒滬菊命案》聞名的法國作家埃米爾・加伯黎奧，出版暢銷小說《白衣女郎》、《月光石》的英國作家威基・柯林斯，兩人的名字都曾出現在道爾的書信以及筆記之中（尤其在他開始認真思索「為何不寫一部偵探方面的小說」時），然而加伯黎奧筆下的勒考克、柯林斯創造的考夫，他們都是主導事件調查的靈魂人物沒錯，但情節發展太零碎紛雜了，不夠專注在謎團鋪設以及解謎過程上，雖然已經比其他靠巧遇、瞎猜、幡然悔悟的告白之類來揭開真相的作品好得太多，若要真正展現愛倫・坡首創的文學形式的魅力，關鍵將會是那個需要更費心打造的偵探角色——這時，道爾想起了他念愛丁堡大學醫學院時期的恩師，約瑟夫．貝爾醫生。

預備念大學之前的道爾有過一段歐陸之旅，一邊沉浸在愛倫．坡的小說世界裡，一邊造訪住在法國巴黎的麥可．柯南舅公（〈莫爾格街凶殺案〉的舞台就在巴黎！），當時的道爾剛從教會學校系統離開，還在猶豫下一步該往哪裡去，若不是舅公與他相談的一席話，道爾不見得會選擇走上醫生之路，也可能就此錯失受教貝爾醫生的機會。

「大衣的袖子、褲管膝蓋部分的面料磨損、長出硬皮的拇指和食指、靴子上的痕跡……以上任何一項都能提供我們線索，若全部加總起來還不能讓一位訓練有素的觀察者得到啟發，那就太說不過去了。」這段寫在道爾的筆記本上的感慨文字，是貝爾醫生在診間給予醫界新鮮人的實戰教學側記。道爾的老師要學生記住：「必須以眼、耳、手、腦來做診斷。」進入診間的病人，時常在開口陳述病情症狀之前就被貝爾醫生嚇著：他怎麼知道我有酗酒的毛病？怎麼知道我和太太不久前大吵一架？是誰告訴他我的職業是擦鞋匠？我到底是來看醫生還是問靈媒？負責引領病人進來的道爾親炙這一切，當醫學生的他知道這不是通靈的巫術、犧牲靈魂換來的魔法，而是儀器診斷和口說問診之外專業身分的展現；當小說家的他則理解到藉由仔細的觀察而培養出的推理能力，不但有助於在故事裡提升委託人的信任且有助於案件的解決，還可以在現實世界中牢牢抓住讀者的心。

不夠，這樣還不夠。道爾繼續探尋活水源頭，愛倫．坡的作品和業餘偵探C．奧古斯特．杜賓這個角色刺激了他的創作想法。「我讀愛倫．坡的《神祕與想像故事集》的時候還很年輕，思路的可塑性很高。這本書刺激了我的想像力，為我樹立了榜樣，讓我明瞭如何講好一個故事及其產生的強大力量。」杜賓這個角色之所以讀來讓人印象深刻，在於他有別真實世界裡的「調查者」形象——彼時的私家偵探出拳動腿的速度可是比使腦子還快，想要完成委託靠的是勤跑情報來源及逼迫人們吐實，他們更像是個揭人瘡疤藉以牟利的黑心打手而非警察以外的查案選擇；不過警察的形象也不是太好，大倫敦地區雖然有暱稱「蘇格蘭場」的警力守護，可是多起駭人聽聞的命案遲遲未破（包括知名的「開膛手傑克」案）、包庇犯罪者和貪腐醜聞不斷等等，老百姓實在無法對這群執法公僕有太多信心。像杜賓這樣的素人，只需閱讀報章新聞，與友人的閒談間就能破解密室凶殺、失蹤之謎云云，這不正是平凡如你我的大眾渴望從小說閱讀得到現實世界所欠缺的英雄人物嗎？

說了這麼多觸發靈感的取材來源，福爾摩斯探案故事能有別於前頭的先鋒開創者，締造僅次於《聖經》的出版量與傳閱影響力，其實是不假他求的，許多方面都可以在亞瑟・柯南・道爾身上得到驗證。道爾嫉惡如仇的個性、為不公不義之事直言發聲的脾氣、以及維多利亞時代男性普遍主張且引以為傲的榮譽感，亦反映在他創造的夏洛克・福爾摩斯這個虛構角色上，就連約翰・華生都可以視為道爾的分身——從職業是醫生、擔任事件記錄者的敘事口吻、強烈的愛國情操等等，都出自道爾的原創並且成為吸引讀者閱讀、渴求下一個故事的魅力所在。

出版《暗紅色研究》、《四個人的簽名》兩部長篇小說之後的一八九一年，道爾同意將新的短篇故事〈波希米亞祕聞〉透過文學經紀人A. P.瓦特交給喬治・紐恩斯新創辦的《岸濱月刊》雜誌——這是將道爾與福爾摩斯推向另一個高峰的重要轉捩點。

紐恩斯這個人很特別，三十歲那年他仍是個沒沒無聞的推銷員，因為「喜愛閱讀有趣的故事」這麼單純的一個想法，想找人投資他五百英鎊以便開設出版社，卻四處碰了一鼻子灰。好吧，山不轉路轉，人家不給錢那就自己賺，紐恩斯突發奇想開了間他認為肯定有賺頭的素食餐廳，沒想到還真給他攢到四百英鎊作為創業基金，接著於一八八一年十月創辦節錄全球各地奇聞軼事的《珍聞》便士周報，短短十年就衝破一期五十萬份的發行量，進而催生出刊載翻譯與原創小說的《岸濱月刊》雜誌。

雜誌與福爾摩斯故事的高人氣相互加成拉抬，每月一刊的節奏讓「系列角色」有了和讀者一起生活成長的熟悉感。在此之前，小說角色並不容易系列化，就連道爾的非偵探推理創作也很少讓角色重複登場（他倒是寫了幾篇未選用福爾摩斯做主角的偵探故事，而這些品質並不差的作品卻多半已被遺忘……），這要歸功當年《岸濱月刊》雜誌主編H．格林豪．史密斯與道爾一次簽下多篇故事的經營策略，以及細細討論修改每一篇作品的結果。

讓名偵探嘗到失敗滋味且永遠銘記在心的「那位女士」、特別募集「紅髮人士」的奇怪俱樂部、神祕信封裡裝著的五枚橘籽、女子臨死前莫名喊道「那條有花斑的帶子」……狀似離奇不可解的一樁樁詭譎事件，由一對勇於冒險的搭檔在瀕臨死亡的風險之下力求真相——擔任偵探角色的那位智慧高超，頂著「顧問偵探」的名號自稱是「偵探界最後、也是最高的上訴法庭」；雖然室友兼助手的那位沒偵探如此冰雪聰明，卻是絕對可靠、值得託付一切的好夥伴。故事裡的警察如同真實世界裡被嘲諷的那群人一樣自傲推託不中用，可是天才神探願意不掠其美地將功勞榮譽讓給他們，讀故事的我們能會心一笑；房東哈德遜太太、擔任偵探小聽差的街童們、偶爾串場且據說比名偵探更厲害的政府要員哥哥、千萬別忘了那位「犯罪界的拿破崙」莫里亞蒂教授……

這一切讓讀者印象深刻到難以忘懷的案件與角色，以及令人忍不住想前去朝聖的男子單身公寓貝克街221B（雖然道爾寫作的當時，貝克街還沒有長到編設這個門牌碼），不但在十九二十世紀交會之際於英美兩地聚攏了一批忠實的擁護者，改編的舞台劇也大獲好評，五十六篇短篇加上四部長篇小說陸續且迅速地翻譯至全世界多個國家，還在幾個地方組織出後援會一般的閱讀研究團體——以上種種不過是開端而已，更驚人的浪潮才正要襲來。

若以推理評論與推理史爬梳的後見之明來看，擁有「偵探推理小說之父」美名的愛倫．坡是這個大眾書寫類型的草創先鋒，擘畫了一大面可供多元發展的簡要藍圖、靜待後人接棒開發，那麼道爾正是那位才華洋溢、當仁不讓的優秀繼承者，著手進行更多的嘗試以豐富其各種可能——雖然他曾經認為邀稿不斷的福爾摩斯探案有礙其文學夢（他特別想寫歷史小說），而不顧母親的大力反對狠心地讓這個萬人迷神探與死對頭反派在〈最後一案〉雙雙墜入瑞士的萊辛巴赫瀑布（噩耗一出，倫敦街頭的紳士淑女紛紛別上黑紗以示哀悼），幾年後忍不住高額稿酬誘惑而寫成的《巴斯克村的獵犬》卻不意成為那個時代最完整且成熟的長篇推理之一，但福爾摩斯真正歸來的〈空屋奇案〉（《巴斯克村的獵犬》時間設定在福爾摩斯墜落瀑布、生死未卜之前）以及其他短篇故事，才是道爾贈予這個世界最無可計價的寶藏，因為它們是宛如幹細胞一般的原型故事，就算部分情節題材、敘事手法稍有重複，仍保有極高的發展潛力與戲劇張力。

道爾就像是個卓越的工程師，為這個類型書寫完成重要且全面的基礎建設，這先是引來其他同樣在報章雜誌上刊載作品的創作者們追隨，他們創造的角色可以是平凡如樵夫也可以是身障不便如盲人，甚至被世界西洋棋冠軍驚歎宛如「思考機器」，可是聰明的讀者都知道，這全是福爾摩斯的諸多化身，尤其出現在道爾耍脾氣不續寫福爾摩斯探案的那幾年，卻沒人有能力有魅力取代這個頭戴獵鹿帽的傢伙，之後才順利迎來阿嘉莎・克莉絲蒂、F. W.克勞夫茲、桃樂西・榭爾絲、S. S.范達因、艾勒里・昆恩、約翰・狄克森・卡爾等人攜手構建的黃金時期出現，故事的篇幅從短篇晉升到長篇，出版閱讀量則如寒武紀大爆發般進入百花齊放、眾聲喧嘩的璀璨年代。

然而有趣的是，這樣的美好年代其實從未終結，雖然西方推理文壇將那段時期的作家作品歸類在「古典」的子分類底下，且歷經美國冷硬派的崛起、警察程序小說的勃興、犯罪驚悚小說的萌發與茁壯等等，但「你以為你是福爾摩斯啊」的玩笑嘲諷早已成為你知我知的迷因，蓋瑞奇執導、小勞勃道尼與裘德洛主演的電影《福爾摩斯》，以及班奈狄克康柏拜區、馬丁費里曼攜手演出的影集《新世紀福爾摩斯》，不但在這個世紀重新颳起古典名探的旋風，更別提連載超過三十年的日本國民漫畫《名偵探柯南》，全都是或直接或間接地將福爾摩斯探案最內核、最純粹的美好精髓承繼下來，化作現代的語彙述說脫胎自正典卻取之不盡用之不竭的一場場探案冒險。這樣的ＤＮＡ同時散布在各種廣義的推理故事中，諸如偵探及搭檔的塑造、惡棍歹角的描述、謎團詭計的設局以及邏輯解謎的程序，無一不是道爾遺留給後世的珍寶，展示了經典為何能歷久彌新。

「來吧，華生！遊戲開始了！」且用夏洛克．福爾摩斯召喚華生醫生的這句話作結，引路之旅到此告一段落，歡迎你投身這一場場精采絕倫的探案遊戲。

冬陽（推理評論人，原生電子推理雜誌《PUZZLE》主編）

CASE 1

波希米亞祕聞

A Scandal in Bohemia

1

對夏洛克·福爾摩斯來說，她永遠是**那位女士**。我很少聽到他提及她時使用其他稱呼，在他眼裡，她令世間所有女性都相形失色。這倒不是說他對艾琳·艾德勒有什麼近乎愛情的情感。因為一切的情感，尤其是愛情，對他冷酷精確、但令人欽佩的、協調而均衡的頭腦來說，都是全然相悖的。我認為他是世界上最完美的推理機器，然而做為情人，他會讓自己身處在錯誤的位置。他從不語帶柔情，反倒總是嘲諷著與訕笑著。旁觀者讚賞那些溫柔軟語——因為它們非常適合用以揭露人的動機和行為。但對訓練有素的推理者來說，允許情感侵入自己細膩與精心校準的性格，會分散他的注意力，可能讓他所有思想上的成果招致懷疑。靈敏樂器中的砂礫，或他的高倍數放大鏡上的裂紋，這些尚且不比在他這樣的天性中加入強烈情感更令人不安。然而，就只有一個女人，那個女人是已故的艾琳·艾德勒，依然存在他那模糊到令人感到可疑的記憶中。

我最近不常見到福爾摩斯，我的婚姻使我們彼此疏遠。我完滿的幸福，以及首次意識到自己一家之主的身分，這一切所帶來的家庭樂趣足以吸引我全部的注意力，而福爾摩斯，他放蕩不羈，厭惡社會上的一切繁文縟節，因此仍然留在我們貝克街的住所，埋首於他的那堆舊書中。週復一週的在可卡因與熱忱間輪替，時而因為毒品昏昏欲睡，時而又因為熱烈的天性而充滿幹勁。他一如既往地被犯罪研究深深吸引，並以他強大的才能和非凡的觀察力去追查種種線索，釐清那些被警方認定破解無望而遭放棄的謎團。我時不時會聽到一些對他所作所為的模糊描述：如他受雇去了敖德薩，處理特雷波夫謀殺案；他解決了亭可馬里受矚目的阿特金森兄弟慘案；以及他為荷蘭皇家巧妙地完成了任務。然而，除了我與所有的日報讀者都能讀到的這些情況，我便對我從前的朋友和夥伴知之甚少了。

一天晚上——那是一八八八年三月二十日——我在出診的回程中（因為此時我已經重新開始執業），穿越了貝克街。當我經過那扇令我難忘，在我腦海中總是與我追求的事物，以及《暗紅色研究》[1]中種種陰暗事件聯繫在一起的大門時，突然有了想與福爾摩斯見上一面的強烈念頭，想了解他如今又將非凡的才能運用在何處。他的那幾個房間燈火通明，即使我抬頭向上看，也看到他高瘦的黑色剪影兩度掠過，他迅速而急切地在房間裡踱步，頭低低地垂在胸前，雙手緊握在身後。我深諳他的情緒與生

1 *A Study in Scarlet*

活習慣，對我而言，他的姿態與舉止已經告訴我一切：他又在工作了。他肯定才從毒品造成的睡夢中醒來，現在正熱中於某些新問題的線索。我按了門鈴，然後被領到了以前有一部分屬於我的房間裡。

他的態度並不熱情，這很少見，但我想他還是很高興見到我的。他幾乎不發一語，但目光親切，揮手示意我在扶手椅坐下，將他的雪茄盒扔過來，並指出放在角落裡的酒精瓶和碳酸水裝置。然後他站在壁爐前，以獨特的內省方式看著我。

「婚姻很適合你，」他說，「華生，打從我們上次見面之後，我想你胖了七磅半。」

「七磅！」我回答。

「確實，我應該要多想一點的。再一件小事，我想，華生，據我的觀察，你又在給人看病了，但你沒說過你打算重新開始執業。」

「你怎麼知道這件事的？」

「我看到了，並推斷出了它。不然我怎麼會曉得你最近淋得全身濕透，以及有一位笨拙又粗心的女傭？」

「我親愛的福爾摩斯，」我說，「這太過分了，你若活在幾個世紀以前，一定會被燒死的。確實，我在週四時步行到鄉下去，回程時被雨淋慘了，但當下我就換了衣服，真想不出你是怎麼推斷出來的。至於瑪麗．珍，她實在無可救藥，我太太已經辭退她了。但同樣的，我也看不出你是怎麼推斷出這件事的。」

他咯咯笑了起來，摩挲著修長、神經質的手。

「這本身就很簡單，」他說：「我的眼睛告訴我，在你左邊鞋子的內側，就是火光正好照到的地方，皮革上有六道幾乎平行的裂痕，很顯然，它們是某個粗心的人為了去除黏在鞋跟上的泥塊，順著鞋底的邊緣刮過去造成的。因此，你瞧，我得出了這樣的雙重推斷：你曾在惡劣的天氣裡外出過，以及你的皮靴上特別難看的裂痕是某位倫敦女傭的傑作。至於你又開始看病這件事，當一位紳士走進我的房間，他的身上散發出碘的氣味，右手食指上是硝酸銀黑色的痕跡，以及他的大禮帽在右側有一處突起，正好表明他將聽診器藏在那裡，我若不宣布他是醫學界的一位活躍份子，那肯定是非常愚蠢的了。」

聽著他那麼輕鬆地解釋推理的過程，我忍不住笑了。「每當你給出你的理由，」我說，「事情總是顯得如此簡單，簡單到了荒謬的地步，似乎我自己也能輕易做到，但在你解釋你的推理過程之前，我總是對你的每一步推論都感到非常困惑，而我仍相信我的眼力不會輸給你。」

「確實是，」他答道，點起一支香菸，讓自己躺進了扶手椅中，「你只是在看，但沒有觀察，這之間的區別還是很清楚的。舉個例子，你很常看到從大廳到這個房間的台階。」

「經常的。」

「看過多少次了？」

「嗯，幾百次有了吧。」

「那麼，有幾級台階？」

「有幾級？我不知道。」

「正是如此！因為你只是看、沒有觀察，這就是我要指出的關鍵所在。我知道台階一共是十七階，是因為我既看到也觀察到了。順帶一提，既然你對這些小問題頗感興趣，也擅長記錄我一兩個微不足道的經歷，你也許會對這個有興趣。」他把那一直躺在桌上的厚厚的粉紅色便箋紙扔過來。「這是剛剛郵寄到的，」他說。「大聲唸出來。」

便箋上既沒有日期，也無簽名或地址。

「今晚七點四十五分將前去拜訪，」紙上寫著，「一位紳士就至關重要之事，希望能與閣下商議。閣下近期服務於歐洲某一王室，證明閣下為足堪重任之輩，閣下的種種事蹟流傳甚廣，我等多方得到。到時還請閣下等候於室內，來客若戴著面具，請勿見怪。」

「這的確很神祕，」我評論，「你認為這意味著什麼？」

「我還沒得到任何訊息，在那之前就展開推論將是重大的錯誤。不知不覺間，人們會扭曲事實以附會理論，而不是讓理論去符合事實。但就著這張紙條本身，你能推斷出些什麼來？」

我仔細檢查了筆跡，以及用來書寫的紙張。

「寫這張紙條的人應該很富有，」我竭力模仿同伴的推理方式，「半克朗買不到一包這樣的紙，它特別的結實而硬挺。」

「特別——就是這個詞。」福爾摩斯說，「這根本不是英國製造的紙。你把它舉到燈光下瞧瞧。」

我照著做了，在紙張紋理中，我看到一個帶有小「g」的大「E」、一個「P」和一個帶有小「t」的大「G」，交織在一塊。

「你怎麼理解這個？」福爾摩斯問。

「毫無疑問是製造商的名字，或更進一步說，是他名字的花押字。」

「完全不是這麼回事。帶有小『t』的『G』代表『Gesellschaft』，是德語的『公司』，類似我們的『Co』這種慣用的縮寫詞。當然，『P』代表了『紙』。現在來看看『Eg』，讓我們翻翻大陸地名錄。」他從書架取下一本厚重的棕色封皮書本。「Eglow、Eglonitz……有了，Egria，它位在說德語的國家——也就是波希米亞，離卡爾斯巴德不遠，『以瓦倫斯坦卒於此，以及境內眾多的玻璃廠和造紙廠聞名。』哈哈，夥計，你怎麼看這個？」他眼光熠熠，帶著勝利意味地噴出一大口藍色的香菸雲霧。

「這種紙是在波希米亞製造的。」我說。

「準確地說，寫這張紙條的人是德國人。你注意到『閣下的種種事蹟流傳甚廣，我等多方得到』這種特殊的句法結構嗎？法國人或俄國人不會這麼寫，只有德國人才會如此胡亂使用動詞。因此，我們現在只需要搞懂這位在波希米亞的紙上寫字、寧願戴上面具而不露臉的德國人究竟有何企圖了——如果我沒弄錯的話，他來了，這會解答我們一切的疑問。」

就在他說話的同時，外頭傳來馬蹄聲和馬車輪輾軋過路邊的刺耳聲音，隨之而起的是猛烈的門鈴聲，福爾摩斯吹了聲口哨。

「聽上去是兩匹馬，」他說。「沒錯，」他瞥了一眼窗外，繼續說道，「一輛漂亮的小馬車和一雙好馬，每匹馬值一百五十基尼。華生，不出意外的話，這個案子可有錢了。」

「我想我最好先走了，福爾摩斯。」

「別這麼說，醫生，留下來，要是少了我的包斯威爾[2]，那我可要手足無措了。這個案子一定很有趣，錯過它就太可惜了。」

「但是你的委託人……」

「別在意他了。我可能會需要你的幫助，他也一樣。他來了，醫生，坐在你的扶手椅上，好好看著我們就是了。」

緩慢而沉重的腳步聲依次在樓梯和通道中響起，到了門外急停下來，緊接著是響亮而專斷的敲門聲。

「請進。」福爾摩斯說。

來者的身高不止於六英呎六英吋，這名男子有著魁梧的胸膛和強健的四肢。他衣著華麗，但這樣的裝束在英國幾乎可算是品味低俗，在他的袖口與雙排釦外衣的前襟都有著厚實的羔羊皮鑲邊，肩披著的深藍色衣氅內側是火紅色的絲綢襯裡，在領口處以一枚焰形的綠柱石胸針固定住。他的皮靴長及小腿的一半，靴口外翻著深棕色的毛皮，這一切一再加深他整個外表粗俗豪奢的印象。他拿著一頂寬邊帽，戴著遮住臉

2　包斯威爾是英國文學家約翰遜的好友兼傳記作者。

的上半部、向下覆蓋到顴骨的黑色護面。他顯然在前一刻才調整過面具，只因在走進屋時，他的手尚未從面具上放下來。而從下半部的臉孔看來，貌似一個堅毅的人，厚實、下垂的嘴唇和長而筆直的下巴，無不暗示著其人近乎頑固的果斷性格。

「你收到我的便條了嗎？」他用低沉而嚴厲的嗓音問道，帶著強烈的德國口音。「我告訴過你我會登門拜訪。」他從我們之中的一人看向另一人，似乎不確定該與誰交談。

「請坐下，」福爾摩斯說，「這位是我的朋友和同事，華生醫生，他不時能在我的辦案中予我有力的幫助。那麼，我該如何稱呼您？」

「你可以稱呼我為馮·克拉姆伯爵，我是波希米亞的貴族。希望這位紳士、你的朋友，是一位有榮譽感且謹慎的人，我同樣能在至關重要的事情上信任他。若非如此，我則更願意和你單獨談談。」

我站起身來準備離開，但福爾摩斯抓住我的手腕，將我推回扶手椅中。「要就同我倆一起說，要不就別談了，」他說，「在這位紳士面前，您可以談論任何您預備要對我說的話。」

伯爵聳了聳他寬闊的肩膀。「那麼首先，」他說，「我得要求兩位遵守約定，在兩年內絕對保密此事，待到那時候，這件事也就無關緊要了，然而當前它的重要性，也許足以影響整個歐洲的歷史。」
「我保證。」福爾摩斯說。
「我也是。」
「你們不要介意這個面具，」我們的陌生訪客繼續道。「遣我來此的上位者不希望你們知道他的代理人為誰，因此我可以立刻承認剛才報上的名號並不真正屬於我。」
「我察覺到了。」福爾摩斯冷冷道。
「情況非常微妙，必須採取一切預防措施來撲滅可能演變成巨大醜聞的事情，那將嚴重危及歐洲的王室之一。我就直說好了，它將牽涉到波希米亞世襲國王的奧姆斯坦大家族。」
「這我也察覺到了。」福爾摩斯喃喃自語道，他坐進扶手椅中，閉上了眼睛。
我們的訪客驚訝地瞥了一眼這個慵懶的、閒散的人——無疑的，他總是被描述成歐洲最精闢的推理者和最精力充沛的偵探。福爾摩斯慢慢地睜開眼睛，不耐煩地看著他那高大挺拔的客戶。
「若是陛下願意屈尊陳述您的案子，」他說，「那麼，我將能夠為您提供更好的建議。」
這名男子猛然從椅子站起來，無法抑制激動地在房間裡走來走去。最後，他以絕望的姿態將面具從臉上扯下來，扔在地上。「你說得沒錯，」他喊道，「我就是國王，我為什麼想要隱瞞它？」

「真的？為什麼？」福爾摩斯喃喃道。「在陛下開口之前，我便意識了到我正與威廉．戈特賴希．西吉斯蒙德．馮．奧姆施泰因交談，他是卡塞爾-費爾施泰因大公，以及波希米亞的世襲國王。」

「但你能夠理解，」我們奇怪的訪客說，他重新坐下來，摸了摸他高而白皙的額頭，「要知道我不習慣親自處理這類事務。然而狀況是如此微妙，以至於我若是要將之委託給一位偵探，便不得不親力而為。我從布拉格一路隱姓埋名來到這裡，是為了徵詢你的建議。」

「那麼請說吧。」福爾摩斯說著又閉上了眼睛。

「事實大約是這樣：差不多是五年前，我在華沙的長期訪問中，結識了著名的冒險家艾琳．艾德勒。這個名字對你來說無疑是很熟悉的。」

「勞駕在我的資料索引中找找這個名字，醫生，」福爾摩斯喃喃自語道，眼睛睜都不睜一下。多年來，他一直採取這種辦法，將關於種種人事物的簡短訊息都記錄下來備查，因此難有一個他無法立即提供資訊的事件或人物。而眼下這個案子，我發現她的經歷夾在一位希伯來拉比和一位寫過關於深海魚類專書的參謀官的傳記之間。

「我看看，」福爾摩斯說，「嗯，一八五八年生於新澤西州。女低音——嗯！斯卡拉大劇院，嗯！華沙帝國歌劇院的首席女歌手——是了！從歌劇舞台退休了——哈！住在倫敦——正是如此！據我所知，陛下之所以與這位年輕女性牽連，是因為您寫過幾封有損名譽的信件給她，現在急著想把那些信拿回來。」

「是這樣沒錯，但該如何……」

「有和她祕密結過婚嗎？」

「沒有。」

「沒有法律文件或證明？」

「沒有。」

「這我就不明白了，如果這位年輕女性打算以這些信達到敲詐或其他目的，她要如何證明它們是真的？」

「有我的筆跡。」

「呸、呸！偽造的。」

「我的私人便箋。」

「偷的。」

「我個人的印鑑。」

「偽造的。」

「我的照片。」

「買的」

「我們倆都在照片裡。」

「哦，天啊！那就糟了！陛下確實太過輕率。」

「當時我瘋了——簡直荒唐。」

「您害慘了您自己。」

「當時我不過是個王儲，還很年輕。就算是現在也才三十歲而已。」

「必須把那張照片取回來。」

「這我們試過，但都失敗了。」

「陛下必須出錢買下它。」

「她不會賣的。」

「那麼就偷回來。」

「已經試過五次了。我兩度雇用竊賊洗劫她的房子。一次在她旅行時調包她的行李。還對她攔路搶劫過兩回，但都一無所獲。」

「沒有任何蛛絲馬跡？」

「完全沒有。」

福爾摩斯笑了，他說：「這實在是個小問題。」

「但對我來說非常嚴重。」國王責備地回答他。

「確實非常嚴重。她打算怎麼使用這張照片？」

「用來毀了我。」

「怎麼個毀法？」

「我馬上就要結婚了。」

「這我聽說了。」

「和斯堪地納維亞國王的二女兒克洛蒂爾德・羅特曼・馮・薩克森-梅寧根結婚。你也許聽說過她嚴格的家規，她本身就是個心思細膩的人。一旦她對我的行為稍有懷疑，這門婚事也就到此為止了。」

「那麼艾琳・艾德勒？」

「她威脅要把照片寄給他們。她會這麼做的，我曉得她當真會這麼做。你不了解她，她性格強硬，擁有女人最美麗的臉孔，也具備男人最堅毅的心智。她能做出任何事來阻止我與另一個女人結婚。」

「您能確定她還沒把照片寄出去？」

「這我可以肯定。」

「為什麼？」

「因為她說過，她會在我們公開宣布婚約的當天將照片寄出去，那便是下個星期一。」

「哦，所以我們還有三天時間，」福爾摩斯打了個呵欠道，「這很幸運，因為眼下我還有一兩件重要的事情得去調查。當然了，陛下目前會暫時留在倫敦？」

「肯定是的。你可以在朗廷酒店以馮·克拉姆伯爵的名義找到我。」

「到時我會捎上短訊讓您知道我們的進展。」

「希望如此，我很焦急地想知道。」

「那麼，關於錢的問題？」

「你可以全權使用。」

「全部嗎？」

「讓我告訴你吧，我願意用我王國的一個省來換得那張照片。」

「那當前的開支呢？」

國王從他的披氅下拿出一個沉重的麂皮包，將它放在桌上。

「這裡有三百英鎊的黃金，七百英鎊的紙鈔。」他說。

福爾摩斯潦草地在他的筆記本上寫了一張收據，遞給了他。

「還有那位小姐的地址？」他問。

「聖約翰伍德，蛇形大街，布里奧尼小舍。」

福爾摩斯記了下來。「還有一個問題，」他說，「那張照片是六英吋的嗎？」

「是的。」

「那麼，晚安，陛下，我相信我們很快就能帶好消息給您。」當皇家四輪馬車的車輪沿著街道駛離，他補充道，「晚安，華生，若你能在明天下午三點到這裡來的話，我想和你聊聊這個小問題。」

2

我在三點整準時來到貝克街，但福爾摩斯還沒回來。房東太太告訴我，他是早上八點過後外出的。我在壁爐邊坐下，打算不論多久都要等他回來。我已經對他的這樁調查非常感興趣，儘管它少了我曾經記錄的兩宗罪案那種嚴酷和古怪的特徵，但這件案子的性質、案件委託人的尊貴身分使它獨具特色。的確，除了我朋友正著手調查這件案子的性質外，他對情況巧妙的掌握，以及他敏銳、精闢的推理，這都讓我樂於研究他的工作方式，並學習他解開那些難解之謎時迅速、微妙的手法。我早已習慣了他一成不變的成功，以至於他失敗的可能性根本不存在我的腦海中。

當房門終於被推開時，已經接近下午四點了，一個看起來醉醺醺的馬夫走進來，他留著落腮鬍的模樣很邋遢，臉孔因為充血而紅通通的，衣衫襤褸。即便我已見慣了朋友驚人的偽裝技巧，也還是不得不反覆看了好幾次才能確定真的是他。他朝我點點頭後便進了臥室，不過五分鐘光景，他如平時般穿著斜紋軟呢外衣、模樣體面地重新出現。他把手插進口袋裡，在壁爐前舒展雙腿，痛快地大笑了片刻。

「噢，真的！」他喊道，在短暫的嗆住後又笑了起來，笑到不得不癱軟無力地躺進椅子裡

「這是怎麼回事？」

「這太有趣了。我想你永遠猜不出我整個早上都做了些什麼，以及我又是怎麼結束那一切的。」

「很難想像。我猜你一直在觀察艾琳·艾德勒小姐的生活起居，也許還有她的房子。」

「不錯，但這回結束得很不尋常，我很樂意告訴你事發經過。我在今天早上八點

剛過就離開了這裡，喬裝成一名失業的馬夫，在那些馬夫之間有一種美好的同情和惺惺相惜，你若成為他們其中一員，便能打聽到你想知道的一切。我很快就找到了布里奧尼小舍，這是一棟小巧玲瓏、後面附帶花園的別墅，兩層樓，面朝馬路建造。門上掛著丘伯鎖[3]。右邊是寬敞的起居室，傢俱陳設精良，窗戶幾乎長及地板，但就連孩子都能打開那些愚蠢的英國窗戶扣件。其餘除了從馬車房的屋頂可以搆到走道的窗戶外，就沒有什麼值得留心的地方了。我繞著別墅逛了一遭，從各個角度仔細檢視它，但沒有再找到任何有趣的東西。

「隨後我在街上閒逛，一如料想的那樣，發現了沿著花園圍牆延伸的小巷裡有一排馬廄。我替那些馬夫刷洗馬匹，作為交換，我得到了兩便士、一杯混合啤酒，滿滿兩管捲菸絲，以及所有我想要得到的關於艾德勒小姐的訊息，他們另外還告訴我住在附近的六個人如何如何，我一點也不感興趣，但又不得不聽下去。」

「關於艾琳．艾德勒的什麼？」我問。

「哦，她將那一帶所有的男人都迷得神魂顛倒，蛇形大街馬廄的人們總說，她是

3　丘伯鎖（Chubb detector lock），是由英國人耶利米．丘伯（Jeremiah Chubb）於十九世紀初發明的機械鎖，具有防止非法開鎖的獨特設計，是當時最先進的安全鎖系統。

世上最玲瓏的女士了。她的生活平靜，在音樂會上演唱，每天五點乘車出去，七點回來吃晚餐。除了演唱以外鮮少外出。只有一名男性會前來拜訪，但他們關係親密。男子膚色黝黑、英俊而瀟灑，每天至少會來訪一次，甚至經常是兩次。他是內殿律師學院的戈弗雷．諾頓先生。做為一名親信馬車夫的好處便是在他們頻繁地從蛇形大街的馬廄送他返家時，順帶了解關於他的一切。聽完他們講述的種種後，我又開始在布里奧尼小舍的周遭遊蕩，思考我的下一步。

「這位戈弗雷．諾頓顯然是這件事的關鍵因素。他是一名律師，這聽起來可不妙。他們之間的關係是什麼，他為何一再前來拜訪？她是他的委託人，他的朋友，還是他的情婦？若是前者，她大概已經把照片轉交他保管了，但要是後者，就不太可能這麼做了。這個問題將決定我接下來是要繼續調查布里奧尼小舍，還是將注意力轉移到那位紳士在內殿的住處，這是個需要謹慎處置的重點，它會擴大我的調查範圍。我擔心提起這些瑣事會讓你感到厭煩，但如果你還想要了解情況，我就必須讓你看到我正面臨的小困難。」

「我正專心聽著呢。」我回答。

「我還在在腦海中權衡這件事，一輛小馬車駛到布里奧尼小舍門前，一位紳士跳下車來。他是個非常英俊的男人，黝黑、鷹勾鼻、留著髫髭——顯然就是我聽說的那個人。他火急火燎的，大喊著要車夫等他，當他和為他開門的女傭擦肩而過時，他的舉止自在，彷彿回到了自家一般。

「他在房子裡待了有半個小時，我可以從起居室的窗戶裡瞥見他來回踱步，興奮地揮舞著手臂交談。至於她，我什麼也沒看見。他在不久後走出來時，看起來比剛才更激動了。當他登上馬車時，從口袋裡掏出一塊金表並認真地盯著它看，『盡你所能的快，』他喊道，『先去攝政街的格羅斯和漢基，再到艾奇韋爾路的聖莫尼卡教堂。你若在二十分鐘內趕到，就能得到半個基尼！』

「他們一陣風似地走了，我還在猶豫是否該跟上去時，巷子裡駛來一輛整潔小巧的四輪馬車，車夫的外衣只扣上一半的鈕釦，領帶歪到了耳朵下，但馬匹的挽具都已經好好繫上。馬車還沒完全停下，她已經從大廳門內衝出來、跳上了車。我只來得及瞥見她一眼，但她確實是個可愛的女人，那副容貌足以令男人為之而死。

「『到聖莫尼卡教堂去，約翰，』她喊道，『如果你能在二十分鐘內到達，就賞你半鎊金幣。』

「我可不能錯過這個好機會，華生。我正考慮是要追上去，還是索性直接攀在她的馬車後頭，一輛出租馬車正好經過街邊。車夫對我那一點點的車費猶豫再三，但我在他可能拒絕這樁差事前跳上了車。『聖莫尼卡教堂，』我說，『如果你在二十分鐘內到達，還能額外得到半鎊金幣。』那時是十一點三十五分，接下來要發生的事已經顯而易見了。

「我的馬車飛快地趕路，我從沒有這麼快地趕路過，但還是稍晚一步。當我到達時，小馬車和四輪馬車已經停在門前，那些挽馬仍然汗氣蒸騰。我付過車錢後匆忙進了教堂。在那裡，除了我正追蹤的那兩人外，還有一位身穿白色法衣的牧師，似乎正勸誡著他們什麼，三個人圍成一圈站在聖壇前。我就像其他偶入教堂的遊手好閒者一般，沿著教堂側邊的過道遊蕩。令我訝異的是，聖壇前的三個人突然齊齊轉向我，戈弗雷．諾頓竭盡全力地向我飛奔過來。

「『感謝上帝，』他喊道，『就是你了，來！過來吧！』

「『這是怎麼回事？』我問他。

「『來吧，夥計，來吧，就三分鐘而已，否則就不合法了。』

「我幾乎是被拖到聖壇前的，在我搞清楚自己身在何處之前，我發現自己正含糊的回應耳邊的低語，為我一無所知的事情作證，主要是促成未婚女子艾琳．艾德勒與單身漢戈弗雷．諾頓的緊密結合。這一切在眨眼間完成，接著便是紳士在一旁感謝我，而女士在另一邊感謝我，牧師則在前面對著我微笑。這真是我這輩子面臨過最荒謬的處境了，我剛才光想到這事就忍不住要笑。看來是他們的結婚憑證有些過於隨意，牧師斷然拒絕在沒有某位證人的情況下給他們證婚，幸虧我的即時出現，令新郎不必跑到街上去找一位伴郎來。新娘打賞了我一枚金幣，我要把它戴在我的表鍊上，好紀念這場奇遇。」

「這個轉折真是出乎意料，」我說，「接下來還發生了什麼？」

「嗯，我發現我的計畫遭受嚴重威脅。看來這對夫婦隨時可能會離開，因此我有必要採取迅速有力的措施。然而他們在教堂門口分開了，他乘車回去內殿，她則返回自己的家。『我會像往常一樣，在五點乘車到公園去。』她離開時對他這麼說，我就聽到這些了，他們各自往不同的方向乘車而去，而我也離開去安排自己的事了。」

「安排些什麼？」

「一些冷牛肉和一杯啤酒，」他按了按鈴答道，「我太忙了，忙到沒有時間吃飯，而今晚我甚至還得更忙。順帶一提，醫生，我希望能得到你的協助。」

「我很樂意。」

「你不介意違法嗎？」

「一點也不。」

「也不怕被逮捕？」

「只要是出自良善的動機。」

「哦，我們的動機再良善不過了。」
「那你可以信賴我。」
「我一直知道我可以。」
「但你有何打算？」
「等透納夫人一把托盤端來，我就會向你解釋清楚。現在，」他在飢餓地轉向我們房東太太提供的簡餐時說道，「我得邊吃邊討論，時間所剩不多了。現在即將五點，我們要在兩個小時內趕到現場。相反，艾琳小姐，或者該說是艾琳夫人，將在七點乘車回來。我們必須在布里奧尼小舍遇見她。」
「接下來呢？」
「你必須把所有事情交給我處理，我對一切早有安排。無論發生什麼事，你都不要干涉，我只堅持這一點。明白嗎？」
「難道我就只能作壁上觀？」
「什麼都不要做。若是發生一些令人不快的小事，你也別插手。等我被帶進房子裡後，它們自然就會結束了。四到五分鐘後，起居室的窗戶會打開。你要盡量往打開的窗戶站。」

「好。」

「你要緊盯著我，我會一直保持著讓你看到。」

「好。」

「當我舉起手——像這樣——你就把我要你扔的東西扔進屋子，同時高喊失火了。聽清楚我要你做的事了嗎？」

「非常明白。」

「這沒什麼可怕的，」他說，從口袋裡掏出一個類似雪茄的長卷筒，「這是水管工常用的煙火筒，兩端都有蓋子，可以自己點燃。你要做的就是顧好這個東西。當你喊出失火的時候，一定會有很多人聞訊趕來救火。到時你就走到街道的另一頭，我會在十分鐘內與你會合。我已經把話說得夠清楚了？」

「我不要插手，挨著窗戶站，盯著你，一看到信號就把這玩意兒扔進去，然後嚷失火了，最後到街角去等你。」

「一點也沒錯。」

「那一切就交給我吧。」

「太好了。我想，也許是時候為我要扮演的新角色做準備了。」

他消失在臥室裡，幾分鐘後再出現時，已經是一位和藹、純樸的新教牧師。寬闊的黑帽、寬鬆的褲子、白色的領帶、富有同情心的微笑、凝視他人時仁慈與充滿好奇心的模樣，只有約翰．黑爾先生[4]能與之相比。福爾摩斯不僅更換了衣著，他的神情舉止乃至靈魂，似乎都隨著新的喬裝而變得很不一樣。當他成為一名犯罪學專家的那一刻，舞台上失去一名優秀的演員，甚至在科學界也少了一名敏銳的推理者。

我們離開貝克街時已經六點一刻了，並提早十分鐘到達蛇形大街。彼時已然傍晚，當我們在布里奧尼小舍前往來踱步、等待它的屋主返回時，屋內正好亮起了燈。這幢屋子就像我從福爾摩斯簡明扼要的描述中想像的那樣，但它的地點似乎不如我預期的隱密。相反的，對於一條周遭區域都十分寧靜的小街來說，它異乎尋常地熱鬧。在街角，一夥穿著破爛的男人正抽著菸、大聲談笑，一名磨剪工帶著他的磨輪，兩名警衛正和一名年輕褓姆調情，還有幾個穿著體面的年輕人，他們叼著雪茄、懶洋洋地閒逛著。

「瞧，」當我們在房子外頭來回踱步時，福爾摩斯說，「他們的婚姻反倒使事態變得簡單。那張照片成了把雙面刃。如同我們的委託人唯恐它出現在他的公主眼前，她很可能也同樣害怕戈弗雷．諾頓先生會看到它。眼下的問題是，我們該上哪兒找到這張照片？」

「的確，它會在哪裡？」

「最不可能的就是她隨身攜帶。那是張六英吋的照片，太大了，要藏在女人的衣裙裡可不容易。更何況她知道國王會在路上攔截和搜查她，類似的狀況已經發生了兩次。因此，我們可以斷定她不會把它帶在身上。」

「那麼它又會在哪裡？」

「在她的銀行家或律師那兒，這兩種可能性皆有。但我認為兩者皆非。女人天生喜好保密，而且自有一套隱藏的辦法。她為何還要讓照片假手他人？她對自己看管東西的能力深具信心，但說不準商界的人們可能受到的間接或政治上的影響。另外別忘了，她打定主意要在這幾天使用那張照片，因此它必然在她可以隨手拿到的範圍內，一定在她家裡。」

「但他們已經偷盜了兩次。」

「嗤！他們不知道該怎麼找。」

「那你又要怎麼找？」

「我就沒打算要找。」

「那該怎麼辦？」

4　十九世紀末英國著名演員與劇院經理。

「我會讓她自己交出來。」

「可她會拒絕的。」

「她非這麼做不可。我聽到車輪聲了。那是她的馬車。現在開始，嚴格地按著我說過的做。」

當他這麼說的同時，一輛馬車的側燈在大街的拐角閃爍著。一輛小巧精緻的四輪馬車咔嗒咔嗒駛到布里奧尼小舍的門前。當它才停下來，街角的一名流浪漢衝上前去打開車門，希望能賺到一枚銅幣，但被另一名基於相同目的擠過去的流浪漢推開。一場激烈的爭吵因此爆發，兩名警衛站在其中一名流浪漢的一邊，磨剪工則同樣激烈地站在另一人那邊，這都加劇了爭吵。當馬車上的女士走下來時，正好就被一群面紅耳赤、扭打在一起的人包圍，他們正用拳頭和棍棒野蠻地互相攻擊。福爾摩斯衝進人群中保護這位女士，但才剛接近她身邊，就聽到他大叫一聲，便摔在地上，臉上血流如注。一看他倒地，兩名警衛拔腿就跑，流浪漢也朝著另一個方向溜了。這時，那些穿著較整潔、只有旁觀而沒有參與鬥毆的人們才擠進去，幫助那位女士並照顧受傷的人。艾琳·艾德勒——我仍會這麼稱呼她，匆匆忙忙登上台階，但她在台階頂端站住，從門廳裡透出的燈光勾勒出她極其優美的身形輪廓，她回頭看向街道。

「那位可憐的紳士傷得厲害嗎？」她問道。

「他死了。」幾個聲音喊道。

「不，不，他還活著！」另一個人叫道，「但他是捱不到醫院的。」

「真是個勇敢的傢伙，」一個女人說，「要不是他，他們早就搶走這位女士的錢包和手表了。那些人是一個團伙，還是特別粗暴的一群。啊，他有呼吸了。」

「不能就這樣讓他躺在街上。夫人，我們可以把他帶進屋裡去嗎？」

「當然，把他抬到起居室，那裡有一張舒適的沙發。請往這邊走！」

他們緩慢而鄭重地把他抬進布里奧尼小舍，安放在起居室裡，而我仍在窗邊旁觀整個事發經過。屋內點起了燈，但窗簾並未拉下，因此我可以看到福爾摩斯躺在沙發上。我不曉得他在那一刻是否有對他扮演的角色感到內疚，但我知道，當我看到那位我們正密謀著對付的麗人是如何優雅而仁慈的伺候著傷者時，我感到這輩子從所未有的愧疚。然而，我若在福爾摩斯託付的這件事上收手了，這對他無疑是最陰險的背叛。我硬起心腸，從外衣下拿出煙火筒。我想，我們不是在傷害她，只是要阻止她去傷害另一個人。

福爾摩斯從沙發上坐起來，我看到他的動作像是一個急需新鮮空氣的人。一名女傭連忙快步過去推開窗戶。與此同時，我看到他舉起手來。一見這個訊號，我把煙火筒扔進了房間，並高喊著「失火了！」我的話音未落，那一整群看熱鬧的人，穿得體面或不體面的人，紳士、馬夫和女傭們，全都齊聲尖叫「失火了！」房間裡濃煙滾滾，從打開的窗戶往外湧去。我瞥見那些匆忙跑動的人影，以及不一會兒後福爾摩斯的聲音從房裡傳出來，安撫眾人說那個警報是虛驚一場。我溜出了吵鬧的人群，來到了街角，不出十分鐘，我很高興發現我的朋友挽住我的胳膊，我們一起從騷動的現場脫身。他迅速而沉默地走著，直到幾分鐘後，我們轉進一條安靜的街道，從那裡可以通往艾奇韋爾路。

「你做得很好，醫生，」他說，「不能再更好了。一切都很順利。」

「你拿到照片了？」

「我知道它在哪裡了。」

「你是怎麼發現的？」

「她自己給我看的，我就跟你說她會的。」

「我還是不太明白。」

「我不想要故弄玄虛」，他笑著道，「事情很簡單。你當然看得出那條街上的每個人都是同夥，他們全是為了今晚受雇而來的。」

「我就猜到這些。」

「當他們起衝突時，我在手掌中準備好了一些潮濕的紅色顏料。我衝上前，摔在地上，用手捂住臉，就成了那副可憐兮兮的模樣。這是老把戲了。」

「這我能理解。」

「然後他們把我抬進去。她一定得這麼做，不然她還能怎麼辦？現在我進到她的起居室了，也就是我正懷疑的房間，照片不是在這裡就是在她的臥室，我決心搞清楚究竟是在哪一個房間。他們把我放在沙發上，我做出需要空氣的樣子，逼得他們不得不打開窗戶，再來就是你的機會了。」

「可這對你有什麼幫助？」

「這非常重要。當一個女人認為她的房子失火了，她本能的反應就是立即衝向她最重視的東西，這是一種完全無法控制的衝動，我不是第一次利用這種心理了。我在達靈頓頂替的醜聞案中這麼做，在阿斯沃斯堡的事件中也一樣。已婚婦女會緊抱她的孩子；未婚女人則會伸手去拿珠寶盒。而對眼下這位女士來說，顯然沒有什麼要比我們在尋找的東西更重要了，她一定會衝過去護住它。火災警報做得好極了，那樣的煙霧和尖叫聲足以動搖鋼鐵般的神經，她的反應也很妙，那張照片就在她右手邊的呼叫鈴拉索上方，那裡有一個藏在拉門後頭的壁龕，她飛奔過去，我瞥見她將那張照片抽出了一半。在我喊出那個警報是一場虛驚後，她就又把它放了回去。在看了一眼煙火筒後，她便匆匆離開了房間，自此我就沒有再見過她了。我站起身，找了個藉口離開那間房子，並猶豫過該不該立刻把那張照片弄到手，但馬車夫在那時候進來，在他的監視下，我還是再按捺一下比較安全，稍微的魯莽都可能搞砸整件事。」

「那現在呢？」我問。

「我們的任務幾乎完成了。我明天會和國王去拜訪她，若你願意的話，也可以一同前去。我們將被領到起居室等候這位女士，但當她出來會客時，恐怕我們和照片早已不見蹤影。讓陛下親手拿回那張照片，對他也算是一種補償。」

「你們什麼時候要過去？」

「早上八點。她還沒起床，這樣我們就可以不受阻攔的辦事。此外，我們也不能耽擱，這段婚姻可能全然改變她的生活習慣。我得立刻給國王發個電報。」

我們到達貝克街，在門口停了下來。當他正往口袋裡找鑰匙，路過身邊的某個人說道：「晚安，夏洛克．福爾摩斯先生。」

當時，人行道上有好幾個人，但這問候似乎來自一名細瘦的年輕人，他身披長外套、匆匆忙忙地行經我們身邊。

「我聽過那個聲音，」福爾摩斯凝視著燈光昏暗的街道說，「但我想不起來那到底是誰。」

3

當晚，我在貝克街過夜，隔天早上我們正在吃吐司、喝咖啡時，波希米亞國王衝了進來。

「你真拿到照片了？」他叫道，抓住福爾摩斯的雙肩，熱切地看著他的臉。

「還沒。」

「但有希望拿到吧？」

「有希望。」

「那麼走吧，我等不及了。」

「我們必須找一輛出租馬車。」

「不必了，我的四輪馬車就等在外頭。」

「這就省事了。」我們下樓去，又一次的往布里奧尼小舍而去。

「艾琳．艾德勒結婚了。」福爾摩斯說。

「結婚了！什麼時候？」

「昨天。」

「和誰？」

「和一位名叫諾頓的英國律師。」
「但她不可能愛他。」
「我倒希望她能愛他。」
「為什麼這樣希望？」
「因為這將使陛下免於一切未來的憂煩。若這位女士愛她的丈夫，她就不愛陛下，若她不愛陛下，那就沒有理由妨礙陛下的計畫了。」
「是這樣沒錯。可是……好吧！我真希望她能有我這樣的身分！她會是一位多好的王后啊！」他說著又陷入了陰鬱的沉默中，直到我們抵達蛇形大道，才打破這樣的沉默。

布里奧尼小舍的門開著，一位老婦人站在台階上，她眼帶譏諷地看著我們從四輪馬車下來。
「我想你就是夏洛克．福爾摩斯先生？」她說。
「我是福爾摩斯先生。」我的同伴答道，疑問且帶著幾分愕然地看著她。
「確實是你！我的女主人告訴我你可能來訪。今天早上，她和她的丈夫乘著五點十五分的火車，從查令十字往歐洲大陸去了。」
「什麼！」福爾摩斯向後踉蹌幾步，臉色在懊惱和驚訝下變得蒼白。「你的意思是她離開英國了嗎？」

「不會再回來了。」

「那張照片呢？」國王嘶啞地問道，「一切都完了。」

「讓我們看看。」福爾摩斯推開傭人，衝進客廳，國王和我緊跟著他。只見傢俱散落四處，拆下來的架子和打開的抽屜也一樣，似乎是她在離去前將它們都搜索了一遍。福爾摩斯衝向呼叫鈴，打開拉索旁邊的一扇小拉門，探手進去摸出一張照片和一封信。照片上是穿著晚禮服的艾琳．艾德勒本人，信封上則寫明了「夏洛克．福爾摩斯先生，待來訪時親收」。我的朋友拆開信，我們三個人一同讀了它。信上的日期是在前一天的午夜，信中則是這樣寫著：

我親愛的夏洛克．福爾摩斯先生：

你做得太漂亮了，完全把我瞞過去。直到火警發生，我都沒有任何懷疑。但就在我發現我是如何洩露了自己的祕密後，開始尋思。我在幾個月前就被警告過要提防你，對方告訴我，若國王決定要雇一名偵探的話，那個人肯定就是你了，在那同時我也得到了你的地址。然而即便有了前述的種種，你還是讓我暴露了你想知道的一切，甚至在我已經起了疑心之後，我也發現很難將這麼一位親切的、善良的老牧師當做壞人。但是，你知道，我自己也是演員，男裝對我來說並不陌生，我經常利用它帶給我的自由。我讓約翰——我的馬車夫去監視你，自己則跑上樓梯，穿上我的散步裝束——我是這麼稱呼它的。在我下樓時，你才離開不久。

接著，我尾隨你到了你家門口，以此肯定了我的確是著名的夏洛克．福爾摩斯先生感興趣的目標。然後，我很是輕率地祝你晚安，才動身去內殿看我丈夫。

我們都認為一旦被如此棘手的敵人盯上，最好的作法就是遠走高飛，所以當你明天來訪時，會發現巢穴已空。至於那張照片，你的客戶大可以放心，我愛著也被一個比他更好的男人所愛。國王可以做任何他想做的事，不會被一個他殘忍錯待的人妨礙。我留下那張照片只是為了保護自己，並保留一樣武器，那將使我不受他日後可能採取的任何手段傷害。我留下一張照片，他可能願意保有它。

此致親愛的夏洛克．福爾摩斯先生。

仍是你最真誠的，艾琳．諾頓．艾德勒　敬上

「多好的女人——哦，多好的一個女人！」當我們三個都讀完這封信時，波希米亞國王大聲感嘆，「我不是告訴過你們她有多機敏而且果斷嗎？她不是能成為一位可

敬的王后嗎？她不在我這樣的階層，難道不是一件憾事嗎？」

「就我所見，她確實與陛下處在完全不同的階層。」福爾摩斯冷冷道，「我很抱歉，沒能讓陛下的事情得到更完滿的解決。」

「恰恰相反，我親愛的先生，」國王喊道，「再沒有比這更成功的結果了。我知道她是信守諾言的人。那張照片現在就像被燒了那麼安全。」

「我很高興聽到陛下這麼說。」

「我對你感激不盡。請告訴我該如何答謝你。這枚戒指……」他從手指上褪下一枚蛇形的翡翠戒指，放在掌心遞過來。

「陛下有一樣我認為更具價值的東西。」福爾摩斯說。

「只要你說得出來，東西就是你的。」

「這張照片！」

國王驚詫地注視著他。

「艾琳的照片！」他叫道，「當然了，若你想要的話。」

「謝謝陛下。那麼這件事情已經沒有什麼可做的了。敬祝您有個美好的早晨。」他鞠了一躬後便轉身離開，沒有再看一眼國王向他伸出的手，在我的陪伴下回他的住處去了。

這就是一場大醜聞如何威脅波希米亞王國，而福爾摩斯先生最出色的計畫又是如何被一位女士的智慧擊敗的經過。他過去時常取笑女人的聰明才智，但近來我沒再聽他這麼說過了。每每當他談起艾琳．艾德勒或者她那張照片時，他總是十分尊敬地稱她為**那位女士**。

CASE 2

紅髮俱樂部

The Red-Headed League

去年秋天的某一天，我前往拜訪好友夏洛克·福爾摩斯先生，發現他正與一位體型肥胖、面色紅潤、一頭火紅頭髮的長者深談。我為自己侵擾了他倆道歉，正要退出時，福爾摩斯猛地把我拉進房間，順手帶上了身後的房門。

「親愛的華生，你挑這個時間來再好不過了。」他誠摯地說。

「我擔心你正在忙。」

「不錯，我確實在忙。」

「那我去隔壁房間等你。」

「你不必這麼做。威爾遜先生，在我許多成功的案件中，這位紳士都是我的搭檔和助手，他無疑也會在你的委託中給予極大幫助。」

這位肥胖的紳士從椅子中半站起身，欠身打了個招呼，但帶著質疑的一瞥從他深陷在肥肉中的小眼睛裡一閃而過。

「你坐那張長沙發吧，」福爾摩斯說著便躺進他的扶手椅中，將兩手指尖合攏在一起，這是他判斷問題時慣有的模樣。「親愛的華生，我曉得你和我一樣，熱愛那些不同於尋常乏味生活的古怪事件。你用促使你記錄這些東西的熱情，以及恕我這麼說，對我的許多小冒險增色不少的修飾展現了這樣的愛好。」

「我確實對你的很多案件深感興趣。」我說。

「你一定還記得那天我提到過的，就是在我們討論瑪麗・薩瑟蘭小姐的那個非常簡單的問題之前，為了獲取不尋常的成果和非凡的結合，我們必須深入生活本身，它總是比任何幻想的成就都更有冒險性。」

「恕我冒昧，這是個我很懷疑的說法。」

「你是的，醫生，然而你必須接受我的觀點，否則我會繼續把事實一件一件加諸你身上，直到你的理由崩潰、不得不承認我是對的為止。現在，這位傑貝茲・威爾遜先生今天早上有充分的理由來拜訪我，他對我說的這段故事，我敢說是好一陣子以來聽到最吸引人的事件了。你曾經聽我說，那些最古怪和最獨特的案件往往與較小而不是較大的犯罪相關，有時候，在那其中是否真的存在犯行都令人存疑。到目前為止，我無法憑聽到的斷言這個案子是否為犯罪事件，但事情的經過無疑是我聽過最奇怪的事件之一。也許，威爾遜先生，你願意好心地再把事情複述一遍。我這麼請求不光只是華生醫生沒有聽到開頭的那一段，也因為這個故事太特殊了，讓我急著從你口中得到任何可能的細節。通常，當我聽到一些事件過程中的細微跡象時，都能透過記憶中許多類似的案件來引導自己。但到目前為止，我得承認這件事情是獨一無二的。」

那位肥胖的客戶略顯驕傲地挺起了胸膛，從大衣的內袋掏出一張又髒又皺的報紙。當他將報紙平攤在膝上、低頭掃視著廣告欄時，我仔細打量著他，想要仿效我同伴的作法，從他的穿著或外表看出一些端倪。

然而，我的細察沒有多大收穫。我們的訪客怎麼看都是一個普通的英國商人，身形肥胖、舉止浮誇而遲鈍。他穿著鬆垮垮的灰色方格褲，一件不太乾淨的黑色長外衣，前面的鈕釦沒有扣上，一件黃褐色背心，繫有一條沉重的阿爾伯特黃銅表鍊，上面晃盪著一塊中間有方形穿孔的金屬片做為裝飾。一頂磨損的大禮帽與一件褪色、天鵝絨領皺巴巴的棕色大衣擺在他身邊的椅子上。總的來說，除了那一頭火紅色的頭髮，極度懊惱和不滿的表情外，我看不出他有什麼不尋常的地方。

福爾摩斯銳利的眼睛立刻看出我在做什麼，他注意到我疑問的目光了，微笑著搖了搖頭。「除了他做過一段時間手工的活兒，吸鼻菸，是共濟會會員，到過中國，以及他最近寫了不少字這些明顯的事實外，其他的我無法推斷。」

傑貝茲．威爾遜先生從椅子上驚跳起來，食指仍放在報紙上，但他的眼睛望向我的同伴。

「老天！福爾摩斯先生，你究竟是怎麼知道這一切的？」他問，「例如，你怎麼知道我做過手工業，這是千真萬確的，因為我是從船上的木工開始做起的。」

「你的手，我親愛的先生。你的右手比左手大上一整圈。你過去經常使用它，因此肌肉也更為發達。」

「那麼，吸鼻菸，還有共濟會會員呢？」

「我不會告訴你我是怎麼看出來的，那未免太侮辱你的智慧了，特別還違反了你的組織的嚴格規定，你戴著規矩徽章的胸針。」

「啊，當然，我忘了那個。但是寫作呢？」

「你的右手袖口有五英吋長的部分都磨得發亮，左手肘擱在桌上的地方也打了一塊光滑的補丁，你說還有什麼比這個更明顯的？」

「好吧，但是中國呢？」

「靠近你右手腕上方的魚形刺青只能在中國完成。我對刺青圖樣做過小小研究，甚至寫過相關主題的文章。把魚鱗染成細緻的粉紅色，此種技巧是中國特有的。此外，當我看到你的表鍊上掛著一枚中國硬幣，事情就更清楚了。」

傑貝茲．威爾遜大笑起來。「好吧，我完全沒想到！」他說，「起初我以為你有什麼高明的方法，到末了卻發現原來什麼都沒有。」

「我開始覺得，華生，」福爾摩斯說，「我不該把事情解釋清楚的。『一切未知都是宏偉的』，你知道，我的坦率將毀了我那點可憐的名望。威爾遜先生，你找不到那則廣告了嗎？」

「好，我找到了。」他回答，紅潤的肥手指停在廣告欄的一半處。「就在這裡，一切都是打這裡開始的。先生，你自己瞧瞧吧。」

我從他那裡拿過報紙，順著讀了下去。

致紅髮俱樂部：

由於美國賓夕法尼亞州黎巴嫩城已故的伊士基亞・霍普金斯的遺贈，現在又有一個空缺開放予俱樂部成員，每週工資為四英鎊，只需從事純粹名義上的服務。所有身心健全，年齡在二十一歲以上的紅髮男子都有申請資格。應聘者請於週一上午十一點，親至弗利特街教皇法院七號俱樂部辦公室向鄧肯・羅斯申請。

「這到底意味著什麼？」我看了又看這則不尋常的廣告，忍不住大聲叫道。

福爾摩斯咯咯笑起來，在椅子中扭動著，這是他饒富興致時慣有的模樣。「這有點偏離常規了，不是嗎？」他說，「現在，威爾遜先生，請你從頭開始，告訴我們關於你自己、你的家庭以及這則廣告對你運氣的影響。醫生，先把報紙和日期記下來。」

「這是一八九〇年四月二十七日的《晨報》，就在兩個月前。」

「非常好。現在，威爾遜先生？」

「喔，正如我方才告訴你的，福爾摩斯先生，」傑貝茲・威爾遜邊擦著額頭邊說，「我在市區附近的薩克森-科堡廣場有一間小當鋪。這不是大生意，在這些年也就夠我維持生計而已。過去，我有能力雇用兩個助手，但現在只剩下一個，還是因為他願意領半薪，為了學習這門生意。」

「這位樂於助人的年輕人叫什麼名字？」福爾摩斯問。

「文森特．斯波爾丁，他也沒那麼年輕了，很難說他有幾歲。福爾摩斯先生，我不能奢望有一個比他更聰明的助手了；我很清楚他自立門戶的話可以做得更好，賺比我付給他的薪水多兩倍的錢。但是，他若滿意眼下這一切，那我又何必要讓他知道我的這番想法？」

「確實，為何要呢？看來你最幸運的是有一個工資低於一般行情的員工，這個時代的雇主可不是人人都有這樣的經驗。我不知道你的助手是否真有你說的那麼出色。」

「哦，他也不是沒有缺點，」威爾遜先生說，「從沒有一個像他這麼熱愛照相的人。他不思上進，就知道拿著相機到處拍，然後像兔子回到兔子洞一樣，溜回地下室沖洗照片，這是他最大的缺點，但總的來說，他是個很好的員工，也沒什麼惡習。」

「我猜他還在你那邊工作？」

「是的，先生。他和一個十四歲的女孩，她的工作是一些簡單的烹飪，並維持房子的整潔——這就是我家裡全部的成員，我是一個鰥夫，從未真正有過家庭。先生，我們三個人過著平靜的日子；我們持家，付清一切債務，除此之外什麼都不做。「打亂這一切的第一件事就是那則廣告，就在整整八週以前，斯波爾丁拿著這張報紙來到辦公室，他說：

「『我多希望上帝讓我是一個紅頭髮的人，威爾遜先生。』

「『為什麼？』我問。

「『為什麼，』他說，『紅髮俱樂部又有一個空缺了。它對任何能得到它的人來說，都是一筆不小的財富。而且就我所知，空缺比應聘的人還多，這讓信託人都不知該拿這筆錢怎麼辦才好。要是我的頭髮可以變色，眼下就有這麼個好去處在等著我。』

「『為什麼，那又是怎麼回事？』我問。你瞧，福爾摩斯先生，我一直都深居簡出，我的生意不需我去外頭找，而會自己上門來，因此我經常連續幾個星期足不出戶。這樣一來，我對外面發生的事情知之甚少，也因此總是樂於聽到任何一點的新聞。

「『你從沒聽過紅髮俱樂部嗎？』他瞪大了眼睛問。

「『從來沒有。』

「『這就怪了，我不太明白，因為你自己就有資格去申請其中一個空缺。』

「『它們值多少錢？』我問。

「『哦，大概就每年兩百鎊而已，但工作很輕鬆，不太影響這個人的其他日常事務。』

「好吧，你可以輕易看出來，這事讓我豎起了耳朵，對一個幾年來一直慘淡經營的生意來說，額外的兩百鎊會非常管用。

「『跟我說說這一切吧。』我說。

「『好吧，』他指給我看了那則廣告，『你自己看，這個俱樂部裡仍有一個空缺，還附上地址讓你去申請。就我了解到的，這個俱樂部是由一位作風奇特的美國百萬富翁伊士基亞．霍普金斯創立。他本人就是紅頭髮，這使他強烈共情所有紅色頭髮的男人；因此在他去世後，人們發現他把鉅額財富交給信託人，並指示將這筆錢的利息用於提供輕鬆差事給同樣髮色的男人。我聽說這些差事的薪水都很高，而且需要做的事情不多。』

「『但是，』我說，『一定會有成千上萬的紅髮男子去申請。』

「『沒你想的那麼多，』他回答，『你看，這確實只侷限於倫敦人，還得是成年男子。這位美國人年輕時從倫敦發跡，因此他想對這座古老的城市有所回饋。另外，我還聽說你的頭髮若只是淺紅、深紅或者其他紅色，那你的申請都不管用，非得是真正的明亮、火焰般的紅頭髮才行。現在，威爾遜先生，你要是打算申請的話，只管走進去就對了；但也許你不想為了區區幾百鎊而這麼大費周章。』

「先生們，正如你們親眼所見的這樣，我的頭髮真是非常鮮豔濃烈的顏色，所以在我看來，若在這件事上遇到任何人與我競爭，我都有很好的機會。文森特．斯波爾丁似乎對此事瞭若指掌，我想，到時候若有他在會幫助很大，因此我要他拉上護窗板，馬上和我一起走。他很樂意撈到一天假期，所以我們提前將店鋪打烊，並按著廣告上給我們的地址出發了。

「福爾摩斯先生，我不想再看到那樣的景象了。每一個紅頭髮的人——但凡只在頭髮上帶著一點點的紅色，全都由東西南北各處湧進城裡，去應徵那則廣告。弗利特街被紅色頭髮的人們塞得滿滿的，教皇院看起來像水果小販裝滿橘子的手推車。我根本沒想到區區一則廣告能把這麼多人從全國聚集過來。我看到各種的紅色頭髮，稻草黃、檸檬黃、橙色、磚紅、愛爾蘭蹲獵犬紅、肝臟般的暗紅、黏土紅；但斯波爾丁沒說錯，沒有幾個人擁有真正鮮豔的火紅色頭髮。當我看到有那麼多人時，我失望了，索性想放棄走人；但斯波爾丁說什麼也不肯。我不知道他怎麼做到的，總之他連推帶拉兼撞，直到我們穿過人群、站上了通往辦公室的台階，人群在那裡分成了兩批，有些人充滿希望地蜂擁而上，有些人垂頭喪氣地下來；但我們盡可能把自己塞進人群，很快就進到了辦公室裡。」

「你的經歷再有趣不過了，」福爾摩斯在他的客戶稍作停頓、用一撮鼻菸恢復記憶時說道，「請繼續你非常有意思的陳述。」

「辦公室裡只有兩把木椅和一張辦公桌，其他什麼也沒有，桌子後面坐著一個矮小男子，他的頭髮甚至比我的還要紅。他對每個走進來應徵的人簡單說了幾句話，然後總是有辦法在他們身上找到一些缺點、否定他們的申請資格。畢竟，想得到這個空缺可不容易。然而當輪到我們時，那個小矮子似乎對我比對任何人都感興趣，我們剛一踏進去，他立刻就關上了門，好和我們私下談談。

「『這位是傑貝茲．威爾遜先生，』我的助手說，『他想要填補俱樂部的空缺。』

「『他非常適合這個空缺，』另外那個人答道，『他方方面面都符合我們的條件，我記不得我幾時見過這麼好的髮色。』他後退一步，把頭歪向一邊，審視著我的頭髮，看得我都感到不好意思了。然後他猛地一步上前來，緊抓住我的手，熱烈祝賀我的成功。

「『再猶豫下去可就不公平了。』他說，『然而，我顯然得採取些預防措施，我相信你會原諒我的。』他突然伸出雙手緊揪我的頭髮，使勁拉扯到我痛得叫出來為止。『你都快哭了，』他放開我說，『我感覺一切都沒有問題，但還是不得不小心點，因為我們已經被假髮騙了兩次，還有一次上了油漆的當。我可以告訴你關於修鞋匠的鞋蠟的故事，那會讓你厭惡人性。』他走到窗前，扯開嗓門朝著外面喊，說空缺已經補上了。失望的嘆息聲紛紛傳上來，人潮朝著不同的方向各自散去，直到除了我和那位管理人之外，眼前再也看不到任何紅頭髮的人為止。

「『我的名字，』他說，『是鄧肯．羅斯先生，我自己就受益於我們高尚的恩人所留下的基金。你結婚了嗎？威爾遜先生，你有家庭嗎？』

「我回答說沒有。

「他的臉色一沉。

「『唉呀！』他嚴肅地說，『這真的很嚴重！我很遺憾聽到你這麼說。當然了，該基金的創立就是為了維護紅頭髮的人，讓他們能繁衍下去，而你竟然是一名單身漢，實在太不幸了。』

「福爾摩斯先生，我的臉垮成了這樣，我想我是得不到這個空缺了；但在考慮了幾分鐘後，他說應該不成問題。

「『若換成其他人，』他說，『這樣的缺點可能很要命，但對於有你這麼一頭紅髮的人，我想可以稍微通融一下規則。你什麼時候能開始上班？』

「『噢，這就有點為難了，因為我有自己的生意要顧。』，我說。

「『哦，那不打緊，威爾遜先生！』文森特．斯波爾丁說，『我應該能替你打理好那些。』

「『上班的時間是怎樣？』我問。

「『早上十點到下午兩點。』

「當鋪的生意大多都在晚上，福爾摩斯先生，特別是週四和週五的晚上——那就在發薪日之前；因此早上的差事非常適合我。此外，我有個能幹的助手，他能打理好任何狀況。

「『那很適合我』，我說。『那麼工資呢？』

「『每週四英鎊。』

「『是什麼樣的工作？』

「『純粹就是象徵性的。』

「『象徵性的是什麼意思？』

「『嗯，你必須一直待在辦公室，或至少要留在這棟房子裡。一旦離開，你就永遠失去這份工作了。遺囑上有明確寫到這一點。如果你在這段時間內稍微離開辦公室，就算是違規。』

「『每天就四小時而已，我不會想要離開的。』我說。

「『沒有任何藉口，』鄧肯．羅斯先生說，『不論是生病、生意或任何事。你就是要待在這裡，否則就會丟掉工作。』

「『關於工作的內容？』

「『是抄寫《大英百科全書》，那台印刷機裡有它的第一冊，您必須自備墨水、筆和吸墨紙，而我們會提供桌椅。你明天能準備好嗎？』

「『當然可以。』我回答。

「『那麼，再見，傑貝茲．威爾遜先生，讓我再次祝賀你幸運地獲得如此重要的職位。』他鞠躬並送我離開房間，我和助手一起回家。我為自己的好運感到非常開心，簡直要無所適從了。

「然而，這件事在我想了一整天後，到了晚上我又開始消沉起來；我已經說服了自己，整件事一定是某種天大的騙局或欺詐，儘管我無法想像它的目的，但實在很難相信有誰會立下這樣的遺囑，或者只為了抄寫《大英百科全書》而付出這麼大一筆錢。文森特．斯波爾丁竭力要讓我振作起來，但到了睡覺時，我已經說服自己不再摻和這件事。然而，到了早上我又決定無論如何都要一試，所以買了一瓶一便士墨水、一支羽毛筆和七張大頁紙，便動身前往教皇院。

「好，令我感到驚喜的是，一切看上去都非常好。桌子已經為我準備妥當，鄧肯．羅斯先生也在那裡照看著，確保我能順利展開工作。他指示我從字母A開始抄寫，然後便離開了；但他時不時會過來看看一切是否都好。下午兩點鐘，他跟我道別，又稱讚了我抄寫的數量，然後在我離開後鎖上辦公室的門。

「日子就這樣一天一天過去，福爾摩斯先生。星期六時，那位經理進來付了四枚金幣做為我一週的工資。下週也是相同的情況，再下一週也還是一樣。我在每天早上十點到達那裡，每天下午兩點離開。逐漸的，鄧肯．羅斯先生變成只在每天早上過來一次，又過了一段時間，他甚至連來都不來了。儘管如此，我仍片刻都不敢離開辦公室，因為我不知道他什麼時候會出現，而這個職位確實很好，又那麼適合我，我可不想冒險失去它。

「八週就這麼過去了，我抄寫了Abbots、Archery、Armour、Architecture和Attica的詞條，並希望能努力一點，在不久後進展到字母B的詞條。買大頁紙花了我一些錢，而我抄寫的東西差不多堆滿一個書架。然後整件事突然就結束了。」

「結束了？」

「是的，先生，就在今天早上。我一如往常在十點鐘去上班，但門是關著的，還上了鎖，門板中央用圖釘釘著一張方形小紙片。就是這張，你們自己瞧瞧。」

他舉起一張便箋紙大小的白色紙片，上頭這麼寫道：

紅髮俱樂部已於一八九〇年十月九日解散。

福爾摩斯和我檢視了這則簡短的告示，以及襯托在告示後頭那張懊惱的面孔，這件事滑稽的一面完全壓過其他顧慮，以至於我們再也忍不住爆笑出來。「我看不出這事哪裡好笑，」我們的客戶暴跳起來，他臉上的漲紅直衝火紅的髮根，「如果你們什麼都不幹，就只知道取笑我，那我大可另請高明。」

「不，不，」福爾摩斯叫道，把起身到一半的他推回椅子裡。「我說什麼也不能錯過你這件案子。它太不尋常了，令我耳目一新。但請你別介意我這麼說，因為它真有點好笑。請說說你在看過門上的這張紙片後，又是如何應對的？」

「我當場就愣住了，先生，不知道該怎麼辦才好。接著，我向辦公室周遭的家戶打聽，但看來沒有人知道這是怎麼回事。最後，我去找了住在一樓的會計師，他是房東。我問他能否告訴我紅髮俱樂部發生了什麼事，他卻說從沒聽過這個機構。我又問鄧肯·羅斯先生是誰，他說這個名字對他同樣陌生。

「『喏，就是住在四號的那位紳士。』

「『什麼，那個紅頭髮的人？』

「『是的。』

「『哦，』他說，『他名叫威廉・莫里斯，是一名律師，為圖方便而暫時使用我的房間，直到他自己的新住處整理好為止。他昨天搬出去了。』

「『我要上哪裡去找他？』

「『哦，在他的新辦公室。他有告訴我地址。就是這個，愛德華國王街十七號，離聖保羅不遠。』

「我立刻按著地址前去，福爾摩斯先生，但當我找到那個地址時，發現那是一間護膝製造商，那裡沒有任何人聽過威廉・莫里斯先生或鄧肯・羅斯先生。」

「你當下又是怎麼做的？」福爾摩斯問。

「我回到薩克森-科堡廣場的家裡，找我的助手拿主意，但他也幫不上忙，只說也許再等一陣子會有信件通知。但這樣的建議對我來說遠遠不夠，福爾摩斯先生，我不想要不做任何努力就放棄這樣的職位，因此當我聽說你總能給予可憐人需要的幫助時，我立刻就過來找你。」

「你這麼做很明智，」福爾摩斯說，「你的案子非比尋常，我很樂意調查它。從你告訴我的情況來看，我認為這件事恐怕比它表面上看起來嚴重得多。」

「夠嚴重了！」傑貝茲・威爾遜先生說。「因為這個，我每週損失了四英鎊。」

「就你個人而言，」福爾摩斯斷言，「我看不出你有因為這個離奇的俱樂部而蒙受委屈。相反的，就我所知，你大約賺了三十英鎊，這還沒算上你在字母『A』的每個詞條下獲得的小小知識。你沒有因為他們而損失任何東西。」

「不，先生。但我想弄清楚他們在搞什麼鬼，他們是誰，以及他們對我開這個玩笑的目的何在——若這只是個玩笑的話。對他們來說，開這個玩笑的代價不小，這可是個三十二英鎊的玩笑。」

「我們會努力為你釐清這些要點的。首先，我有一兩個問題要問你，威爾遜先生。你的助手第一次向你提起那則廣告時——他在你那裡做了多久的事？」

「當時大概一個月左右。」

「他是怎麼來的？」

「看到應徵廣告來的。」

「他是唯一的申請人嗎？」

「不，當時來了一打人。」

「為何選他？」

「因為他能幹，而且還很便宜。」

「事實上，只要一半的工資。」

「是的。」

「這位文森特．斯波爾丁，他長什麼樣子？」
「身材矮小但很壯實，手腳俐落，雖然三十來歲，但臉上沒有毛髮。前額有一塊酸液潑濺的白色瘢痕。」
福爾摩斯很是興奮的從椅子彈起來。「和我想的一樣，」他說，「你有沒有注意到他有穿耳洞？」
「有，先生。他告訴過我，那是他在幼年時，一個吉普賽人替他穿的。」
「哼！」福爾摩斯說著陷入沉思，「他還在你那裡？」
「哦，是的，先生；我出門的時候他還在。」
「當你不在的時候，他把生意打理得如何？」
「沒什麼可抱怨的，先生。早上本來也就沒有太多生意可做。」
「這樣就行了，威爾遜先生。我很樂意在一兩天內就這件事給你回覆。今天是週六，我希望我們在週一之前能得出結論。」
「如何，華生，」在我們的訪客離去後，福爾摩斯說，「你怎麼看這一切？」
「我毫無頭緒，」我老實回答，「這事情太神祕了。」
「通常有一個原則，」福爾摩斯說，「愈是怪誕的事件，結果往往愈是平凡無奇。尋常而毫無特色的犯罪才是最難解的，就像一張普通的面孔是最難辨認的一樣。

但我必須立即著手處理這件事。」

「那你預備怎麼做？」我問。

「抽菸，」他回答，「這是個需要三管菸斗的問題，我懇請你五十分鐘內不要和我說話。」他將自己蜷縮在椅子裡，瘦削的膝蓋幾乎頂到鷹一樣的鼻子下，他閉著眼睛坐在那裡，黑色的陶製菸斗像某種珍禽的鳥喙向前伸。我得出他已經睡著了的結論，而我自己也昏昏欲睡起來。這時，他突然從椅子上跳起來，儼然已經下定決心的模樣，他把菸斗放在壁爐架上。

「薩拉沙泰今天下午在聖詹姆斯廳有演出，」他說，「你覺得呢，華生？你的病人能讓你空幾個小時出來嗎？」

「我今天沒事。我一直都沒有太投入工作。」

「那就戴上你的帽子來吧。我打算先穿過市區，我們可以在路上吃午餐。我注意到今天的節目中有不少德國音樂，這比義大利或法國音樂要投我所好，它發人深省，而我正需要內省。我們走吧！」我們乘地鐵到了奧爾德斯蓋特；又走了一小段路到薩克森-科堡廣場，今天早上聽到的奇特故事就在這裡發生。這個地方簡陋、狹小，但仍試圖維持著優雅。四排髒舊的兩層磚房面朝著一片圍欄圈起來的地面，那片草坪雜草叢生，幾簇失色的月桂灌木叢尚在與周遭煙霧瀰漫、不搭調的氛圍艱苦鬥爭。在角落的一間房子外，有三顆鍍金的球和一塊帶著「傑貝茲．威爾遜」白色字樣的棕色木板，揭示了我們紅髮客戶做生意的所在。福爾摩斯停步在門前，傾著頭把那間房子細細打量一遍，他的眼睛在帶皺褶的眼皮下煥發神采。然後，他慢慢沿著街道走，緊接著又回到拐角處，仍敏銳地看著那些房子。最後他折返當鋪前，用手杖在當鋪外的人行道上使勁地敲擊了兩三下，這才去敲了當鋪的門。一名看上去聰明、鬍子刮得乾乾淨淨的年輕人立刻開了門，並請他入內。

「謝謝，」福爾摩斯說，「我只是想問問從你這裡要怎麼到河岸街。」

「第三個路口右轉，再到第四個路口左轉。」那名助手迅速答道，隨即關上了門。

「聰明的傢伙，」福爾摩斯在我們離開時說道，「在我看來，他是倫敦第四聰明的人，至於膽量，我不確定他是否已是第三名。我對他的過去略有耳聞。」

「很顯然，」我說，「威爾遜先生的助手在紅髮俱樂部的謎團中有著很重的份量。我確信你找他問路只是為了看看他。」

「不是為了看他。」

「那是要看？」

「看他褲子膝蓋的部分。」

「你看到了什麼？」

「看到我想要看到的東西。」

「你為什麼要敲人行道？」

「我親愛的醫生，現在是觀察的時候，而不是談話的時候，眼下我們還在敵方的土地上做間諜。我們已經得知關於薩克森-科克堡廣場的一些情況，現在讓我們探索一下它背後的部分。」

當我們從僻靜的薩克森-科堡廣場轉過拐角時，發現自己立足的街道是一幅完全不同的景象，就像圖片的正反面那樣呈現鮮明對比。它是市區通往北邊與西邊的交通樞紐之一，從事商貿的人們匯成洪流，往不同方面流動的兩條洪流堵塞了道路，人行道同樣被匆匆往來的行人們擠得暗無天日。當我們看著成排精緻的商店和堂皇的商業場所時，很難意識到它們真的毗鄰著我們剛剛離開的那個失色的、死氣沉沉的廣場。

「讓我瞧瞧，」福爾摩斯說，他站在街角、瀏覽過那成排的建築，「我想我能記住這些房子的順序，精確了解倫敦是我的嗜好之一。這裡是有莫蒂默（Mortimer's）餐酒館、菸草商、書報館、城市和郊區銀行的科堡分行、素食餐廳和麥克法蘭馬車製造廠，再來就到下個街區了。現在，醫生，我們已經完成了工作，所以是時候來點娛樂了。一份三明治和一杯咖啡，再到小提琴演奏場地，那裡的一切都是甜蜜的、細膩的以及和諧的，不會有紅髮客戶用難題來煩擾我們。」

我的朋友是個滿懷熱情的音樂愛好者，他本身就是深具才華的表演者，身兼非比尋常的作曲家。整整一下午，他坐在座位中，被極致的喜悅所包圍，隨著音樂節拍輕輕揮舞著他修長的手指，他溫柔的笑容和慵懶如夢的眼神，難以與那獵犬一般的、嚴酷無情的、機智而靈敏的偵探福爾摩斯聯繫在一塊。兩種截然不同的特質在他獨特的性格中交替著單獨彰顯，正如我經常認為的那樣，他極端的精確和敏銳的反應，強烈對比著偶爾占據他心神的詩意和沉思。他在兩種極端之間來回擺盪，使他有時倦怠消沉，有時又精力充沛；而且我很清楚，他從未如眼下這般令人生畏，正如長久以來，他會一連好幾天懶散的待在扶手椅上，將心力全耗在即興創作和黑字書上。然而，追逐的慾望會突然降臨到他身上，將他高超的推理能力上升為直覺般的存在，乃至那些不熟悉他作風的人會對他超乎常人的知識難以置信。那天下午，當我看到他對聖詹姆斯廳的音樂那般如癡如醉，不免感到他正追捕的人怕是要大難臨頭了。

「毫無疑問，你想回家了，醫生。」當我們在表演結束後走出來時，他說道。

「沒錯，我是這麼想的。」

「我還有一些事情，這需要花點時間去辦。薩克斯-科堡廣場的這件案子相當嚴重。」

「怎麼說？」

「一樁不可輕忽的犯罪在暗中醞釀，我有足夠理由相信我們能及時阻止它。但今天是星期六，這會讓事情變得複雜。我今晚會需要你的幫助。」

「幾點？」

「十點足夠了。」

「我十點會到貝克街。」

「那太好了。還有，醫生，我想到時可能會有一些小危險，所以請把你的軍用左輪放在口袋裡。」他揮了揮手，一轉身就消失在人群中。

我相信自己並不笨，但在與福爾摩斯的往來中，我簡直難以忍受自己的愚蠢。就說眼下這件事好了，他聽到的我都聽到了，他看到的我也沒漏看，從他的話語很明顯可以看出，他不僅明瞭已經發生的一切，更預見了將要發生的事情，然而對我來說，這整件事情仍混亂而荒誕。當我乘車回到肯辛頓的家時，又把事情從頭到尾想了一遍，從抄寫大英百科全書的紅髮人奇異的故事，到走訪薩克森-科堡廣場，以及他與我分手時所說的、那些預示不祥的話語。這次夜間探險是怎麼回事？為什麼要我帶著武器去？我們要去哪裡、要做什麼？從我打福爾摩斯那兒得到的暗示，那個臉面乾淨的當鋪助手是個不好對付的人——一個可能會玩深層手段的人。我試圖搞懂它，卻仍失望地放棄了，只能把事情擱一邊去，寄望到了晚上能得到解答。

我九點一刻從家裡出發，穿過公園，再穿過牛津街到貝克街。兩輛雙輪馬車停在門外，我在進入過道時，聽到上面傳來的聲音。當我踏進房間，只見福爾摩斯正與兩個人熱烈地交談著，我認出其中一人是官廳警察彼得．瓊斯，而另一人高高瘦瘦、面帶愁容，穿戴著擦亮的帽子和相當體面的長外衣。

「哈！我們的人到齊了，」福爾摩斯說，他邊扣好他粗呢短大衣的鈕釦，邊把他那沉重的狩獵鞭從架子上拿下來，「華生，我想你認識蘇格蘭場的瓊斯先生，向你介紹梅利威瑟先生，他也是我們今晚冒險的夥伴。」

「你瞧，我們又搭夥狩獵了，醫生，」瓊斯以他向來的自傲說道，「我們這位朋友是個擅長發起狩獵的人，他要的只是一條老狗幫助他去追捕而已。」

「我希望我們的追捕不會只是徒勞無功。」梅利威瑟先生陰鬱地說道。

「先生，你大可以充分信任福爾摩斯先生，」那名警察高傲地說。「他自有一套方法，這套方法，若他不介意我這麼說，就是太理論化也太天馬行空了點，但他天生就是做偵探的料。有那麼一兩次，像是肖爾託謀殺案和阿格拉寶藏案，他的判斷都比官方偵查更正確，這麼說一點也不誇大。」

「喔，如果你都這麼說了，瓊斯先生，那自然是沒有問題，」那名陌生人遵從地說，「儘管如此，我還是得承認我錯過了牌局。這是我二十七年來第一次沒在星期六晚上去打牌。」

「我想你會發現，」福爾摩斯說，「你今晚下的賭注將高過以往任何一次，而且這一局牌戲也更刺激。對你來說，梅利威瑟先生，賭注大概有三萬英鎊；至於你呢，瓊斯，對方則是你一心想要逮捕的人。」

「約翰．克雷，一名殺人犯、小偷、打手和詐欺犯。梅利威瑟先生，他還年輕，但在他那一行已經是頂尖的了，我急著想逮到他，勝過逮捕任何倫敦的罪犯。他是個不簡單的人物，這個年輕的約翰．克雷。他祖父是皇家公爵，他自己也曾在伊頓公學和牛津大學讀過書。他的頭腦就像手指一樣狡猾，儘管我們隨時隨地都能發現他的蹤跡，但從不知道要上哪裡找到他這個人。前一個禮拜他還在蘇格蘭砸壞嬰兒床，下一個禮拜他又出現在康沃爾，為建造孤兒院募捐。我追捕了他這麼多年，還沒有親眼見過他一次。」

「我希望今晚能有這個榮幸把他介紹給你。我自己也和約翰．克雷先生有點過節，我同意你的觀點，他是他那一行頂尖的。現在已經過了十點，是時候出發了，請你們兩位坐第一輛馬車，華生和我會坐第二輛車跟著你們。」

這段乘車路途很長，福爾摩斯一路上不怎麼說話，只是躺進車座裡哼著他下午聽到的曲子。我們的馬車咔嗒咔嗒地穿過無止無盡、迷宮曲徑似的，由煤氣燈照亮的街道，直到轉進了法靈頓街。

「我們已經很接近了，」我的朋友說。「這位梅利威瑟是一名銀行董事，他對這件案子很感興趣。我也認為應該要讓瓊斯和我們一起過來，他這個人不壞，儘管在他那行徹頭徹尾就是個傻瓜。但至少有一點是很值得肯定的——他像鬥牛犬一樣勇敢，而且一旦被他逮著了，他會像龍蝦那般頑強地不鬆開鉗子。我們到了，他們在等我們了。」

我們來到早上來過的這條擁擠的大道，遣走了馬車後，由梅利威瑟先生帶路，我們穿過一條狹窄的通道，走進一扇由他為我們打開的邊門。進門後有一條小走廊，走到底是一扇巨大的鐵門。這扇門同樣被打開，門裡盤旋的石階梯向下通往另一扇令人生畏的大門。梅利威瑟先生停下來點起一盞油燈，然後帶領我們走下那條黑暗、散發泥土氣味的通道，在開啟第三扇門後，我們進入一個巨大的金庫或地窖，裡面堆滿了板條箱和龐大的箱子。

「這裡要從上頭闖進來可不容易。」福爾摩斯說，舉起油燈凝視著。

「從下面也一樣。」梅利威瑟先生說著，用他的手杖敲打鋪在地上的石板。「怎麼回事！老天！這聽起來是空心的！」他驚訝地抬起頭說道。

「我真要請你安靜點！」福爾摩斯嚴厲的說，「你已經嚴重危及我們這場計畫周密的行動。我是否可以請你去找個箱子坐下，並且不要插手？」

莊嚴的梅利威瑟先生只好坐到了板條箱上，一臉大受委屈的表情。福爾摩斯則跪在地板上，開始用油燈和放大鏡檢查石板間的縫隙，但幾秒鐘後他便重新站起身，將放大鏡放回口袋裡，似乎已經得到滿意的答案。

「我們至少還要等上一小時，」他說，「在那位老好人當鋪主上床睡覺之前，他們是無法繼續下一步行動的。但接下來他們就一刻鐘也不會耽擱了，愈早完成工作，他們逃走的時間也愈多。醫生，你毫無疑問已經猜中了，我們眼下就在倫敦一家主要銀行市內分行的地下室裡。梅利威瑟先生是銀行董事長，他會向你解釋，為何倫敦那些膽子比較大的罪犯會對這個地下室如此感興趣。」

「是因為我們的法國金幣，」那位董事長壓低了嗓音說，「我們收過幾條警告，說是有人在打它的主意。」

「你們的法國金幣？」

「是的。幾個月前，我們有了增加資金來源的機會，為此向法國銀行借了三萬拿破崙金幣。而在這段期間，愈來愈多人知道我們還沒有時間開箱取錢，它仍然存在我們的地下室裡。光是我坐著的這個箱子裡就有兩千個拿破崙金幣，夾在一層一層的鉛箔間包裝。當前，我們的黃金儲備遠遠多過一個分行應有的正常數量，董事們對此早有疑慮。」

「他們這麼想再合理不過，」福爾摩斯說，「現在是時候安排我們的小小計畫了，我估計事情的關鍵將在一個小時內浮現。同時，梅利威瑟先生，我們必須把油燈罩起來。」

「就這樣坐在黑暗中？」

「恐怕是這樣沒錯。我在口袋裡帶了一副牌，本想我們正好四個人，這樣你也許仍能玩到你的橋牌。可我注意到敵人已然準備萬全，我們不能冒險洩漏半點燈光。現在首先，我們必須選好位置，這都是些膽大妄為之人，雖然我們是先發制人的一方，但一不小心還是可能被他們所傷。我會站在這個箱子後頭，你們則躲到那些箱子後面去，我一朝他們身上閃燈，你們就立刻圍上去。他們要是開槍，華生，別猶豫，射倒他們。」

我把左輪上了膛，擱在了我所藏身的木箱上。福爾摩斯將油燈的擋板拉上，我們頓時陷入一片漆黑中——那是一種我從未經歷過的完全黑暗。金屬燒熱了散發出來的氣味使我們確信燈還亮著，預備著隨時可以閃出亮光。我等在那兒，繃緊了神經，在又濕又冷的地窖裡，突如其來的幽暗令人感到沮喪與壓抑。

「他們只有一條退路，」福爾摩斯輕輕說道，「便是穿過房子回到薩克森-科堡廣場。瓊斯，我想你都照我說的做了？」

「我讓一名巡官和兩名警員守著前門。」

「那我們已經堵上了所有的洞，現在就是安靜的等著。」

時間似乎過得好慢啊！事後證明我們不過就等了一個小時又一刻鐘而已，但在當下，我感到夜晚一定快過完了，破曉的曙光將至。我的手腳又累又僵硬，因為不敢變換姿勢；而神經緊繃到了最極致，致使我的聽力變得異常敏銳，不僅能聽到同伴們輕微的呼吸聲，還分辨得出笨重的瓊斯那深沉的呼吸聲，與銀行董事的輕輕嘆息。從我的位置看過去，可以越過箱子望見地板。驀然，我看到一閃而過的亮光。

起初只是石板縫隙間一點點陰暗的火光。接著光點延長，直到連成一條黃線，然後全無預警的，一道裂縫悄悄地打開了，一隻手從那裡頭探出來，白皙如女人的手在那一小方照亮的範圍中央摸索著。過了一分鐘左右，那隻手蠕動著手指，由地板底下伸出來，然後如同它的突然出現一樣，它又抽了回去。周遭復又漆黑一片，剩下一星陰暗的火光標示著石板間的縫隙。

然而，它的消失只是片刻之間，猛然一陣碎裂聲後，一塊寬闊的白色石板被翻過來側立著，下頭是個方形的、洞開的窟窿，燈光從其中透出來。一張刮得乾乾淨淨、孩子般的臉孔探出洞口窺視著，快速地觀察了一圈後，他雙手按在洞口兩側，將身子撐上來，直到肩膀和腰部都露出了洞口，他再將一邊膝蓋靠在洞口邊緣，一眨眼就已經站上了洞口旁邊，並將後頭的同夥拉上來，那是個和他一樣輕捷、矮小的傢伙，有著一張蒼白的臉和一頭蓬鬆鮮紅的頭髮。

「一切都沒問題，」他低聲說。「鑿子和袋子都帶來了嗎？喔我的天！跳，阿奇，跳下去，我來對付他們！」

夏洛克．福爾摩斯跳出去，一把揪住入侵者的衣領。另一名同夥跳下洞口，當瓊斯劈手抓住他的衣襬，我聽到布料撕裂的聲音。左輪手槍的槍管光芒一閃，但福爾摩斯的狩獵短鞭打在那個人的手腕上，手槍噹啷一聲掉在石地板上。

「這沒用的，約翰．克雷，」福爾摩斯溫和地說，「你毫無機會。」

「看來是這樣沒錯，」對方極其冷靜的答道，「我想我的同伴已經順利逃離了，儘管我看到你們抓住他的衣角。」

「那一頭有三個人在門口等著他。」福爾摩斯說。

「噢，確實！你看起來把一切都打點妥當了，我應該要向你致意。」

「彼此彼此，」福爾摩斯回答。「你那紅頭髮的點子還真是新穎又有效。」

「很快就會見到你的同伴了，」瓊斯說，「儘管他鑽洞的速度比我還快。現在，你最好乖乖伸手讓我銬上。」

「請不要用你們的髒手碰我，」當手銬扣在他的手腕上時，我們的囚犯說，「你們可能還沒注意到我的血管裡流著皇家血液，同時我也懇求你們在對我說話時，無論何時都要用上『先生』和『請』。」

「行，」瓊斯瞪大眼睛看著他，竊笑道，「好吧，先生，是否請您移駕樓上，好容我們叫一輛馬車，送閣下到警察局去？」

「這樣好多了。」約翰·克雷平靜地說，他向我們三個人鞠了一躬，在偵探的監看下默默離去了。

「真的，福爾摩斯先生，」在我們尾隨他們走出地窖時，梅利威瑟先生說，「我不知道銀行該如何感謝你或給予你酬勞。毫無疑問的，你以最縝密的手法偵查並破解了案子，我從沒經歷過如此精心策畫的銀行搶劫案。」

「我自己也有一兩筆舊帳要和約翰·克雷先生算清。」福爾摩斯說，「我在這個案子上有小小的花銷，我想銀行會願意替我出這筆錢的，除此之外，這個案子給我的經歷方方面面來說都非常獨特，並聽到了紅髮俱樂部不尋常的故事，這些回報足夠豐厚了。」

「你瞧，華生，」當清晨時，我們坐在貝克街喝著威士忌和蘇打水，他解釋道，

「打從開頭就很明顯了，無論是那則奇妙的俱樂部廣告，或者抄寫百科全書的職位，唯一可能的目的便是把那位不太聰明的當鋪老闆每天支開幾個小時，他們的作法很古怪，但也確實難有更好的辦法了，無疑的，克雷那精明的腦袋能夠想出這樣的主意，少不了來自同夥頭髮顏色的啟發。每週四英鎊是引誘當鋪老闆上鉤的餌，他們可是意在上千上萬英鎊的人，區區四英鎊對他們來說又算得了什麼呢？他們刊登了廣告，一個人搞了間臨時辦公室，另一人則慫恿當鋪老闆去申請空缺，他們的共謀確保了他每天早上都不在當鋪。從聽到那位助手只拿一半的工資開始，我便很確定他有強烈的動機要保住這份差事。」

「但你是怎麼猜出他們的動機的？」

「如果那間屋子裡有女人，我會懷疑這就是一件尋常的風流事，但那是不可能的。這位當鋪老闆經營的是個小生意，當鋪裡也沒有任何值得他們如此精心籌畫的東西，甚至還得為之付出那麼大的花費。因此，他們感興趣的東西必定是在當鋪以外，那會是什麼？我想起了那位助手喜歡照相，以及他總是躲進地下室的伎倆。地下室！這團糾結在一塊的線索開始有了頭緒。接著我詢問了這位神祕的助手，並察覺了我正與倫敦最冷酷、最大膽的罪犯之一打交道，他在地下室幹了某些勾當——每天要花好幾個小時，且需要整整一個月才能完成的勾當。我又想了想，那會是什麼？除了正在挖掘一條通往其他建築的隧道外，我想不到還有別的可能。

「這些是我們去查看行動地點以前，我已經知道的部分。那時你對我用手杖敲打人行道感到訝異，我是在搞清楚地下室究竟是往前還是向後延伸。一旦確定它不在前面，我按了門鈴，那位助手如我期望地來應了門，我們有過一些小衝突，但從未真正打過照面。我幾乎沒在看他的臉，他的膝蓋才是我真正想看的東西，你一定也注意到他褲子膝蓋的部分有多破舊與骯髒，還起著皺，說明他花了多少時間在挖掘地道。現在剩下的問題就是找出他們挖這條地道的目的，在我繞過街角，看到市區和市郊銀行緊挨著我們朋友的鋪子後，我想問題已經完全解決了。演奏會後你乘著車回去，我則去拜訪了蘇格蘭場和銀行董事長，至於結果，你也看到了。」

「你怎麼知道他們會挑在今晚犯案？」我問。

「嗯，當他們關閉了俱樂部辦公室時，說明了他們已經不再關心傑貝茲．威爾遜先生是否在家——換句話說，他們已經完成了地道，而最重要的是，地道隨時會被發現，金幣也可能被移走，他們必須盡快使用它。而週六又比其他任何一天都更適合他們的計畫，因為這能給他們足足兩天的時間逃跑。出於以上所有原因，我預料他們今晚會出手。」

「你的推理真是絕妙，」我半點不掩飾我欽佩的感嘆道，「這是那麼一長串的推論，而每一個環節又都環環相扣。」

「它使我免於無聊，」他邊打呵欠邊說，「唉！我已經感到漸漸地陷入其中了。我這一生都在極力擺脫平庸的生活，這些小問題正好助我做到這一點。」

「你的存在是人類之福。」我說。

他聳聳肩，「好吧，也許是這樣，畢竟還是有點用處的，」他說，「就像福樓拜在給喬治桑的信中寫到的，『人本身什麼都不是——他們完成的工作才是一切。』」

CASE 3

身分之謎

A Case of Identity

「我親愛的朋友，」當我倆在福爾摩斯那位於貝克街的寓所裡、分別坐在壁爐的兩側時，他說道，「生活比人類所能想像出來的東西都要奇妙得多。光是那些實際上存在的平凡事物，全是我們想都不敢想的。如果我們能手牽手飛出那扇窗戶，在這座偉大城市的上空翱翔，輕輕地掀起屋頂，窺視那些正在發生的古怪事情，種種奇怪的巧合，計畫，人與人的矛盾，精妙絕倫、發生在數個世代之間的連串事件，並導致非比尋常的結果，都會使所有老套的、一看就知道結局的小說顯得陳腐，且沒有任何價值。」「然而我不相信你的說法，」我回答，「那些刊登在報紙上的案件都是千篇一律，十足單調，也十足普通。我想警方報告已經將現實主義推到了極致，但結果嘛，我得坦白說，既不吸引人也毫無藝術性。」

「要產生實際效果，就必須選擇與斟酌。」福爾摩斯說，「這正是警方報告所缺乏的，也許他們過於強調地方治安官的陳腔濫調，而非對觀察者來說代表整件事情重要本質的細節。毫無疑問，沒有什麼比尋常事物更不自然的了。」

我笑著搖了搖頭。「我很能理解你為何會這麼想。」我說，「當然，以你身為非正式顧問和助手的立場，幫助那些來自三大洲身陷困境的人，你接觸到的盡是一些稀奇古怪的事物，但在這裡……」我從地上撿起了晨報，「讓我們做個實驗吧，這是我看到的第一個標題，『丈夫虐待妻子』，足足占了半欄的篇幅，但我不用看也知道裡頭都是那些最熟悉的內容。想當然耳，有另一個女人，喝醉了酒，推撞，毆打，瘀傷，好心的姊妹或房東太太，最差勁的作家也寫不出這麼粗製濫造的內容來。」

「事實是，你舉的案例無助於你的論點，」福爾摩斯說，他拿起報紙，迅速地掃了一眼，「這是鄧達斯分居的案子，恰好在事情發生時，我正致力於釐清其中相關的一些疑點。那位丈夫是一名戒酒者，案子裡也沒有其他女人，他被指控是因為以拔下假牙、把它扔向妻子做為每頓飯收尾的不良習性。你得同意這可不是尋常講故事的人能想像出來的行為，醫生，來點鼻菸，然後承認在你舉例的這一局，是我贏了。」

他遞出他的舊金鼻菸盒，盒蓋的中央嵌著一大顆紫水晶。它的耀眼與他的樸素行事和簡單生活完全不搭調，令我禁不住問起它。

「啊，」他說，「我忘了已經好幾個星期沒見到你了。這是波希米亞國王送給我的小紀念品，以酬謝我在艾琳．艾德勒一案中提供的幫助。」

「那枚戒指呢？」我問道，瞥了一眼在他指間閃爍著無比光輝的東西。

「來自荷蘭王室，我服務於他們的那件案子太過微妙，即便是你這位向來擅長為我記錄一件兩件小小經歷的好友，我也不能透露那是怎麼回事。」

「那你手頭上有沒有任何案子？」我很感興趣地問道。

「有十來件吧，但沒一件看上去是有趣的。它們很重要，你懂的，但就是沒意思。事實上，我發現那些無關緊要的案件反而具有觀察與分析因果關係的空間，這令它們調查起來格外迷人。而大宗的犯罪往往就顯得簡單了，一般來說，犯罪愈大，動機就愈明顯。在那些案子中，除了從馬賽交辦過來的一樁案子稱得上複雜之外，其餘都沒太大意思。不過，更有趣的案件也許馬上就要上門來了，若我沒有猜得太離譜的話，那是我的一位客戶。」

他從椅子上站起來，站在拉開的窗簾之間，向下凝視著色調沉悶乏味的倫敦街道。我越過他的肩頭看出去，只見對面的人行道上站著一個高大的女人，圍著厚厚的毛皮圍巾，並以德文公爵夫人般賣弄風情的模樣，將寬邊帽斜戴在耳朵上方，帽上插著一根大而蜷曲的紅色羽毛。在這全副的盛裝打扮下，她緊張而猶豫地窺望著我們的窗口，同時身子前後搖晃著，手指煩躁的擺弄著手套上的鈕釦。驀然，像躍身離岸的游泳者一樣，她匆匆穿過馬路，我們隨即聽到尖銳的門鈴聲。

「我見過這一類的徵兆，」福爾摩斯說著把香菸扔進爐火，「在人行道上走晃總是意味著一場私情事件。她想要得到一些建議，但又不確定這件事是否適合與他人談論。而即便是這一點，我們也該加以區辨，當一個女人認為她被男人嚴重冤枉時，她便不再遲疑，通常的表現就是連門鈴繩都可以扯斷。我們姑且當這件事是樁感情事件，只是這位女士與其說是憤怒，倒更像迷茫和悲傷，而她現在要親自來解決我們的疑問了。」

敲門聲在他說話的同時響起，管家進來報上了瑪麗．薩瑟蘭小姐的名號，而這位女士則隱約出現在管家矮小的黑衣身形後，彷彿一艘揚帆的商船跟在領港小船後頭。福爾摩斯以出色的親切與禮貌歡迎她，順手為她帶上門，鞠著躬請她到扶手椅坐下，並以他那獨特的心不在焉之色打量了她片刻。

「你不覺得，」他說，「就你那樣的近視眼，未免打字打得太多了？」

「開頭是這樣沒錯，」她回答說，「但現在我不用看也知道字母在哪裡。」接著，她突然意識到他話語中的全部含義，她猛然抬起頭看著他，寬闊、友善的臉孔浮現出驚懼愕然之色，「你聽說過我，福爾摩斯先生，」她叫道，「不然你怎麼知道這一切？」

「別在意這個，」福爾摩斯笑著說，「我的工作就是去了解事物，也許我始終在訓練自己去留意一切受人疏忽之物。若非如此，你又何須來我這兒尋求幫助？」

「我來找你，先生，是因為我從埃斯里奇夫人那裡聽說了你。當警察和每個人都認為她丈夫已經死了而放棄尋找時，你卻不費力地就找到了他。哦，福爾摩斯先生，我希望你也能為我做到這些。我不算富有，但仍有每年一百英鎊的收入，此外還有我靠打字賺的一點點錢，而我願意付出這一切去得知霍斯默．安吉爾先生的下落。」

「你為何這麼匆忙地跑來找我？」福爾摩斯問，雙手搭起，指尖對著指尖，眼睛盯著天花板。

瑪麗．薩瑟蘭小姐有些茫然的臉上再次露出驚詫之色，「是的，我的確是從家裡衝出來的，」她說，「我很生氣，因為看到溫迪班克先生——也就是我父親——不把這一切當一回事。他不肯報警，也不肯到你這兒來。最後，就因為他什麼都不做，只會說些這麼做沒壞處之類的話，令我非常光火，換好衣服就馬上來找你了。」

「你父親，」福爾摩斯說，「當然了，他是你的繼父，因為你們不同姓。」

「是的，他是我繼父，我喊他父親，儘管這聽起來有點滑稽，畢竟他才大我五歲又兩個月。」

「你母親還健在嗎？」

「哦，是的，母親還好好的。福爾摩斯先生，當她在我父親去世沒多久後就再婚時，我不是很高興，特別是對方還是一個比她小了快十五歲的男人。我的親生父親在托登罕宮路做煤氣管工，他留下的生意打理得井然有序，由我母親和工頭哈迪先生一起繼續經營；但當溫迪班克先生出現以後，他讓她賣了這樁生意，就因為他身為一名葡萄酒推銷員的優越感。商譽連同利息為他們換得四千七百英鎊，若我父親還在世的話，這比他能得到的實在少得離譜。」

我預期在這種雜亂又無關緊要的敘述下，會看到福爾摩斯面露不耐。然而，正好相反，他全神貫注地聆聽。

「你自己的小小收入，」他問道，「是來自那筆生意嗎？」

「哦，不，先生，那完全是另一回事，它是我在奧克蘭的奈德叔叔留下來的。它存在紐西蘭，利息是四分半，本金則有兩千五百英鎊，但我只能動用利息。」

「對於你所說的我深感興趣，」福爾摩斯說，「既然你每年可以提用一百英鎊那麼多錢，再加上自己賺來的錢，無疑可以來趟小旅行、用各種方式放鬆自己。我想一位單身女士只要有六十英鎊的收入，就可以過上很好的生活了。」

「我可以支配的錢要遠遠少於這個數目，福爾摩斯先生，不過你知道的，只要我還住在家裡，便不希望成為他們的負擔，所以當我和他們住在一起時，他們可以動用那筆錢。當然，那只是暫時的。溫迪班克先生每個季度都會將我的利息提出來交給母親，而我發現光憑打字方面的收入，我就可以過得不錯了，打一頁有兩便士，我一天通常可以打十五到二十頁。」

「你已經把自己的狀況解釋得非常清楚了，」福爾摩斯說，「這位是我的朋友，華生醫生，在他面前就像在我面前一樣，你想說什麼儘管說。現在請和我們說說你與霍斯默・安吉爾先生的一切聯繫吧。」

薩瑟蘭小姐的臉上泛起了紅暈，她緊張地擺弄著外衣的邊緣，「我第一次見到他是在煤氣裝修工的舞會上。」她說，「父親還在世時，他們會把票寄給他，在那之後，他們也還記得我們，並把票轉送給母親。溫迪班克先生不希望我們參加舞會，他根本就不希望我們去任何地方，甚至連我想參加主日學的聚會，他都會非常生氣。但這次我下定決心要去，而且非去不可；他有什麼權利不讓我去？他說那裡的人不適合我們往來，但那些可都是父親的朋友。他又說我沒有適合的衣服可以穿，然而我有一件紫色長毛絨衣裳，放在抽屜裡從沒拿出來穿過。最後，他無力再阻止我，便為了公司的業務到法國出差去了。而母親和我，以及我們以前的工頭哈迪先生，我們一起去了舞會，我就在那裡遇到了霍斯默．安吉爾先生。」

「我想，」福爾摩斯說，「等溫迪班克先生從法國回來，一定對你去參加舞會這件事大為惱火。」

「哦，他對這事的反應其實不壞，我記得他笑了，還聳了聳肩，說否決一個女人的想法根本就是白費力氣，因為她還是該幹什麼就幹什麼。」

「我明白了。然後，據我所知，在煤氣裝修工的舞會上，你遇到了一位名叫霍斯默．安吉爾的紳士。」

「是的，先生，那天晚上我遇到了他，第二天他來訪，看看我們是否都安全回到了家，在那之後我們還見過面——也就是說，福爾摩斯先生，我們一起散步過兩次，但等父親回來後，霍斯默．安吉爾先生就再也不能到家裡來了。」

「不能嗎？」

「嗯，你知道父親不喜歡這類事情，如果做得到，他甚至不會讓任何人來訪，他老是說女人應該愉快地待在自己的家庭圈裡。但就像我對母親說過的，一個女人得先擁有自己的社交圈，然而我都沒有呢。」

「那麼霍斯默．安吉爾先生那邊又如何？他沒有試著要來見你嗎？」

「哦，父親在一週內又要到法國，霍斯默來信說，我們在他離開之前最好都不要見面，那樣比較保險，在這段期間內我們可以通信。那時他天天都會寫信，每天早上我就會把信拿進來，這樣父親就不會知道。」

「那時候你和這位紳士訂婚了嗎？」

「啊，是的，福爾摩斯先生。我們在第一次散步後就訂婚了。霍斯默——安吉爾先生——是利德賀街一間辦公室的出納員——而且……」

「什麼辦公室？」

「最糟糕的就是這一點，福爾摩斯先生，我不知道。」

「那麼，他住在哪裡？」

「他就睡在他工作的地方。」

「而你甚至不知道他的地址？」

「不……，只知道在利德賀街而已。」

「那你都把信寄到哪裡去？」

「寄到利德賀街郵局，讓他親自去取信。他說，若是把信送到辦公室，他會因為收到女人的信而被其他職員取笑，我為此也提議過，就像他寫信給我時那樣，我也可以用打字的寫信給他。可他不願意，他說若是手寫的信，他會覺得像直接與我往來一般，但若是打字的信，彷彿我倆之間夾著一部機器似的。福爾摩斯先生，他連這樣的小事都考慮到了，足見他有多喜歡我。」

「這是最能夠解釋一切的，」福爾摩斯說，「這麼多年下來，我自己的一個原則就是，小事情才是最重要的。關於霍斯默．安吉爾先生，你還記得其他小事情嗎？」

「他是一個非常害羞的人，福爾摩斯先生，他寧願在晚上和我一起散步而不是白天，他不喜歡受人注目。他很靦腆，深具紳士風度，連嗓音都很輕柔，他告訴我，小時候患上了扁桃腺炎和腺體腫大，這讓他的喉嚨很脆弱，說起話來總是吞吐、細聲細氣的。他總是穿著得體，整潔而樸素，但他的眼睛不好，就和我一樣，因此總戴著淺色眼鏡來遮光。」

「好吧，當溫迪班克先生，你的繼父，再一次去法國之後，又發生了什麼事？」

「霍斯默．安吉爾先生又到家裡來了，他提議我們應該在我父親回來之前結婚。他認真得驚人，要我把手放在聖經上發誓，無論發生什麼事，我都會永遠忠誠於他。我母親認為他要我發誓是對的，這代表他對我的熱情。母親打一開始就很中意他，甚至比我更喜歡他。然後，當他們討論起一週內要結婚時，我問到父親該怎麼辦，但他們都說別理他，只要事後再跟他說一聲便成，母親甚至表示會去和他談妥這件事。我不太喜歡這麼做，福爾摩斯先生，儘管我要父親同意這門婚事似乎很可笑，畢竟他只大我幾歲而已，但我不想瞞著他做任何事，於是我寫了封信給他，寄到他的公司位於波爾多的法國辦事處，但那封信在婚禮當天早上被退回來了。」

「所以他錯過了那封信？」

「是的，先生，他在信寄到之前就已經回到英國了。」

「哈！那太不巧了。所以你的婚禮已經安排在星期五了，是在教堂舉行嗎？」

「是的，先生，但我們打算聲張。我們預計在國王十字的聖救世主教堂完婚，之後再到聖潘克拉斯酒店吃早餐。霍斯默坐著一輛雙座馬車來找我們，但我們有兩個人，於是他把雙座馬車讓給了我們，自己則跳上一輛四輪馬車，那是當時街上僅有的一輛出租馬車了。我們先到教堂，四輪馬車隨後抵達時，我們等著他下車，但他遲遲沒走出來，馬車夫從車座下來查看車廂，裡頭卻不見任何人影！馬車夫表示無法想像發生了什麼事，他可是親眼看著對方上車的。那是上星期五的事了，福爾摩斯先生，在那之後，我就再也沒有見到或聽到任何有關霍斯默先生的消息，更別提他的下落了。」

「在我看來，你受到了非常可恥的對待。」福爾摩斯說。

「哦，不，先生！他太好了，太善良了，不會就這樣離開我。為何這麼說？整個早上他都在對我說，無論發生了什麼事，我都要對他忠誠；即使發生了什麼意料之外的事情將我們分開，我一定要記住對他承諾，他遲早也會履行他的承諾。對於婚禮的早晨來說，他說的這些話似乎有點怪，但那之後發生的事情令它別有深意。」

「確實如此。那麼，你也認為他遇上了一些意想不到的災難？」

「是的，先生，我相信他預見了一些危險，否則他也不會說那些話了，在那之後，我認為他預見的事情終究還是發生了。」

「但對於它可能是什麼樣的事，你有沒有任何想法？」

「完全沒有。」

「還有一個問題。你母親是怎麼看待這件事的？」

「她很生氣，而且要我再也不許提這件事。」

「那你父親呢？你告訴他了嗎？」

「我跟他說了，他似乎和我一樣想法，認為一定是發生了什麼事，但他也覺得我應該會得到霍斯默的消息。照他的說法，把我帶到教堂門口並扔在那裡，這對任何人來說都沒有好處。若說他是向我借錢，或是和我結婚後把我的錢轉給了他，這麼做還有幾分道理，但霍斯默在金錢方面非常獨立，絕不會看上我的錢，哪怕是一先令。但既然如此，那還會是怎麼樣的事？為什麼他連信都不肯寫了？哦，我光想到這個就要瘋了，甚至連晚上都無法闔眼。」她從手筒中抽出一條小手帕，蒙著臉抽泣了起來。

「我會為你調查這個案子，」福爾摩斯站起身來說，「毫無疑問，我們能得到一些明確的結果。現在讓我承擔這個責任吧，你不必擔心，對你來說最重要的是，試著把霍斯默．安吉爾先生從你的記憶中抹除，就像他也自你的生活中消失了一樣。」

「所以，你認為我不會再見到他了嗎？」

「恐怕是不會了。」

「那他究竟發生了什麼事？」

「你大可以把這個問題留給我。我需要對他外表的精確描述，以及你還存留的任何信件。」

「我在上週六的《紀事報》為他登了一則尋人廣告，」她說，「這是那則廣告，以及他寫給我的四封信。」

「謝謝你。那你的地址是？」

「坎伯韋爾，里昂街三十一號。」

「我知道你沒有安吉爾先生的地址。那麼你父親的工作地點在哪裡？」

「他是韋斯特豪斯和馬班克公司的推銷員，那是在芬喬奇街的一家著名紅葡萄酒進口商。」

「謝謝你，你已經講得非常明確了。把信件留在這裡吧，然後記住我剛才給你的建議。讓整件事情就此結束，別讓它再影響你的生活。」

「你真的很善良，福爾摩斯先生，但我不能那麼做。我會忠實於霍斯默，等他回來時，會發現我已經準備好要和他結婚了。」

儘管戴著可笑的帽子，更是一臉的茫然失措，但我們的訪客從她那樸素的忠誠中流露的高尚氣質，令人不得不打從心底尊敬。她把一小捆信件放在桌上後就離去了，並承諾了但凡需要她，她隨時都會趕過來。

福爾摩斯靜靜地坐了片刻，他仍扣合著雙手指尖，將雙腿向前舒展，並向上望著天花板。接著，從架子上取下老舊又油膩的陶製菸斗——對他而言，它彷彿是顧問般的存在。他點燃菸斗，向後靠在椅子上，濃厚的藍色煙圈盤繞在他周遭，他面露無限沉思的表情。

「那位姑娘本身就是個引人興趣的研究對象，」他說，「我發現她比那個小問題有趣得多，順便說一句，那個小問題實在老套。若你翻一下我的索引，會發現許多同類型的案例，七七年在安多佛、去年在海牙都有過相似的情況。儘管都是些陳年的點子了，但有一兩個細節對我算是新奇，而這些都不比那位姑娘本身，她才是最值得探究的。」

「你似乎能從她身上看出許多我看不到的東西。」我說。

「不是看不見，而是沒注意，華生，你不知道該看哪裡，因此錯失了所有重要的部分。我至今沒能讓你意識到袖子有多重要，拇指指甲又暗示了多少東西，或者靴子的鞋帶可能聯繫著多大的問題。現在，你從那個女人的外表看出了什麼？描述一下吧。」

「嗯，她戴著暗藍灰色的寬邊草帽，插著一支磚紅色羽毛，外衣是黑色的，縫有黑色珠子，邊緣上綴著小小的黑玉裝飾。衣服是棕色的，比咖啡色深一些，領口和袖口有窄小的紫色長毛絨鑲邊。手套是淺灰色，右手食指處已經磨破。至於靴子，我沒有特別注意。她戴著小巧圓形、掛墜式的金耳環。總體而言，她的穿著看上去相當富裕，但穿戴方式顯得庸俗、舒適而隨性。」

福爾摩斯輕輕拍起手來，咯咯笑著。

「我保證，華生，你進步了非常多。你的這番觀察確實很好，儘管你錯過了所有重要的環節，但你已經掌握了正確方法，並展現了對色彩的敏銳觀察。永遠不要相信整體印象，夥計，要留心在細節上。我的第一眼總是著眼於女人的袖子，正如同面對一個男人，也許最好先看看他褲子的膝蓋部分。正如你觀察到的，這女人的袖子上有長毛絨鑲邊，以透露線索來說，這是最有用的一種材料。在手腕上方稍高一點的地方有兩條壓痕，是打字員的手壓在桌上的部位，這十分明顯。使用手搖縫紉機也會留下類似的痕跡，但那只會在左手臂上，而且是離拇指最遠那一側，不像打字的印痕會橫過手臂最寬的地方。接著我看了她的臉，發現她的鼻梁兩側有夾鼻眼鏡的痕跡，於是我大膽說了關於近視和打字員的推測，這似乎讓她感到驚訝。」

「這也讓我感到驚訝。」

「但是，這明明就顯而易見。我隨後往下觀察，令我驚訝，而且很有趣的是，儘管她穿的兩隻靴子看上去頗為相似，但它們不是同一雙；一隻靴子的包頭有小裝飾，另一隻則完全沒有。一隻的五顆釦子只扣上了最底下的兩顆，而另一隻扣上了第一、第三和第五顆釦子。當你看到一位年輕女士打扮整潔，卻穿著不成對的靴子，還只扣好一半的釦子就跑出來了，由此斷言她是匆匆離家的，應該算不上是什麼了不得的推論吧。」

「除此之外還有什麼嗎？」我問道，一如既往，我朋友敏銳的推理引起了我強烈的興趣。

「順便再說一點，我注意到她在離家前寫了一張紙條，而且是在穿戴好之後寫的。你有觀察到她的右手手套食指部分磨破了，但顯然沒看到手套和指頭都沾著紫色墨水，那是因為她匆匆忙忙寫字，沾墨水時把筆浸得太深了。這一定是今天早上發生的事，否則手指上的墨跡不會這麼清晰。所有這一切都很有趣，儘管它們也很簡單。然而我得回到正題了，華生，你介意為我讀一下那則描述霍斯默·安吉爾先生的尋人廣告？」

我把那張印刷的小紙條舉向燈光，上面寫著：

十四日上午，一位名叫霍斯默·安吉爾的紳士失蹤。此人身高約五呎七吋，體格強壯，膚色蠟黃，黑髮，頭頂微禿，蓄有濃密的黑色側鬚和鬍鬚，戴著淺色眼鏡，講話聲音輕柔微弱。最後一次被看到時，穿著黑色絲質長外衣、黑色背心，配戴艾伯特金表鍊、灰色哈里斯粗花呢長褲、棕色綁腿和兩側有鬆緊帶的靴子。僅知其人曾受雇於利德賀街的一間辦公室。任何人能帶來……

「到這就行了，」福爾摩斯說，「至於那些信件，」他掃了它們一眼，繼續說道，「非常普通，除了引用過一次巴爾扎克的話外，它們沒有任何有關安吉爾先生的線索。然而，有一處非常顯眼的地方，這無疑會讓你印象深刻。」

「它們是用打字機寫的。」我說。

「不止，就連簽名也是打字的。看看信件末尾工整的小字『霍斯默．安吉爾』，有日期，但地址很含糊，除了利德賀街外，就沒有其他描述了。關於簽名這一點可以解釋很多問題——事實上，它可以說是為整件事定了調。」

「定調什麼？」

「我親愛的老朋友，難道你還看不出它對整件案子的重要性？」

「我不敢說我有看出來，也許他是希望在面臨違反承諾的訴訟時，能以此否定他的簽名。」

「不，那不是重點。無論如何，我要寫兩封信，這樣應該就可以解決問題了。一封寫給市區的一家公司，另一封則給這位年輕女士的繼父——溫迪班克先生，問他明天晚上六點能否來這裡與我們會面，我們也該和她的男性親屬討論一下這件事了。現在，醫生，在得到回信之前，我們什麼也做不了，暫時把這些小問題擱一邊去吧。」

我有充足理由相信我朋友精妙的推理能力，以及行動起來時驚人的活力，這些都是他堅實的基礎，令他處理起那些奇特的疑案時顯得自信而舉止從容。就我所知他只失敗過一次，就是波希米亞國王和艾琳．艾德勒的照片那件事；但當我回顧起《四個人的簽名》的古怪案件，以及《暗紅色研究》那非比尋常的情節時，我又覺得那是一連串糾結在一塊，就是他都解不開的奇怪事件。

我離開時，他還在抽著那只黑色的陶製菸斗，我確信明天晚上再到這裡來時，就會發現他已經掌握了一切關於瑪麗．薩瑟蘭小姐那位失蹤新郎身分的線索。

那時，一個極其嚴重的醫療事務占據了我全部的注意力，翌日我在病人的床邊忙了一整天，直到快六點時才終於空閒下來，我連忙跳上出租馬車，趕往貝克街，有點擔心自己會來不及參與這個小小謎團的破解。然而，我發現福爾摩斯獨自一人在那，處在半夢半醒的狀態，瘦長的身子蜷縮著深陷在扶手椅中。令人望而生畏的瓶子和試管排列著，散發著鹽酸的刺鼻氣味，一切都說明了他把整天時間都耗在熱愛的化學實驗上。

「喂，你解決了嗎？」我在進門時問道。

「是的，那是硫酸氫鋇。」

「不，不，我是說那個謎團！」我叫道。

「噢，你是指那個！我以為你說的是鹽，我一直在研究它。那件事根本沒有任何謎團可言，不過正如我昨天所說，它還是有些令人感興趣的細節，整件事唯一的缺憾，便是恐怕沒有任何法律可以懲罰那個惡棍。」

「那麼他是誰，他又為何要拋棄薩瑟蘭小姐？」

這個問題才剛從我嘴裡問出來，而福爾摩斯也還沒來得及回答，便聽到沉重的腳步聲從廊道傳來，接著響起了敲門聲。

「這是那位女孩的繼父，詹姆士．溫迪班克先生，」福爾摩斯說，「他回信給我說會在六點到這裡來。請進！」

來者健壯、中等身材，約莫三十來歲，鬍鬚刮得很乾淨，蠟黃的膚色，態度溫文，但帶著點屈意奉承之色，以及一雙銳利、能洞悉人心的灰色眼睛。他疑心地瞥了我們兩個一眼，把打理得光潔的大禮帽放在櫥櫃上，略略鞠躬後，就近找了張椅子坐下。

「晚安，詹姆士．溫迪班克先生，」福爾摩斯說，「我想這封打字信是你寄來的，上頭和我約了六點鐘碰面？」

「是的，先生，恐怕我是來晚了一點，但有些事我實在身不由己。很抱歉薩瑟蘭小姐用這種瑣事打擾你，我認為家醜最好還是不要外揚。我非常反對她來這裡，但你可能也注意到了，她是個衝動而浮躁的女孩，當她下定決心要做某件事，便是攔都攔不住的。當然了，我對你們倒沒有很介意，畢竟你們與官方警察並無關係，只是這種家庭內部的不幸被張揚出去，終歸不是件令人愉快的事。此外，這還是一項無用的花費，畢竟你怎有辦法找到這位霍斯默·安吉爾呢？」

「正好相反，」福爾摩斯平靜地說，「我有一切理由相信我會找到霍斯默·安吉爾先生。」

溫迪班克先生渾身猛地一震，手套掉在地上。「很高興聽到你這麼說。」他說。

「這是件值得深究的事，」福爾摩斯說，「打字機其實和真人的筆跡一樣，具有各自的特性，除非是全新的打字機，否則沒有兩台打字機可以打出一模一樣的字跡。有些字母會比其他字母磨損得厲害些，有些則只磨損了一邊。現在來看看你自己的這封信，溫迪班克先生，所有的『e』字都有些許的模糊不清，『r』的尾巴也都有輕微缺損。另外十四個字母同樣都有或多或少的磨損，我只是舉出兩個最明顯的例子。」

「我們辦公室的所有信件都是用同一台打字機打出來的，它無疑是有些磨損的。」我們的訪客答道，用他發亮的小眼睛敏銳地瞥了福爾摩斯一眼。

「現在，我來向你展示什麼才是真正有趣的研究，溫迪班克先生，」福爾摩斯繼續說道，「我這些天正想著要寫一篇小小的專著，講述打字機，以及打字機與犯罪行為之間的關聯，這是個我過去較少關注的題目。我這裡有四封信，全是來自那位號稱失蹤的先生，它們都是用打字的。在每一封信中，不僅『e』模糊不清、『r』缺了尾巴，如果你願意使用我的放大鏡細看，會發現我剛剛提到的，其他十四個字母的特徵都好端端的在那裡。」

溫迪班克先生從椅子上彈起來，拿起他的帽子。「我不能把時間浪費在這種無稽之談上，福爾摩斯先生，」他說，「如果你能抓住那個人，那就去抓他，等你抓到他了再讓我知道。」

「當然，」福爾摩斯說，他一個箭步上前，一轉門裡的鑰匙鎖上了門。「那麼，我現在就讓你知道，我已經抓住他了！」

「什麼！在哪裡？」溫迪班克先生叫道，他的嘴唇變得煞白，看著福爾摩斯的眼神彷彿身陷捕鼠籠的老鼠。

「啊，那是沒用的——真的沒用，」福爾摩斯和藹地說，「你沒有任何辦法抵賴，溫迪班克先生，這簡直太明顯了，你說我不可能解決這麼簡單的問題，這種恭維實在很糟糕。就是這樣，坐下來，讓我們好好談談。」

我們的訪客癱倒在椅子上，他面如死灰，額頭上的汗水閃爍著。「它……它不足以被指控。」他結結巴巴地說道。

「恐怕確實是這樣。然而，溫迪班克，就我們兩個之間的談話，我可以直言，這是我見過最冷酷、最自私、最沒心沒肺的伎倆。現在，讓我來回顧一下整件事情的發展，若我哪裡說錯了，你隨時可以反駁我。」

此人在椅子裡縮成一團，腦袋低垂在胸前，像一個被徹底擊潰的人。福爾摩斯把腳擱在壁爐架的一個角落，手插著口袋向後仰，當他開始述說起來，看上去更像是在說給自己聽，而不是在與我們談話。

「男人為了錢和一個比自己年長得多的女人結婚，」他說，「他享有他們女兒的錢，只要她還與他們同住。以他們這樣的身分地位來說，那是相當可觀的一筆錢，失去那筆錢將使一切都大受影響，因此值得他付出努力去保住它。那位女兒善良親切、感情豐沛又為人熱心，顯然以她種種的優點和那筆小小收入，她不會一直單身下去，而她一旦結婚，那意味著家裡每年將損失一百英鎊。那麼她的繼父做了什麼來阻止這件事？他顯然想方設法要把她留在家裡，禁止她與同齡朋友往來。但很快地他發現了，這麼做並非長久之計，她漸漸不受管束，堅持自己的權利，到最後宣告她非參加某個舞會不可。而她那聰明的繼父又做了什麼呢？他想出一個毫無良心的好主意，在妻子的默許和協助下，他喬裝打扮，用淺色眼鏡遮住銳利的眼睛，用鬍子和濃密的側鬢掩飾臉孔，將清晰的嗓音壓低成輕聲軟語。由於女孩有近視，更加確保了他的這些偽裝不會被看穿。他以霍斯默・安吉爾先生的身分出現，並追求自己的女兒，藉此斷絕其他求愛者接近她的可能性。」

「起初，這就是個玩笑，」我們的訪客呻吟道，「我們從未想過她會沉迷到如此地步。」

「應該是不會，但誰說絕無這樣的可能呢？無論如何，這位年輕女士確實被愛情沖昏了頭，她對繼父人在法國這件事深信不疑，乃至完全不懷疑自己受騙。那位紳士對她的關注讓她受寵若驚，她母親對他的大加讚賞更深深影響到她。然後安吉爾先生開始前去拜訪，因為要獲致成果，這件事勢必得繼續演下去。他們開始約會，接著是訂婚，藉此確保了女孩的感情不會轉向其他人。但騙局不能無休無止下去，老是假裝去法國出差也挺麻煩的。顯然要結束這件事最好的辦法，就是上演一齣戲劇化的收場，給這位年輕女士留下難以磨滅的印象，好讓她在很長的一段時間內不會尋求其他合適的對象。於是有了手按聖經誓言忠貞，同時也有了在婚禮當天早上可能會發生些什麼的暗示。詹姆士．溫迪班克希望薩瑟蘭小姐被霍斯默．安吉爾綁住，以及因為無從得知他的下落，以至於在未來的十年內，她不管怎樣都不會聽信其他男人的話。他把她帶到教堂門口，然後他便無法繼續演下去了，他玩起了由四輪馬車的一邊車門上車、從另一邊車門跳車的老套伎倆，輕輕鬆鬆地消失了。我想這就是整件事的經過，溫迪班克先生！」

在福爾摩斯敘述的同時，我們的訪客也恢復了一些信心，他從椅子上站起身，蒼白的臉上浮現冷笑。

「也許是吧，但也可能不是，福爾摩斯先生，」他說，「但如果你真有那麼聰明，就應該要知道現在是你違反了法律，而不是我。我打從一開始就沒有做出任何可以被指控的行為，但你要是繼續把門鎖著，便足以被控侵犯及非法限制人身自由。」

「正如你所說，法律拿你莫可奈何，」福爾摩斯說，解開門鎖並狠狠地摔開門，「但沒有人比你更該受到懲罰，若這位年輕女士有兄弟或朋友，他應該好好抽你一頓，該死！」他繼續說道，在看到那個人露出的冷笑時，他憤怒得漲紅了臉，「這不是我對客戶的職責之一，但我手邊就有根狩獵短鞭，我想我不免……」他跨了兩大步去拿鞭子，但還來不及搆到它，樓梯傳來一陣哐啷啷的狂亂聲響，沉重的大廳門碰地一聲，我們從窗口看到詹姆士．溫迪班克先生以最快的速度跑過了街。

「好個冷血的惡棍！」福爾摩斯說，在跌進椅子的同時笑了起來，「那個傢伙還會再繼續犯下各種罪行，直到某天因為滔天大罪被吊死為止。從某些方面來看，這個案子並非全然無趣。」

「我到現在還無法完全搞懂你推理的每一個環節。」我說。

「噢，當然了，這件事打從一開始就很明顯，那位霍斯默．安吉爾先生的種種奇怪行徑肯定根源於某個強烈動機，而同樣清楚的還有那位繼父如我們所見，是整件事唯一能夠從中獲利的人。再者，這兩個人從來沒有同時出現過，一個人總要在另一人不在場時才會現身，這一點是很有暗示性的，同樣的還有淺色眼鏡和怪異的嗓音，此二者都透露那是偽裝出來的，濃密的鬍鬚也是同樣的道理。而印證了我一切懷疑的是他用打字來簽名的古怪舉動，這當然是因為她太熟悉他的筆跡了，就算少少幾個字都有可能被她認出來。你所看到這些看似不相關的事實，若和許多次要細節拼湊在一起，便都指向了同一個方向。」

「但你是怎麼驗證它們的？」

「一旦知道是誰以後，就很容易證實了。我知道這個人工作的公司，一接到那份印出來的尋人啟事後，我將敘述中所有可能是偽裝的部分——鬍鬚、眼鏡、聲音這些的，全都去除掉，把這樣的結果寄給那間公司，請求他們告訴我它是否與他們的任何一位推銷員外貌相符。我已經留意到那台打字機的特徵，於是我寫信到他的公司給他，問他是否能來這裡一趟，而正如我所料，他的回信是用打字的，字跡揭示了同樣的細微但獨有的缺損。同一個郵差也給我帶來一封來自芬喬奇街韋斯特豪斯和馬班克公司的回信，信上說該描述在各方面都與他們的員工詹姆士·溫迪班克完全相符。這就是全部的經過了！」

「那你又要如何向薩瑟蘭小姐交代？」

「如果我告訴她一切，她也不會相信的。你可能還記得有句波斯諺語：『奪取一個女人的幻想，如入虎穴得虎子。』這句話對哈菲茲[5]與賀拉斯[6]都意義深重，對世間的人們也同樣如此。」

5 波斯抒情詩人。

6 古羅馬抒情詩人。

CASE 4

博斯科姆谷奇案

The Boscombe Valley Mystery

一天早上，我正和妻子共進早餐時，女傭拿了一封電報進來，那是夏洛克·福爾摩斯打來的，上面寫著：

你能抽空幾天嗎？我剛從英格蘭西部收到電報，事件與博斯科姆谷悲劇相關，我將樂見有你同行，該地空氣與景致完美。預計於11點15分自帕丁頓動身。

「你怎麼看，親愛的？」妻子看著我問，「打算去嗎？」

「我真的不知道該怎麼回應，眼下的事務頗為繁忙。」

「哦，安斯特魯瑟會為你打理好一切的。你最近看起來氣色頗糟，我想換一下環境會對你有好處的，何況你總是對福爾摩斯先生的案件充滿興趣。」

「如果我再拒絕下去，那就太不識好歹了，想想我都從那些案子得到了什麼，」我回答，「但如果我要去，得開始收拾行李，只剩半小時了。」

在阿富汗的軍旅生涯，至少使我成為一個手腳俐落、隨時都準備好要動身的旅行者。我需要的物品少而簡單，因此還不到半個小時，我已經拎著手提旅行袋、跳上出租馬車，顛顛晃晃地向帕丁頓車站駛去。福爾摩斯在月台上來回踱步著，他高瘦的身形在長長的灰色旅行外套和貼身布帽的襯托下，似乎顯得更高更瘦了。

「華生，你能來真是太好了，」他說，「有個我可以全然依賴的人同行，狀況將會大不相同，當地的援助要麼是一文不值，要麼是心存偏見。你去占住角落那兩個座位，我去買票。」

車廂裡只有我們兩個乘客，以及福爾摩斯帶來的那一大堆報紙，他在其間翻找並閱讀著，時不時停下來寫寫筆記、深思冥想一番，直到車子經過了雷丁，他突然把報紙全部捲成一大團，扔到行李架上。

「你聽過任何關於這件案子的消息嗎？」他問。

「一個字都沒有，我有好幾天沒看報紙了。」

「倫敦的報紙對此沒有太完整的描述，我剛才翻完了近期所有報紙，試著掌握案件的細節。從我目前得到的資訊看來，這樁案件似乎是那種極其困難的簡單案子。」

「聽起來有點矛盾。」

「但這是非常深刻的真理，我們幾乎總能在奇異的案件中找到線索，而愈是缺乏特色和普通的犯罪，愈是難以看透。至於眼下的這個案子，他們已經認定是一樁兒子謀殺父親的嚴重罪案。」

「所以這是一起謀殺案？」

「嗯，據推測是這樣的，但在我有機會親自調查之前，我不會理所當然的就此斷言。現在，就我目前為止得知的一切，我簡短向你說明一下狀況。

「博斯科姆溪谷是位在赫里福德郡、離羅斯不遠的一個鄉村地區。此地最大的地主是約翰．特納先生，他在澳大利亞發了財，並在幾年前回到家鄉。他將名下的其中一座農場，也就是海德利農場，租給了同樣來自澳大利亞的查爾斯．麥卡錫先生，他們倆就是在殖民地認識的，所以當他們打算在此地定居時，自然而然想要就近有個照應。特納顯然是兩人之中更富有的那個，麥卡錫因此成為他的佃戶，但從他們的相處看來，雙方似乎仍保持著完全平等的關係。麥卡錫有個十八歲的兒子，特納也有一個年齡相仿的獨生女，但他們兩人的妻子都已經過世。顯然他們都避免接觸鄰近的英國家庭社交圈，過著隱居的生活，唯獨麥卡錫父子熱愛運動，並經常出現在附近的競賽會場上。麥卡錫雇有傭人一男一女，特納則家丁眾多，至少有半打。這就是我盡可能收集到關於這兩家人的信息了，現在來說說案子本身吧。

「六月三日，也就是上週一，麥卡錫在下午三點左右離開他在海德利農場的家，往博斯科姆池塘而去，那是一口由博斯科姆山谷奔流而下的溪流匯集而成的小湖。他在當天早上也出去過，和他的男傭一起去了羅斯，他吩咐男傭要快去快回，因為他在下午三點還有一個重要的約會，而他赴約後就再也沒有回來。

「從海德利農場到博斯科姆池塘有四分之一哩的路，當他行經這段路時，有兩個人見過他。其中一人是一名老婦，她的名字沒有被提及，另一人則是特納先生的獵場看守人威廉·克勞德。這兩位目擊者宣誓作證過，都說當時麥卡錫先生獨自走在路上。獵場看守人另外表示，就在他看到麥卡錫先生經過之後的幾分鐘內，他兒子詹姆斯·麥卡錫在胳膊下夾著一支槍，從同一條路走過去，他確信在那個當下，父親是在兒子的視線範圍內的，而兒子也確實是在跟蹤父親，但直到晚間聽聞這樁悲劇之前，他沒有再去想過這件事。

「麥卡錫父子在走出獵場看守人威廉·克勞德的視線之後，還有別人看到他們。博斯科姆池塘的附近全是茂密的樹林，只有湖岸邊生著長草和蘆葦。博斯科姆谷莊園看門人的女兒——十四歲的佩欣絲·摩倫，當時正在樹林裡採花。她表示在樹林外緣接近湖邊的地方看到麥卡錫先生和他兒子，他們似乎在激烈爭吵，她聽見老麥卡錫對兒子破口大罵，也看到後者舉起手，好像要打老麥卡錫。她被他們的暴力舉動嚇得當場跑開，並在回家後告訴母親，說看見麥卡錫父子在博斯科姆池塘邊吵架，恐怕就要打起來了。她話還沒說完，就看到小麥卡錫跑到屋前，說發現父親死在樹林裡，並請求看門人協助。對方在說這些話時非常激動，他的槍和帽子都不見蹤影，右手和袖子沾染著鮮血，清晰可見。他們跟著他去，發現老麥卡錫躺在湖邊的草地上，頭部被某種鈍重的武器反覆擊打到變形，傷處看起來很像是他兒子那把槍的槍托造成的，而那把槍就落在離屍體幾步遠的草地上。在這些狀況下，那個年輕人馬上就被逮捕了，他在週二的偵訊後被判定了『蓄意謀殺』的罪名，並在週三被送到羅斯的地方法院那裡，法官已將此案移交給下一次的巡迴審判庭。這些就是驗屍官和治安法庭[7]對此案調查後得到的主要事實。」

「我無法想像能有比這個更確鑿的案件了，」我說道，「若說有哪個案子的間接證據全都指向同一名罪犯，那麼它就是了。」

「間接證據是一種棘手的東西，」福爾摩斯若有所思地答道，「它似乎直截了當地指向某事實，但如果你稍微改變一下自己的觀點，可能會發現它一樣毫不妥協地指向另一個完全不同的事實。然而必須承認的是，這個案件看起來對這個年輕人非常不利，他很有可能確實是兇手。但附近還是有幾個人相信他的清白，其中包括了地主的女兒特納小姐，她聘請了雷斯垂德來調查這件案子。你可能還記得雷斯垂德這個人，就是《暗紅色研究》一案中的那位探長。但雷斯垂德對此案很困惑，並將案子交付給我，這就是為何兩位中年紳士非得以每小時五十英里的速度飛奔向西，而不能靜靜地待在家裡消化早餐。」

「我恐怕，」我說，「這事實太過明顯了，你大概很難從中獲得什麼信譽。」

「沒有什麼比明顯的事實更具欺騙性，」他笑著回答，「此外，我們可能會遇上一些對雷斯垂德先生來說並非明顯事實的事實。你太了解我了，當我說我要用他沒有能力掌握、甚至根本不懂的方法來證實或推翻他的理論時，你不會認為我是在吹噓吧？隨便舉個例子，我非常確定你臥室的窗戶是在右側，而我懷疑雷斯垂德先生是否能注意到這不言自明的事實。」

「你到底怎麼……」

「親愛的老友，我非常了解你，我知道軍隊中對整潔的要求至今仍是你的特性。你每天早上刮鬍子，而在這個季節裡，你都是就著陽光刮鬍子的，但你的鬍子愈往左愈刮不乾淨，到了繞過下巴的那塊地方，簡直可以說是邋遢了，很明顯就是這一側的照明不如另一側所致，我很難想像一個有你這樣整潔習慣的人，在兩側照明一致的狀況下，對於把鬍子刮成這樣能夠感到滿意。我只是隨手舉了個瑣事當作觀察與推論的例子。我的專長在此，而這可能對於橫在我們眼前的這樁調查有所幫助，也因此，在偵訊中有一兩個次要問題值得我多花點心思。」

「像是什麼？」

「看來他們並沒有當場逮捕他，反倒等他返回海德利農場後才那麼做，而且在巡

7 police court，當時的專有名詞，因為多由治安官主持審判，所以稱為治安法庭，現今則更名為地區法院。

官宣告他被捕時，他對此並不感到驚訝，並認為一切都是罪有應得，這段話自然也打消了陪審團尚存於心的最後一點疑慮。」

「這是他自己承認的！」我喊出來。

「不，他隨後便鄭重聲明自己是無辜的。」

「但有那麼一連串確切的證據，這樣的宣告實在令人無法相信。」

「正好相反，」福爾摩斯說，「這是到目前為止我在疑雲中看到最明亮的一線光明。姑且不論他是否無辜，他絕不可能蠢到看不出情況對他極度不利。若他在被捕時表現得很驚訝，或佯裝出憤怒的樣子，那麼我會認為他非常可疑，因為驚訝或憤怒在那種狀況下都很不自然，反倒是詭計多端者的絕佳手段。他坦然接受一切，這說明了他要不是無辜的，就是個高度自制且堅毅的人。至於他說自己罪有應得這一點，你若仔細想想就不會感到那麼不自然了。事發當下他就站在父親的屍體旁，毫無疑問的，他在那一天與父親起爭執，完全忘了為人子女的孝道，甚至根據那個提供了重要證詞的女孩所說，他還抬手作勢要毆打父親。在我看來，他在話語中表現的種種自責和悔恨，更像是心理健全的人而不是犯罪者會有的模樣。」

我搖搖頭。「許多人在證據遠遠少於這個案子的狀況下，依然被絞死了。」我說。

「是這樣沒錯，他們死得很冤枉。」

「那位年輕人對此怎麼解釋？」

「他的說法恐怕很難鼓舞支持他的那些人，不過其中有一兩點可能是有用的線索，你可以在報紙上找到，自己看看吧。」

他從那一大捆報紙中挑出一份赫里福德郡當地的報紙，翻開來指出其中一個段落，是這個不幸的年輕人對所發生的一切給出供詞的報導。我把自己安頓在車廂的角落，細細閱讀起來。報上這麼寫著：

詹姆士．麥卡錫先生，死者的獨生子，被傳喚出庭並做出如下供述：「我離家去了布里斯托三天，直到上週一（三日）上午才回到家。父親在我到達時不在家，女傭說他和馬車夫約翰．科布一同駕車前往羅斯。我在回來後不久，便聽見他的馬車駛進了院子裡，我從窗口看到他下車並很快走出了院子，但我沒注意他往哪個方向走，在那之後我取了槍，往博斯科姆池塘的方向信步，打算到湖對岸的養兔場去。我在途中遇到了獵場看守人威廉．克勞德，就像他在證詞裡說的那樣；但他認為我在跟蹤我父親，那完全是誤會一場，我根本就不知道他走在我前面。在距離池塘大約一百碼的地方，我聽到一聲『咕咿！』的叫喚，這是父親和我之間常用的信號，於是我加快腳步向前，發現他就站在池塘邊。他似乎很驚訝看到我，語氣不佳地質問我到那裡做什麼，隨後的談話很快就演變成爭吵，到後來甚至差點動手打起來。父親是個脾氣暴躁的人，看到他的怒火愈來愈無法控制，我轉身就走，打算回到海德利農場去。但我還沒有走出去一百五十碼，背後便傳來了一聲可怕的喊叫，這令我立刻掉頭跑回去，發現父親奄奄一息倒在地上，頭部受了重傷。我扔下槍，把他抱在懷裡，但他幾乎是當場就氣絕了。我跪在他身邊好幾分鐘，然後才跑到特納先生的看門人那裡求助，因為他的房子在當下是距離最近的。當我返回現場時，父親四周不見任何人影，而我對他是怎麼受傷的也毫無頭緒。他不是一個廣結善緣的人，待人總是態度冷漠，言行十分惹人厭，但據我所知，倒也沒有誰真的想置他於死地。對於這件事，我知道的就這些了。

驗屍官：你父親臨死前有對你說過什麼嗎？

證　人：他咕噥了幾個字，但我只依稀聽出他提及一隻老鼠。

驗屍官：你認為那是什麼意思？

證　人：我聽不出那有什麼意義，我認為他那時已經神智不清了。

驗屍官：你和你父親最後一次吵起來的原因是什麼？

證　人：我不想回答這個問題。

驗屍官：恐怕我得堅持讓你回答。
證　人：我真的不可能告訴你，但我可以向你保證，這與隨後的悲劇毫無關係。
驗屍官：有無關係是由法庭來決定的。不用我指出來，你應該也明白你拒絕回答的話，會對你接下來可能要面臨的訴訟極其不利。
證　人：我仍然拒絕回答。
驗屍官：就我理解，那『咕咿』的呼喚聲是你和你父親之間的信號？
證　人：是的。
驗屍官：那麼，為何他還沒看見你就發出了這個信號？當時他甚至還不知道你已經從布里斯托回來了。
證人（困惑）：我也不知道。
某陪審員：當你聽到喊叫聲後跑回去，並發現你父親受了致命傷時，你有沒有看到任何讓你懷疑的東西？
證　人：我不太確定。
驗屍官：為什麼這麼說？
證　人：當我衝向那片空地時，我非常激動且思緒亂成一團，滿腦子只想著我父親。不過有個模糊的印象，在我跑向前時，左邊的地面上好像有某樣東西，似乎是灰色的，像大衣一類的東西，或者格子花呢披肩。當我從父親身邊站起來時，環顧四周尋找它，但它已經不見了。

「你是指它在你跑去求助前就不見了？」

「是的，那時候就不見了。」

「而你無法確定那是什麼？」

「我無法確定，但就是感覺那裡本來有樣東西。」

「距離屍體有多遠？」

「十幾碼左右。」

「距離樹林邊緣又有多遠？」

「差不多也是同樣距離。」

「也就是說，如果有誰移走了它，那不過是距離你十幾碼的事？」

「是的，但我是背對著它的。」

對證人的審訊到此結束。

「在我看來，」我在看完了這段專欄後說，「驗屍官最後的那段話對小麥卡錫相當嚴厲，他有充足的理由指出小麥卡錫供詞中的矛盾，質疑他父親為何會在沒看到他之前就發出信號，並提醒他拒絕給出與父親最後的對話細節，以及對他父親臨終之語的怪異描述，所有這一切，如驗屍官所說，都對他非常不利。」

福爾摩斯輕聲笑了笑，在有軟墊的座位上舒展身子，「你和那位驗屍官一樣，」他說，「你們都極力對有利於那個年輕人的觀點視而不見，你難道沒發現，你們時而認為他的想像力太過豐富、時而又認為他缺乏想像力嗎？他甚至沒有想像力去編造一個與父親爭吵的理由，好博取陪審團的同情。但同時又異想天開到發明老鼠這樣奇怪的臨終之語，還有那件消失的衣物。不，先生，我會以他所說的一切都是真話為出發點來調查這個案子，我們來看看這樣假設會引導出什麼結果。現在，這是我的佩托拉克詩集袖珍本，在我們抵達案發現場之前，我不打算再討論這個案子。我們去斯溫頓吃午飯，我估計不出二十分鐘就能到達。」

火車穿過風景秀麗的斯特勞德山谷，越過塞文河那寬闊、波光粼粼的河面，我們終於在快要四點時抵達了美麗的鄉村小鎮羅斯。一個精瘦、偵探模樣的人，行跡鬼祟的在月台上等我們，儘管他入鄉隨俗，穿著適合質樸農村的淺棕色風衣和皮革綁腿，我仍一眼認出他是蘇格蘭場的雷斯垂德。我們和他一起乘車去了赫里福德阿姆斯酒店，那裡已經為我們訂好了一個房間。

「我雇好了馬車，」雷斯垂德在我們一同坐下來喝茶時說道，「我知道你向來精力充沛，現在一定恨不得馬上趕到案發現場。」
「你太客氣了。」福爾摩斯答道，「但這完全要看氣壓如何。」
雷斯垂德看起來一愣。「我不太明白你的意思。」他說。
「氣壓計上的度數是多少？二十九度，我看看，沒有風，天空中也沒有丁點雲。我有整整一盒香菸想抽，這裡的沙發也比那些讓人反感的尋常鄉村旅店要好上許多，我想今晚大概用不上馬車了。」
雷斯垂德放聲大笑，「毫無疑問，你已經從報上得出了結論。」他說，「這個案子根本就一清二楚了，而且你愈是深入探究，就愈會這麼覺得。當然囉，又有誰能拒絕一位女士，尤其是這麼一位懷抱著希望的女士。她聽說過你，並想要得到你的意見，儘管我再三告訴她，任何你能做到的事情，我早就做過一遍了。哦，老天啊！她的馬車已經在門口了。」
他話才說完，一位年輕女士就衝進房間裡，她絕對是我這輩子前所未見的可愛佳人。一雙紫羅蘭色眼睛閃閃發亮，張開嘴唇想要說些什麼，臉頰微紅，她顯得激動而憂慮，致使她甚至顧不上原本應有的拘謹。
「哦，夏洛克．福爾摩斯先生！」她叫道，目光在我倆之間來來回回，最後，憑著女人的精準直覺，她將目光牢牢鎖定在我同伴身上，「真高興你能過來，我非得過來跟你說清楚不可，我知道這件事不是詹姆士做的，我就是知道，希望你在展開調查之前也能認知這一點，而且永遠不要對此懷疑。我們在很小的時候就認識了，我比誰都清楚他的缺點；他的心太軟了，連蒼蠅都不願意傷害，他們這樣指控他，在我們這些真正了解他的人眼中，實在太荒謬了。」

「我希望我們能證明他的清白，特納小姐，」福爾摩斯說，「你完全可以相信我，我會竭盡所能去做的。」

「但你看過證詞了，難道你已經有了定論？你有沒有看出任何漏洞或缺失？你不認為他是無辜的嗎？」

「我認為他極有可能是無辜的。」

「你瞧！」她喊道，一扭頭挑釁地看著雷斯垂德，「你也聽到了！他給了我希望。」

雷斯垂德聳了聳肩，「恐怕我的這位同事有點言之過早了。」他說。

「但他是對的，哦！我知道他是對的，詹姆士不可能會做這種事的。關於他與他父親爭吵的原因，我很確信他不肯向驗屍官透露是因為會牽涉到我。」

「那是怎麼牽涉到你的？」福爾摩斯問。

「現在不是我繼續隱瞞的時候了。詹姆士和他父親在我的事情有很大的分歧，麥卡錫先生非常急切地要我們結婚，詹姆士和我的確很親近，我們就像是兄妹一般；但他還很年輕，人生經驗就那麼一點點，而且……而且……好吧，他還不想這麼早結婚，他們父子常為了此事起衝突，而我很確定他們這次吵起來也是為了這個。」

「那你父親呢？」福爾摩斯問，「他贊成這門親事嗎？」

「不，他也反對。除了麥卡錫先生，就沒有誰贊成。」當福爾摩斯銳利的目光帶著疑問望向她時，她年輕的臉孔上迅速掠過一抹羞紅。

「謝謝你提供的這些訊息，」他說，「如果我明天前去拜訪，能夠見到你父親嗎？」

「恐怕醫生不會允許的。」

「醫生？」

「是的，你沒聽說嗎？可憐的父親在過去幾年身體從沒好過，這次的事情完全擊垮了他，他現在連下床都沒辦法了，威洛斯醫生說他的身體已經毀壞得差不多了，他的心神更是極度耗弱。麥卡錫先生在遇害前，是父親在維多利亞的老朋友裡還在世的唯一一位。」

「哈！在維多利亞！這個非常重要。」

「是的，他們是在礦場工作時認識的。」

「確實，據我所知，特納先生就是靠那個金礦發財的。」
「是的，確實是這樣。」
「謝謝你，特納小姐，你給予的這些協助對我非常重要。」
「如果你明天有什麼新消息的話，請一定要讓我知道。你肯定會去監獄看詹姆士吧，哦，如果你去了，福爾摩斯先生，請替我轉告他，就說我知道他是無辜的。」
「我一定會的，特納小姐。」
「我得回家了，爸爸病得很重，我若離開他身邊太久，他會一直掛心的。再見，願上帝保佑你進展順利。」她就像剛才進來時那般，一陣風似地又衝出去了，我們可以聽到馬車車輪轆轆的聲響沿著街道遠去。
「我為你感到羞愧，福爾摩斯，」雷斯垂德在沉默了幾分鐘後，嚴肅地開口，「你為什麼要讓她對肯定會失望的結果懷抱希望？我不是什麼心軟的人，但你這麼做連我都覺得很殘忍。」
「我認為我有辦法為詹姆士．麥卡錫洗刷罪名。」福爾摩斯說，「你有沒有得到允許探監的命令？」
「有的，但只有你我能去。」
「那我得重新考慮一下是否要去了，我們今晚還有沒有時間坐火車去赫里福德看他？」

「我們多的是時間。」

「那就這麼辦吧。華生，我擔心你會覺得度分秒如年，但我實際上只會離開兩個小時而已。」

我陪他們走到車站，然後在小鎮的街道上晃悠一番，最後還是回到了旅館，我躺到了沙發上，試著讓自己對一本廉價小說感興趣。然而，與我們正摸索的深奧謎團一比，它那微不足道的情節簡直薄弱得可憐，我發現自己的注意力不斷從小說情節飄向現實中的事件，最後，我把書扔到一旁，開始思索一整天的所見所聞。假設這個不幸的年輕人所說的一切屬實，那麼，在他和他父親分開後、到他聽見尖叫聲而掉頭跑回湖邊前，這段時間裡究竟發生了什麼窮凶極惡、不可預料、超乎尋常的慘劇？它駭人而致命，但又是如何發生的？憑我做為醫生的本能，我是否能從傷口的特性看出些端倪？我拉了鈴，要人送來郡裡的週報，上頭刊載了逐字的審訊紀錄，其中外科醫生的證詞描述了死者左頂骨的後三分之一、枕骨的左半部在鈍器的重擊下破碎。我摸索著自己的頭找出了相同部位，很顯然，這樣的襲擊一定是來自背後，這一定程度的有利於被告，畢竟當他被目擊與父親起爭執時，他們是面對面的。儘管如此，這也說明不了太多，畢竟那位老人也有可能是在轉過身之後才被襲擊的，不過還是值得我提醒福爾摩斯，讓他留心這件事。再來就是死者突然提及老鼠的奇怪遺言，可能意味著什麼？那不太可能是譫妄，一個被猛然襲擊而死的人通常不會有神智錯亂的狀況，不，那倒更像是他試圖在解釋自己的遭遇，但那究竟表明了什麼？我絞盡腦汁想要找出合理的解釋。最後，還有小麥卡錫看見灰色衣物的那件事，如果是真的，兇手一定是在逃跑時遺落了某件衣物，也許是他的大衣，而且他竟然有膽量折返，並趁著小麥卡錫背對他跪著時，取走了那件衣物，他們那時的距離甚至還不到十二碼。整件事是多麼神祕、多麼不可思議啊！我認為雷斯垂德的說法很合理，但我對福爾摩斯的洞察力更是充滿信心，只要一直有新的事實讓他更深信小麥卡錫是無辜的，一切就還有希望。

福爾摩斯回來得很晚，他是獨自回來的，雷斯垂德則留宿在城裡的旅店。

「氣壓計的度數還是很高，」他在坐下來時說，「在我們能夠去現場調查之前，可千萬不要下雨，這非常重要。另一方面，一個人應該要用他最好、最敏銳的心神去面對如此細膩的工作，而不是在長途跋涉後疲憊不堪的狀態下去做。我見到小麥卡錫了。」

「你有從他那裡問到什麼嗎？」

「啥也沒有。」

「他就不能給點線索？」

「沒辦法。我一度傾向認為他知道是誰做的，並且他是在掩護對方，但我現在很確定他就跟其他人一樣困惑。他不是個機靈的年輕人，儘管相貌很好看，但我想他是個很老實的人。」

「我對他的品味實在沒法苟同，」我說，「若他確實拒絕了與像特納小姐這樣迷人的年輕女士結婚的話。」

「喔，這裡頭還有個悲傷的小故事哩。這傢伙確實是瘋了似地愛著她，但大約兩年前，那時他還少不更事，並未真正了解她，而那時正值她離家去寄宿學校讀了五年的書，這蠢蛋除了在布里斯托與一個酒吧女服務生廝混，並和對方結婚之外，還能幹出什麼好事呢？沒有人知道這件事，但你可以想見他有多懊惱，特別是他還因為沒有做明明最想做、但已經不可能做到的事而受到責備，因此在他和父親最後的那次談話裡，當他父親再度逼他向特納小姐求婚時，他才會發狂似地舉起手要毆打他父親。另一方面，他在經濟上養不活自己，而他那方方面面來說都十分苛刻的父親一旦得知此事，絕對會把他掃地出門的。他待在布里斯托的那三天，就是和他的酒吧女服務生妻子一起度過的，而他父親完全不知道這件事，你要特別留心這一點，這非常重要。然而，這整場悲劇中唯一的好事，便是那位酒吧女服務生從報上得知他惹上了大麻煩，甚至有可能被判死刑，便很乾脆地拋棄了他，還寫信跟他說她早已另結新歡，現任丈夫就在百慕達船塢工作，所以他們之間沒有真正的婚姻存在，我想這個消息讓小麥卡錫在經歷了一切苦難之後，多少得到一點安慰吧。」

「但如果他是無辜的，這個案子又會是誰幹的？」

「啊，你問是誰幹的？我要請你特別注意兩點。一是被害者與某人約在池塘邊碰面，但那個人絕不可能是他兒子，他兒子出遠門去了，而他並不曉得兒子什麼時候回來。第二點，他在得知兒子回來之前，便發出了那聲『咕咿』的呼喚。這是這件案子最關鍵的兩點。現在，若你願意，我們來談談喬治．梅雷迪思[8]吧，其他次要的小事可以留待明天再說。」

正如福爾摩斯預料的那樣，當天沒有下雨，到了早上陽光明媚、萬里無雲。雷斯垂德在九點整乘著馬車來找我們，我們動身前往海德利農場和博斯科姆池塘。

「今早有個大消息，」雷斯垂德說，「據說特納先生病情惡化，已經命危了。」

「我猜他年紀很大了？」福爾摩斯說。

「不過就六十歲左右，但他的身體被旅居國外那些年的生活給毀了，他的病情惡化好一段時間了，這件案子又令他備受打擊。他是麥卡錫的老朋友了，甚至不只如

8　英國維多利亞時期的詩人，小說家。

此，還是對方的大恩人，因為我聽說他把海德利農場租給了老麥卡錫，沒收一分租金。」

「原來如此！這就有意思了。」福爾摩斯說。

「哦，是的！他在各方面都給予老麥卡錫幫助，在地的人們無不談論他對老麥卡錫的仁慈善良。」

「真的！這位麥卡錫看上去是個一無所有的人，並且讓特納負擔他一切的生活，他仍堅持要讓兒子和特納的女兒成婚，而她不出意外將繼承整個莊園。他的態度是那麼自信滿滿，好像一旦他們提出求婚，所有人都會乖乖遵守似的，你不覺得這一切有那麼點不對勁？更奇怪的是，我們都知道特納本人是反對這門親事的，他女兒告訴過我們這點。你難道沒能從中推斷出什麼嗎？」

「你說的這些我們都已經考慮到也推斷過了。」雷斯垂德說，同時對我眨了眨眼，「福爾摩斯，我發現你要是再不拋開那些理論和空想，你將難以掌握事情的真相。」

「你說得沒錯，」福爾摩斯嚴肅的說，「事情的真相確實不是你有辦法掌握的。」

「隨你怎麼說，我畢竟抓住了一個你似乎很難掌握的事實。」雷斯垂德有點激動地回答。

「你指的是……」

「那就是小麥卡錫殺了老麥卡錫，所有與之相反的理論純屬空談。」

「好吧，至少月光還是比迷霧明亮些的[9]，」福爾摩斯笑著說，「我沒弄錯的話，左邊就是海德利農場了。」

「是的，就是這裡了。」

這是一棟占地寬廣、看上去十分舒適的石板屋頂兩層樓房，灰色牆壁上有著大片的黃色地衣。然而，低低拉下的窗簾、沒有冒煙的煙囪，都令它看上去十分悲慘，彷彿那樁慘劇依然深深壓迫著它。我們叫了門，前來應門的女傭依福爾摩斯的要求，向我們展示了主人去世時穿的那雙靴子，另外也給我們看了一雙兒子的靴子，儘管不是他在案發時穿的那雙。福爾摩斯在那雙靴子上七八處不同的地方細細地測量一番後，又要求女傭領我們到院子去，我們從那裡沿著一條蜿蜒曲徑，往博斯科姆池塘走去。

當福爾摩斯熱切地追尋起線索，立刻就變得判若兩人，只認識那位住在貝克街的安靜思想家和邏輯學家的人，肯定認不出眼下的他。他的臉孔漲紅但面色陰沉，眉毛拉成兩道粗硬的黑線，其下閃爍的目光冷硬如鋼。他臉朝下，肩膀弓起，嘴唇緊抿，細長但肌肉發達的頸子上暴起鞭繩似的青筋。他完全變成一頭被狩獵本能主宰的野

9 這是一句雙關語，空談和月光的英文皆為 moonlight。

獸，鼻孔擴張，全身貫注在眼前的追尋，以至於對身邊的談話或問題都充耳不聞，或者最多回以一聲短促、不耐煩的咆哮。他迅速而安靜的沿著橫越草地的小路向前走，接著穿過樹林到達博斯科姆池塘。那是一大片潮濕又泥濘的地面，而且看起來整個區域都是如此，有很多腳印，散落在小路上和道路兩旁的短草叢中。福爾摩斯時而一頭衝向前，時而猛然停下，還有一次繞了一大段路到草地裡，雷斯垂德和我跟著他，這位探長顯得冷漠而鄙夷，我則深感興趣地看著我的朋友，十分相信他的所有舉措都是因一個明確的目的而起的。

博斯科姆池塘是一小片環繞著蘆葦的水域，大概五十碼寬，位於海德利農場和富有的特納先生的私人花園之間。從湖對岸那排樹林的樹梢上，可以看到這位富有地主的住處那突出的紅色尖頂。至於靠近海德利農場的這一側湖岸，樹林生長得很茂密，在樹林邊緣和環湖而生的蘆葦之間，有一條狹長的帶狀濕草地，約莫二十步寬。雷斯垂德向我們指出發現屍體的確切地點，事實上，光憑非常潮濕的地面，我也能清楚看出死者倒地留下的痕跡。至於福爾摩斯，我可以從他熱切的神色和凝視的目光中看出來，他一定在那片被踐踏過的草地裡發現了許多其他東西。他像是嗅到氣味的狗一樣，在四周繞來繞去，然後轉向雷斯垂德。

「你下去池子裡幹了些什麼？」他問。

「我用耙子打撈了下，想說也許會找到凶器或其他什麼的，但又怎麼可能……」

「哦，嘖，嘖！我沒空聽你扯這些！這裡滿地都是你那內八字的左腳踩出來的腳印，連隻地鼠都有辦法追蹤它，然後它就往蘆葦的那個方向消失了。哦，如果我能搶先一步，在他們像群水牛般衝進來到處打滾之前就來到這裡，這一切將會單純得多。這裡是莊園管理人那夥人聚集的地方，他們把屍體四周六到八呎的範圍踩得一地腳印，但這裡有三條獨立的足跡，是同一個人踩出來的。」

他拿出放大鏡，趴在防水布上以便看得更清楚些，與其是在同我們說話，倒更像是自言自語。「這些是小麥卡錫的腳印，他有兩次是用走的，一次則是快跑的，所以鞋底的痕跡很深但鞋跟幾乎看不見，這證明了他所言不假，當他看到父親倒在地上，他是大步跑過來的。至於這邊的是他父親來回踱步的腳印，這又是什麼？這是兒子站著聽他父親說話時，把槍托擱在地上印出來的痕跡。還有這個呢？哈，哈！看看我們找到了什麼？踮起腳尖的足跡！而且這種方頭的靴子也很少見！它們走過來、它們走過去，然後又走過來……當然是為了回來取走那件大衣，現在來瞧瞧它們是打哪裡來的？」他來回尋找，時不時會失去腳印的蹤跡，如此直到我們來到樹林邊緣的一棵大山毛櫸的樹蔭下，這是舉目所及最大的一棵樹了，福爾摩斯又繼續追蹤到更遠的一側，然後再一次的臉貼地趴下，心滿意足地低哼了一聲。他在那裡待了許久，翻找著落葉和枯枝，把在我看來像是泥土的東西收集起來放進信封，接著他用放大鏡檢查了地面和他搆得到的每一處樹皮。他還細細檢查了藏在苔蘚中的一塊鋸齒狀石頭，並把它妥妥收好。最後，他沿著一條小徑穿過樹林，直至來到了公路上，從這裡開始，就再也沒有任何蹤跡了。

「這個案子實在很有意思，」他說，又回復成了平時的模樣。「我想右手邊那棟灰色房子一定就是莊園看守人的住處，我該進去和那位摩倫說句話，也許留張紙條給他。辦完這些事後，我們就可以回去吃午餐了。你們先回馬車上等候，我馬上就趕上你們。」

大約十分鐘後，我們乘上返回羅斯的馬車，福爾摩斯一路上仍拿著那塊在樹林裡撿到的石頭。

「你可能會對這個感興趣，雷斯垂德，」他拿起石頭說，「這玩意兒就是凶器。」

「我看不出上頭有任何痕跡。」

「是沒有。」

「那你又是怎麼知道的？」

「石頭下方的草長得很好，說明了它在那裡放了沒幾天，當它被拿起來後，也沒有在原本的地面留下任何痕跡。它與死者的傷口吻合，而現場也沒有其他凶器存在的跡象。」

「那兇手會是？」

「一名高個子男人，慣用左手，跛著右腿，穿著底很厚的狩獵靴和一件灰色大衣，抽印度雪茄並使用菸嘴，口袋裡有一把很鈍的摺刀。此外還有一些別的線索，但我想這些夠我們進行調查了。」

雷斯垂德笑了。「恐怕我得繼續對此存疑。」他說，「你的理論很完美，但我們面對的可是實事求是的陪審團。」

「到時候事情自見分曉，」福爾摩斯沉靜地回答，「你用你的方法做事，我也用我的。我估計會忙上一整個下午，到時應該能搭晚間的火車回倫敦。」

「放著你的案子不解決嗎？」

「不，這個案子結束了。」

「但那些謎團？」

「都有解答了。」

「那麼，誰是兇手？」

「我描述的那位先生。」

「但他是誰？」

「我很確定他不難找，這不是個人口稠密的地區。」

雷斯垂德聳了聳肩。「我是一個務實的人，」他說，「我可不能漫山遍野的亂跑，去找一位瘸了腿的左撇子紳士，那會害我變成蘇格蘭場的笑柄。」

「好吧，」福爾摩斯平靜地說，「我給過你機會了。你的住處到了，再見，我離開前會給你捎個留言的。」

我們在雷斯垂德的住處前放他下車，再駛回了我們自己的旅館，我們到達時，餐桌上已經備好了午餐。福爾摩斯沉默不語，沉浸在深深的沉思中，面露痛苦之色，彷彿一個發現自己正身處困境的人。

「聽我說，華生，」當餐桌收拾妥當之後，他開口道，「你就坐在那張椅子上，聽我嘮叨個幾句吧。我不太確定該怎麼做，我需要你給點建議。點上一根菸，聽我解釋一下整個狀況。」

「請說。」

「嗯，現在，在考慮過整個案情後，小麥卡錫在他的敘述中提到的兩點立刻就引起你我的注意，儘管我認為那對他有利，而你認為不利於他。其一是，根據他的敘述，他父親在見到他之前就發出了『咕咿』的信號。另一個就是老麥卡錫的遺言提到了一隻老鼠。你知道，當時他喃喃地說了好幾個字，但做兒子的就聽出了老鼠兩個字。現在就從這兩點著手我們的推論，首先我們必須以這個小伙子所說的完全是實話為前提。」

「那麼該怎麼解釋那聲『咕咿』呢？」

「很顯然那不可能是在呼喚他兒子。在他的認知裡，兒子當下還在布里斯托，不可能聽到他的信號。那聲『咕咿』是在吸引與他約見面的某個人注意。至於『咕咿』，無疑是一種澳洲的呼喚方式，是澳大利亞人之間相互聯繫用的，因此老麥卡錫在博斯科姆池塘邊約見面的人極有可能在澳洲待過。」

「那他口中的老鼠又是？」

福爾摩斯從口袋裡拿出一張摺疊的紙，把它攤平在桌子上。「這是一張維多利亞殖民地的地圖。」他說，「是我昨晚打電報去布里斯托要來的。」他用手遮住了地圖的一部分，「你讀到了什麼？」

「一隻老鼠（A RAT）。」我照著讀。

「現在呢？」他移開了手。

「巴拉瑞特（BALLARAT）。」

「就是這麼回事，這是那個人真正要說出口的字，只是他兒子僅僅聽出了最後兩個音節。他想要說出兇手的名字，來自巴拉瑞特的某個人。」

「太了不起了！」我驚歎。

「這很明顯。現在你瞧，我已經把嫌疑人的範圍縮小了非常多。假設小麥卡錫的陳述為真，那麼兇手擁有一件灰色外衣就是可以確定的第三點了。我們已經讓原本模糊的說法成為清晰的事實，那就是一個來自巴拉瑞特、身穿灰色外衣的澳洲人。」

「是這樣沒錯。」

「而且這個人是在地人，因為想去湖邊只能取道農場或莊園，不是隨隨便便一個陌生人能散步過去的。」

「確實如此。」

「然後就是我們今天的探察了。透過對現場的勘查，我得到許多瑣碎的細節，透露了兇手是怎麼樣的一個人，這些我也都告訴雷斯垂德那個笨蛋了。」

「但你是怎麼得知那些細節的？」

「你知道我是怎麼做的，由觀察各種細節得來。」

「我知道你可以從他跨步的幅度來大致估計他的身高。他的靴子也是，可以從足跡判斷出來。」

「是的，那雙靴子很特別。」

「但怎麼知道他跛腳的？」

「他的右腳腳印總是不如左腳那麼清晰，這代表他不太將體重放在右腳上。為什麼會這樣？因為他走起路來一瘸一拐的——他是個跛子。」

「那他慣用左手？」

「外科醫生在調查中記錄了死者傷口的特徵，你也有注意到這一點。他被人從正後方襲擊，但打中的位置偏向左邊。除非是個左撇子，不然要怎麼做到這一點？在那父子倆談話的期間，這個人一直站在那棵樹後頭，他甚至還抽過菸，我在那裡發現了雪茄的菸灰，我對菸灰有過的特殊研究，那使我能夠認出那是一種印度雪茄。你曉得我曾花費不少精力在這門學問上，並寫過一篇小專著，討論一百四十種菸絲、雪茄和香菸的菸灰有何不同。找到菸灰後，我進一步環顧四周，果然在苔蘚中發現他扔下來的菸頭，那確實是一種印度雪茄，在鹿特丹捲製而成。」

「但你怎麼知道他有使用菸嘴？」

「菸頭上沒有在嘴巴裡含過的痕跡，這是因為他用了菸嘴。雪茄的尾端是被切斷而不是咬斷的，但切口不整齊，因此我推斷是用一把很鈍的摺刀切的。」

「福爾摩斯，」我說，「你在這個人的四面八方布下羅網，他是逃不掉的，而且你還拯救了一個無辜的人，就像你直接割斷了要吊死他的繩子一樣，我看得出整個事態都在往這個方向發展。那麼這件事的罪魁禍首是……」

「約翰．特納先生來訪。」旅館的侍者邊喊邊打開我們起居室的門，領進來一位訪客。

來者身形奇特，令人印象非常深刻。他走得很慢、跛著腳，加上低垂的肩頭，予人衰老的印象，但他的臉孔堅毅、深邃、稜角分明，四肢巨大，這都表明了他在身心上皆擁有非凡的力量。他糾結的鬍鬚、花白的頭髮和引人注意的下垂眉毛結合成一種莊嚴而權威的神態，但他面如死灰，嘴角和鼻翼都泛著青色，我一眼就能看出他重病纏身已久。

「請來沙發上坐著，」福爾摩斯和藹地說，「你收到我的便條了嗎？」

「是的，我的莊園管理人把它交給我了，你說你希望在這裡見我，好避免醜事傳出去。」

「若我去府上拜訪，人們會說閒話的。」

「你為什麼想見我？」他看著我的同伴，疲憊的雙眼中透出絕望，彷彿他的問題已有解答。

「是的，」福爾摩斯說，更多的是回答對方眼裡的問題，而非口頭上的詢問。「是這樣的，我知道了關於老麥卡錫的一切。」

老人把臉埋進雙手中。「上帝保佑我！」他喊道，「但我說什麼也不會讓這個年輕人受到傷害，我向你保證，若巡迴審判庭做出任何對他不利的判決，我會把一切都說出來的。」

「很高興聽到你這麼說。」福爾摩斯嚴肅的說。

「要不是為了我親愛的女兒，我早已全部說出來了，但這會讓她心碎……若她聽到我被逮捕的話，一定會心碎的。」

「也許不至於得走到那一步吧。」福爾摩斯說。

「你說什麼？」

「我不是官方的偵探，是你女兒要求我來這裡的，我清楚我的立場，是為了她的利益在辦事，只是無論如何，小麥卡錫都必須被釋放。」

「我是個將死之人，」老特納說，「我患上糖尿病很多年了，醫生說我能否再活一個月都成問題，但我仍希望死在家裡而不是監獄裡。」

福爾摩斯起身坐到了桌邊，拿起了筆，並在面前放好一疊紙。「告訴我們真相吧，」他說，「我會把它記下來，你在最後簽名，而華生將做為證人見證這一切，這樣我就能用你的自白拯救小麥卡錫，但我向你保證，除非萬不得已，否則我不會動用到它。」

「這樣也行，」老人說，「我能不能撐到巡迴審判庭都還存疑，這事對我來說無關緊要，我只是希望不要讓愛麗絲感到震驚罷了。現在我會向你解釋整件事情，它跨越了漫長的時光，但要講出來不會花太多時間的。

「你不知道這個死者麥卡錫是怎麼樣的人，我可以告訴你，他就是魔鬼的化身，上帝保佑你永遠不會落入他這種人的魔掌。他在這二十年抓著我不放，他把我的人生整個毀了。我先來說說我是怎麼被他牢牢控制住的。

「那是六〇年代初的開礦時期，那時我還是個年輕小伙子，衝動而魯莽，什麼事都幹得出來，我和一群壞傢伙混在一起，整天飲酒作樂，得不到的東西就用搶的，用一句你們這裡的話形容，就是公路劫匪。我們一共六個人，過著狂野而無拘無束的生活，不時搶劫車站，或者攔下駛往礦場的馬車。『巴拉瑞特的黑傑克』是我那時使用的名字，在那個殖民地，人們也仍然記得我們這幫人，稱我們為『巴拉瑞特匪幫』。

「有一天，一支運送黃金的車隊將從巴拉瑞特到墨爾本去，我們埋伏在半路上並襲擊了他們。對方有六名守衛，對上我們六個人，可說是一場勢均力敵的戰鬥，我們在第一波突襲中就把他們的四個人打下馬，然而，在贓物到手前，我們的人也有三個被殺了。我用手槍指著馬車夫的腦袋，他就是麥卡錫，我真希望那時候就一槍打死他，但我饒他一命，雖然我看到他那雙歹毒的小眼睛緊盯著我，像是要記下我臉上的一切特徵。我們帶著那些黃金遠走高飛，成了有錢人，並設法回到英國，在這段期間沒有引起任何人的懷疑。在那裡我與舊日夥伴分別，決心從此安頓下來，過上平靜而受人尊敬的生活。當時這座莊園正好在市場上出售，我買下了它，我想用我的財富做點好事，多少可以彌補我為了賺到這筆錢所做過的事。我也結了婚，只是我的妻子年紀輕輕就去世了，將親愛的小愛麗絲留給了我。當她只是一個嬰兒的時候，她那小手便引領我走上了正道，就像過去那些事都不存在似的，簡而言之，我的人生翻開了新頁，我盡了最大努力彌補過去的罪惡，一切都很順利，直到麥卡錫逮到了我。

「我為了一筆投資到鎮上辦事，就在攝政街遇到他，他當時幾乎是衣不蔽體。

「『傑克，我們又見面了，』他碰了碰我的胳膊說，『對你來說我們就像家人一樣親近，就我跟我兒子兩個人而已，你可得收留我們啊，如果你不想——那也無所謂，英國可是個守法的國家，警察總是隨叫隨到的。』

「好吧，他們就這樣來到了西部鄉村，我沒有辦法甩掉他們，打從那時開始，他們可以不交租金就住在我最好的一塊土地上。從此我再無寧日，想忘也忘不了過去，無論我走到哪裡，他那狡猾、奸詐的臉孔都如影隨形地跟在旁邊，這種狀況在愛麗絲長大以後又變得更糟了，他很快就看出我害怕她得知我的過去，更甚於被警察知道。無論他想要什麼，他都非要拿到手不可，而我也毫不猶豫地給了他，土地、金錢、房子什麼都行，直到最後，他跟我要了一樣我絕不能給他的東西，他要愛麗絲。

「你也看到了，他兒子已經長大成人，我女兒也一樣，所有人都曉得我身體不好，對他來說，讓他家的小伙子染指我的財產似乎是個不錯的主意，但這一點我很堅持，我不會讓他那該死的血統混進我的家族裡；不是說我不喜歡那孩子，但有那樣的血統就已經足夠了。我非常堅持，而麥卡錫則出言威脅，但這次無論他使出什麼糟糕的手段，我都不打算再退讓了，我們約在兩家之間的湖邊見面，無論如何都要把整件事做個了斷。

「當我到達時，發現他正和他兒子談話，所以我點起一支雪茄，在樹後等著他，直到在場只剩下他一個人，但當我聽到他全部的談話內容，內心所有黑暗與苦澀的情緒漲到了最高點。他催促他兒子娶我女兒，完全不考慮她可能會怎麼想，就好像她是隨便一個街上找來的蕩婦。一想到我最珍視的一切可能會落入這樣一個人的掌握中，我簡直要瘋了。難道我掙脫不了這樣的束縛嗎？我已經是一個垂死和徹底絕望的人了，雖然我頭腦仍然清醒，四肢健壯，我知道這一生就是這樣了，但我的記憶和我的女兒呢？只要我能讓那人卑劣的舌頭永遠靜默，這兩者我就保住了。所以我做了，福爾摩斯先生，如果讓我重新選擇，我還是會這麼做的。我知道自己罪孽深重，我為了贖罪而一直活在折磨中也是理所當然，但要讓我女兒也捲進困住我的這張羅網中，這我可受不了。我當他是某種卑劣而惡毒的野獸，在將他打倒在地的時候內心毫無波瀾，他的慘叫聲把他兒子引回來；但我已經躲進了林子裡，儘管我不得不折回去取走我在逃離時遺落的外衣。這就是事發的真實經過了，先生們。」

「我無權審判你，」當老人在自白書上簽名時，福爾摩斯說，「我只希望我們永遠不用經歷這樣的誘惑。」

「我也是這麼想的，先生。你打算怎麼做？」

「鑑於你的身體狀況，什麼都不做。你自己也明白，你很快就要到比巡迴審判庭更高的法庭去償還自己的所作所為了。我會保留你的自白，如果小麥卡錫被判有罪，那我將不得不使用它，否則它將永遠不會被任何人看到，無論你是生是死，我都會好好地守住這個祕密。」

「那麼，再見了，」老人莊嚴地說，「因為你們給予了我平靜的死亡，當你們自己面對那一刻時，一定能夠比我更安寧。」他顫巍巍著巨大的身軀，緩慢而跌撞著走出房間去了。

「上帝保佑我們！」福爾摩斯在沉默了很久後開口，「為什麼命運老是要戲耍那些窮困、無助的可憐蟲？每一次遇上這樣的案件，總令我想起巴克斯特[10]的那句話，

10 英國清教徒領袖，詩人與神學家。

『承蒙上帝的恩典，夏洛克·福爾摩斯方得倖免其難』。」

詹姆士·麥卡錫在巡迴審判庭被宣告無罪，那是因為福爾摩斯將大量強而有力的異議提交給辯護律師。在和我們的那場會面後，老特納又多活了七個月，但他現在已經去世了；而且看起來那個男孩和女孩將會共度美好的一生，並對曾經籠罩在過去的陰霾渾然不知。

CASE 5

五枚橘籽

The Five Orange Pips

當我檢視著一八八二年到九〇年，對福爾摩斯探案的筆記和紀錄時，發現自己面對的是許多奇異而有趣的案件，以至於要在它們之間做出取捨可不容易，但這其中的一些案子已經透過報紙而廣為人知，另一些則無法為我朋友獨具的才能提供高水準發揮的空間，而描述這樣的才能正是那些報導的目的。此外有些案子限制了他的分析技巧，因此敘述起來難免虎頭蛇尾，更有一些案子只解決了部分，並且是基於臆斷和揣測，而非他最重視的絕對邏輯論證。然而，就在最後的這一類案子中，有那麼一件，它的細節是那麼離奇，結果又是那麼令人震驚，令我難免想對它稍加敘述，儘管它的一些疑點在當時沒能徹底釐清，也許在將來也永遠不會被釐清。

一八八七年，我們經歷了一系列或有趣或無趣的案子，我保留了這些案件的紀錄。在這整整十二個月紀錄的標題中，我找到了帕拉多密室案；業餘乞丐協會案——他們竟然在一間傢俱倉庫的地下室開辦了極其奢華的俱樂部；英國帆船索菲·安德森號沉沒的真相一案；以及格萊斯·帕特森在烏法島的奇案；最後是坎伯韋爾中毒案，讀過此案的人可能還記得，福爾摩斯透過替死者的手表上發條，來證明它在兩個小時前就上過發條了，進一步證明死者是在那段時間內上床睡覺的——這是釐清整個案子最關鍵的推論。所有這些案子，我可能會在將來找機會簡述一番，但它們都沒有一件比得上我正要提筆的這個案子，有一連串異乎尋常的情節，令它顯得如此獨特。

那是九月下旬，秋分前後的暴風雨異常猛烈地襲來。一整天都是狂風呼嘯、大雨擊打著窗戶，因此即便身處在這偉大的、由人類之手建立起來的倫敦市中心，我們也不得不從日常的操持中分神，並承認大自然力量的存在，它就像未經馴服的籠中猛獸，透過文明的柵欄向人類尖聲咆哮。當夜幕降臨，狂風暴雨益發猛烈，風聲像是個躲在煙囪裡的小孩，時而大聲哭嚎，時而低低飲泣。福爾摩斯一臉陰鬱地坐在壁爐的一側，正編寫著犯罪紀錄的交叉索引，我坐在另一邊，沉浸在一本克拉克．拉塞爾[11]所著的精采海洋小說中，直到屋外的風聲呼嘯，傾盆的雨聲似乎延伸為拍岸的浪濤聲，逐漸和小說的主題融為一體。這幾天，我太太回娘家探望她母親，我也因此回到貝克街的老地方暫住數天。

「怎麼回事，」我瞥了我同伴一眼說，「那肯定是門鈴聲，有誰會在今晚過來這裡？也許是你的某個朋友？」

「我就你這麼一個朋友，」他回答，「我向來不鼓勵人們來訪。」

11　英國作家，作品以航海主題聞名，柯南．道爾正是其當代崇拜者之一。

「那就是客戶囉？」

「若是這樣，那應該是很嚴重的事件，有誰會為了點小事在這種天氣、這種時間跑出來。但我想更有可能是房東太太的好友。」

然而，福爾摩斯這回猜錯了，因為走道上響起了腳步聲，接著就是敲門聲。他伸直了長長的手臂，把原本照著自己的那盞燈轉向訪客必然會坐的那張椅子。「請進！」他說。

來者很年輕，外表大約二十來歲，有著良好的儀表和整潔的穿著，舉止有禮而慎重，手裡拎著濕透的雨傘，身穿的長雨衣掛滿閃亮的水滴，說明他是冒著何等惡劣的天氣來到這裡的。他在燈光下焦急地四下張望，我看得出他臉色蒼白，眼神沉重，就像那些被極大焦慮壓垮的人們一樣。

「我應該先向你們道歉，」他說，戴起了金邊夾鼻眼鏡。「希望沒有打擾到你們，我擔心會把暴風雨帶進你舒適的房間。」

「把你的雨衣和雨傘交給我吧，」福爾摩斯說，「把它們掛在鉤子上，一會兒就乾了。我想你是從西南部上來的。」

「是的，我從霍舍姆來的。」

「因為黏在你鞋尖上的粘土和白堊的混合物非常特別。」

「我是來尋求你的建議的。」

「那不難。」

「還有幫助。」

「那可不一定那麼容易了。」

「久仰大名，福爾摩斯先生，普倫德加斯特少校告訴我，你是如何在坦克維爾俱樂部的醜聞中救了他。」

「啊，當然了，他被誣告在牌局裡作弊。」

「他說你解決得了任何問題。」

「那是他過獎了。」

「他還說你從沒被擊敗過。」

「我被人打敗過四次——三次是男人，一次敗給了一位女士。」

「但與你成功的次數相比呢？」

「那倒是，大體而言，我都是贏的那一方。」

「那我的事情應該也能如此。」

「請把你的椅子往壁爐挪一挪，並說說關於你的案件中的細節。」

「這不是一件尋常的案子。」

「會來找我的案子沒一個尋常的，我這裡早成了最終上訴法庭。」

「然而我還是懷疑，先生，在你經歷的所有案件中，是否有過比發生在我家這一連串事件更神祕、更令人費解的。」

「你讓我非常感興趣，」福爾摩斯說，「請從頭開始告訴我們最基本的事實，我會再向你詢問那些在我看來至關重要的細節。」

年輕人把椅子往前拉，將濕透的腳伸向爐火。

「我的名字，」他說，「是約翰·奧彭肖，但據我所知，我自己與這可怕的事件關係不大，這是上一代留下的問題；為了讓你們對事實有大致了解，這件事我得從頭說起。

「要知道我祖父有兩個兒子——我伯父伊萊亞斯和我父親約瑟夫。我父親在科芬特里有一間小工廠，在腳踏車發明後，他擴大了這間工廠，同時他還是奧彭肖防破輪胎的專利權擁有者，在生意上取得巨大的成功，讓他得以出售這個事業，帶著一大筆鉅款退休。

「我伯父伊萊亞斯年輕時移民到美國，成為佛羅里達的一名種植園主，據說他在那裡經營得風生水起。南北戰爭期間，他在傑克遜的軍隊中作戰，後來又在胡德麾下效命，並在那時升任上校。李將軍投降後，伯父回到了他的種植園，他在那裡又待了

三、四年左右，在一八六九年或一八七〇年回到歐洲，他在霍舍姆附近的薩塞克斯郡買下一小塊地產。他在美國賺進了可觀的財富，但因為厭惡黑人而離開那裡，同時他也不喜歡共和黨賦予他們公民權的政策。他是個怪人，個性暴躁又急性子，生起氣來嘴巴很壞，而且性情極為孤僻。他住在霍舍姆的那些年，我懷疑他是否踏進過鎮上一步。他的住處周圍有一座花園和兩三塊田地，讓他可以進行一些戶外活動，然而經常連續幾週都不見他踏出房子。他猛灌白蘭地，菸癮也大，但他不願意社交，也不想要任何朋友，甚至連親弟弟都不肯見面。

「但他倒是不介意我，事實上，他挺喜歡我的，當他第一次見到我時，我不過才十二歲左右，當時是一八七八年，他回到英國也有八、九年了。他懇求我父親讓我和他同住，他用自己的一套方式寵我。他沒喝醉的時候，喜歡和我玩雙陸棋和跳棋，他也會讓我代表他同傭人和生意人打交道，因此到我十六歲時，幾乎已經是房子的主人了，我保管所有的鑰匙，可以去我喜歡的地方，做我喜歡的事，只要我不去打擾他的獨處便行。然而，還是有個奇怪的例外，那是閣樓上的一個雜物間，總是房門緊鎖，他不准我或其他人進入。出於小孩子的好奇心，我從鑰匙孔朝裡頭窺望過，但除了這一類的房間裡都會有的舊箱子和成捆物品外，就沒有其他預期之外的東西了。

「有一天——那是在一八八三年三月——一封貼著外國郵票的信放在上校桌上的

餐盤前。收到信對他來說是件稀罕事，因為他的所有帳單都是用現金支付，而他又沒有任何朋友。『從印度寄來的！』他拿起信來說，『朋迪治里的郵戳！這會是什麼？』他匆忙打開信，裡頭跳出了五枚又小又乾的橘子種籽，嘀嗒落在他的餐盤上。我被這玩意兒逗得發笑，但看到他的臉，我頓時就笑不出來了。他的嘴唇垮下來，雙眼暴凸，面如死灰，他直直瞪著仍然握在顫抖手裡的信封，『K. K. K.！』他尖叫出來，接著道，『上帝，我的上帝，我終究逃不過我的罪惡啊！』

「『伯伯，那是什麼？』我叫道。

「『死亡。』他說著從桌邊站起來，躲回自己的房間去了，留下我一個人在那嚇得發抖。我拿起信封，發現在信封蓋內側、約莫是塗膠水處的上方，有用紅色墨水潦草寫成的三個K字，信封裡除了五個乾橘籽之外，沒有其他東西。那又是什麼把他嚇成那副模樣？我離開了早餐桌，上樓時，正好遇到他下樓，他拿著一把生鏽的老舊鑰匙，那一定是閣樓的鑰匙，另一隻手則拿著一個類似錢箱的小黃銅盒子。

「『他們想來就來吧，但我會將他們一軍。』他賭咒發誓似地說道，『叫瑪麗今天來我的房裡生火，然後去霍舍姆請福特漢姆律師過來。』

「我按他的吩咐做了，等律師一到，我被叫到他的房間。房間裡爐火熊熊燃燒，壁爐鐵柵裡有一大堆蓬鬆的黑色灰燼，看起來像是紙張燒過的灰燼，那個黃銅盒子則被打開來放在一旁，盒子裡空空如也，我瞥了它一眼，卻驚覺盒蓋上印著三個K字，就跟我早上在信封上看到的一模一樣。

「『我希望你，約翰，』伯父他說，『能見證我的遺囑，我把我的產業，包括它的一切好與不好之處，全都留給我弟，也就是你父親，以後當然也會轉移到你手上，若你能安然享有它，那就太好了！但如果你發現不能，那麼聽我一句，孩子，把它留給你的死敵。我很抱歉留給你這麼個宛若雙面刃的東西，但我真說不準事態會往什麼方向發展。現在請在福特漢姆先生拿給你的文件上簽名。

「我依照指示在紙上簽了名，律師便把它帶走了。你應該不難想像這件怪事給我留下的深刻印象，我反覆思量，猜測事情的各種可能性，但完全摸不著頭緒，唯獨它留下那朦朧的恐懼感如影隨形。儘管時光流逝，也沒發生什麼事情來擾亂我們的日常生活，這種感覺也就不再那麼強烈了，但我仍可以看出伯父身上的變化。他喝酒喝得比以往都凶，更加拒絕所有形式的社交。他大部分時間都把自己反鎖在房間裡，但有時他會發酒瘋似衝出屋外，拿著一把左輪手槍在花園裡狂奔，嚷著他誰也不怕，不論是人還是魔鬼，誰都別想把他當作綿羊一樣監禁起來。然而，當這些狂熱過去了，他又會激烈地衝回房間，再度把門鎖起來，把一切擋在身後，彷彿不能再對深植於靈魂的恐懼表現得若無其事。每當這種時候，我可以看到他的臉大汗淋漓，就算在大冷天也一樣，就好像他才從臉盆裡抬起頭似的。

「好吧，福爾摩斯先生，為了別再消磨你的耐心，就來說說這件事是怎麼結束的。一天晚上，他又發起酒瘋來，衝出去後卻再也沒有回來。我們出去找他，發現他臉朝下倒在花園底一個綠藻覆蓋的小池塘裡，現場看不到任何打鬥跡象，池水也只有兩呎深，加上他廣為人知的種種怪癖，陪審團在考量之下，最後做出了『自殺』的裁決。但就我一個人知道他有多怕死，我很難相信他會如此出人意料地自尋短見，然而，事情過去就過去了，父親繼承了他的產業，以及存在銀行裡的一萬四千鎊遺產。」

「請稍待，」福爾摩斯插話道，「我能預見你敘述的會是我聽過最離奇的事件之一。請告訴我，你伯父收到這封信的日期，以及他被認為自殺的日期。」

「信是一八八三年三月十日寄到的，他則在七週後去世，即五月二日晚上。」

「謝謝你，請繼續說。」

「父親接管了霍舍姆的產業，在我的要求下，他仔細檢查了閣樓始終上鎖的雜物間。我們在那裡找到那個黃銅盒子，只是裡面的東西都已經被銷毀了。盒蓋內側貼了張標籤，上面有著K. K. K.的字母縮寫，底下還寫著『信件、備忘錄、收據和登記名冊』等字樣。我們猜測，這正表明了那些被奧彭肖上校銷毀的文件為何。閣樓裡餘下的，就是許多散落的紙張和記錄了伯父在美國生活的筆記，除此就再也沒有什麼重要的東西了。在那些紀錄中，有些是南北戰爭時期的，顯示他克盡職守，並因英勇作戰而享譽。另外一些紀錄則來自南方各州重建期間，大多與政治相關，顯然他積極投入反對那些來自北方的機會主義政客。

「父親在八四年初搬到了霍舍姆生活，起初一切不能再更順遂了，然而到了八五年一月，就在新年過後的第四天，當我們一起坐在早餐桌前時，我聽到父親尖叫，他就坐在那裡，一手拿著剛拆的信封，另一手平伸的掌心上有著五枚乾橘籽。過去他總嘲笑我所描述關於上校的故事有多荒誕不經，但現在同樣的事情發生在他自己身上，他看起來非常害怕且困惑。

「『搞什麼，這到底是什麼意思，約翰？』他結結巴巴地問。

「我的心頓時一沉。『這是K. K. K.』我說。

「他看了看信封內側。『沒錯，』他叫道，『就是這幾個字母，但上面又寫了些什麼？』

「『把文件放到日晷儀上。』我在他肩膀後看著信讀道。

「『什麼文件？什麼日晷儀？』他問道。

「『花園裡的日晷儀，除此之外不可能有其他的了。』我說，『但文件一定是被銷毀的那些。』

「『呸！』他鼓起勇氣說道，『我們生活在文明之邦，不能容許這種胡鬧的東西，它是打哪兒來的？』

「『從丹地來的。』我看了看郵戳答道。

「『好個荒謬的惡作劇，』他說，『日晷儀、文件，和我有什麼關係？我理都不想理這種胡扯。』

「『我想我們應該報警。』我說。

「『好讓他們嘲笑我的苦難？想都別想。』

「『那麼讓我去？』

「『不，你也不准去。我才不會為了這種無聊事大驚小怪。』

「與他爭論是白費力氣，他是個非常固執的人，我只能去忙自己的事了，然而我的內心充滿不祥的預感。

「收到信後的第三天，父親離家去拜訪他的老友弗里博迪少校，他指揮著樸茨當山上的一處堡壘。我很高興他能去，在我看來，他離家愈遠也就離危險愈遠。但這次我錯了，他離家後的第二天，少校發來電報要我立刻趕去。父親摔進一個很深的白堊礦洞，這樣的洞在那附近到處都是，他摔碎了頭骨，倒在坑底昏迷不醒。我急忙趕到他身邊，但他直到去世都沒再醒過來。很顯然他從費勒姆返回時，天色已經暗下來了，由於他對這一帶鄉間不熟悉，而且白堊坑也沒有加上圍欄，陪審團毫不猶豫地認定他是意外死亡。我仔細檢視了與他的死亡關聯的每一個事實，找不到任何與謀殺相關的線索，現場沒有打鬥跡象，沒有腳印，沒有搶劫，也沒有誰在路上看到什麼陌生人。但不用我說，你們也知道我內心難以平靜，我幾乎可以肯定有誰在他周圍布下了卑劣的陰謀。

「我以這種凶險的方式繼承了遺產。你們也許想問我為什麼不把它處理掉？我的回答是，我深信我們的麻煩在一定程度上取決於伯父人生中的某個事件，因此危險仍會從這間房子跟著我到另一間房子去。

「我可憐的父親在八五年一月去世，在那之後又過了兩年八個月。這段期間，我在霍舍姆過得很愉快，這令我開始希望這個詛咒已經離我的家庭遠去，隨著上一代人的去世而終結。然而，我高興得太早了；就在昨天早上，發生在父親身上的事也降臨到了我身上。」

年輕人從背心口袋拿出一個皺巴巴的信封，轉向桌子，把五枚又乾又小的橘籽從信封裡抖落到桌面上。

「就是這封信，」他繼續說道，「郵戳來自倫敦東區。裡頭的文字和我父親當時接到的最後那封信一模一樣：『K. K. K.』再來就是『把文件放在日晷儀上』。」

「你做了什麼？」福爾摩斯問。
「沒做什麼。」
「什麼都沒做？」
「說實在的——」他把臉埋進瘦而白皙的雙手中。「我很無助，感覺自己就像一隻被蛇盤繞的可憐兔子。似乎被某些不可抗拒、無法阻擋的邪惡牢牢控制住，任何遠見和預防措施都無法抵禦它。」
「嘖！嘖！」福爾摩斯叫道，「你必須行動，老兄，不然你就輸了，你只有振作起來才能得救，現在不是讓你哀嘆的時候。」
「我找過警察了。」
「哦！」
「但他們只是微笑著聽我講故事。我相信那位巡官已經心有定見，便是這些信件全是惡作劇，正如陪審團所說，我親人的死亡確實是意外事故，與這些警告無關。」
福爾摩斯握緊拳頭對空揮舞。「蠢到令人難以置信！」他怒吼。
「不過他們還是派了一名警察到我家裡來陪我。」
「他今晚有和你一塊過來？」
「不，他得到的命令是留在房子裡。」

福爾摩斯再次對空怒吼起來。

「那你為什麼來找我？」他喊道，「還有最重要的是，你為什麼不一開始就過來？」

「我當下不知道可以這麼做，一直到今天，我向普倫德加斯特少校提到了我的麻煩，他才說我應該要來找你。」

「距離你收到這封信已經整整兩天了，我們應該在這之前就採取行動。我想，除了你擺在我們面前的東西外，應該沒有進一步的證據了——還有沒有任何可能對我們有用的細節？」

「是有一樣東西，」約翰．奧彭肖說，他在大衣口袋裡翻找了一下，然後拿出一張褪色、略帶藍色的紙張，將它平放在桌上。「我依稀記得，」他說，「在我叔叔燒掉文件的那天，我注意到灰燼中有一小片沒燒完的紙邊，就是這種特殊的顏色。之後我在他房間的地板上發現了這張紙，我認為它是那些文件之一，也許是因為飄落下來而沒被燒掉。上面除了提到種籽之外，我不覺得它對我們能有多大幫助，我想它應該是私人日記的其中一頁，筆跡無疑是我伯父的。」

福爾摩斯把燈挪過來，我倆一同彎身去看那張紙，不平整的邊緣說明它確實是從書上撕下來的。它的標題是「一八六九年三月」，下面則有令人費解的紀錄：

四日，哈德森來了，同樣的舊政見。
七日，將種籽寄給聖奧古斯丁的麥考利、帕拉摩爾和約翰·史溫。
九日，麥考利已清除。
十日，約翰·史溫已清除。
十二日，拜訪帕拉摩爾，一切順利。

「謝謝你！」福爾摩斯說，把紙摺起來還給我們的訪客。「現在，你絕不能再耽擱片刻了，我們甚至抽不出時間來討論你告訴我的事情，你必須馬上回家，並採取行動。」

「我該怎麼辦？」

「你只有一件事要做，而且必須立即完成，你得把你給我們看的這張紙放進你說過的那個黃銅盒子裡，同時你要寫張紙條說明其他文件已經全被你伯父燒了，這是僅剩的一張。你的用詞必須非常肯定，好讓他們相信你說的都是實話。做完這一切後，你必須立即按照信上指示，將盒子放在日晷儀上。這樣你明白了嗎？」

「完全明白了。」

「現在先別想著要報復，或者其他類似的事情。我認為我們可以透過法律做到這一點；但眼下有我們的網要編織，而他們的網早已編織好。現在首要考量的是消除你迫在眉睫的危險，其次才是澄清謎團，並使有罪者得到應有的懲罰。」

「謝謝你，」年輕人說，起身穿起雨衣。「你給了我新的生命和希望，我一定會遵照你的囑咐去做。」

「一刻都不要耽擱，還有更重要的，你同時也要顧好自己的安危，因為你受到的威脅是非常真實且迫近的，這一點我毫不懷疑。你要怎麼回去？」

「從滑鐵盧搭火車回去。」

「現在還不到九點，街上的人很多，我想你應該算是安全，但再怎麼小心戒備都不會有錯。」

「我有帶槍。」

「那很好，明天我會著手處理你的案子。」

「那我們就在霍舍姆見吧？」

「不，關於你這件事的祕密藏在倫敦，我應該要在倫敦找尋線索。」

「那麼，我會在一或兩天內再來拜訪你，告訴你關於那個盒子和文件的新消息。我會在每一個環節上都依照著你建議的去做。」他和我們握手，然後便離開了。屋外的風仍呼嘯著，雨水潑濺並拍打在窗上。這個奇怪而狂野的故事似乎是從狂暴的風雨中來到我們面前——就像大風中的一片藻葉般被吹向我們——而它現在又被它們吸了回去。

福爾摩斯默默地坐了一會兒，他的頭向前傾，目光低垂著望向熾紅的火焰。然後他點燃了菸斗，向後靠上椅背，看著藍色煙圈相互追逐著升到了天花板。

「我認為，華生，」他終於開口說道，「在我們所有的案件中，沒有一件比這更奇妙的了。」

「也許除了『四個人的簽名』以外。」

「嗯，也是，或許除了那個吧。然而在我看來，這位約翰・奧彭肖似乎身處在比肖爾託斯更嚴峻的險境中。」

「但是，」我問道，「你對這些危險是否有明確的概念？」

「它們的性質是明確無疑的。」他回答。

「那它們會是什麼？這個K. K. K.是什麼人？他為什麼要追著這個不幸的家庭不放？」

福爾摩斯閉上眼睛，將手肘擱在椅子的扶手上，雙手指尖合攏。「一位理想的推理者，」他說，「當單一的事實展現在他眼前時，不僅能從中推斷出導致這個事實的一連串事件，還能以此推斷出隨之而來的所有結果，就好比居維葉[12]可以透過一塊骨頭來正確描述出一整隻動物。所以一位觀察家若能徹底了解一系列事件中的一個環節，他應該就能準確描述包括之前和之後的所有環節。我們目前無法單憑推理來掌握這件事的結果，全憑直覺去尋求這個問題的答案可能會深陷困惑之中，但我們可以通過研究來解決。然而，要高度發揮這樣的技巧，推理者必須能夠利用一切他掌握得到的事實，你應該能輕易看出來，這本身就意味著要擁有所有知識，即使在這有著免費教育和百科全書的時代，這也是一項不算常見的成就。但一個人應該擁有一切可能對他的工作有用的知識，這並非完全不可能，我自己就一直努力要做到這一點。若我沒記錯，有一次，就在我們剛認識的那會兒，你以一種非常精準的方式定義了我的能力範圍。」

「是的，」我笑著回答，「那是一份很特別的檔案。我記得，哲學、天文學和政治學被打了零分。植物學不確定，關於城鎮的方圓五十哩內任何地區的泥漿痕跡的地質學造詣頗深，化學很怪異，解剖學則雜亂無章，奇情小說和犯罪學獨一無二，身兼小提琴手、拳擊手、劍士、律師，還是可卡因和菸草的自我毒害者。我想這些就是我

12 喬治．居維葉（Georges Cuvier），法國博物學家、比較解剖學家與動物學家，被譽為古生物學之父。

的分析要點了。」
福爾摩斯對最後那一條咧嘴一笑。「好吧，」他說，「如同我剛才所說的，我現在還是要這麼說，一個人應該在他腦中的小閣樓放滿可能用得到的傢俱，其餘的可以放到儲藏室，需要的話隨時去取就好了。現在，對於今晚交到我們手中的這件案子，我們當然要集中手邊所有的資源。麻煩把你旁邊書架上的美國百科全書的K字首那一冊遞給我，謝謝你。現在讓我們考慮一下情況，看看可以從中推斷出什麼來。首先，我們可以從一個有力的假設開始，那就是奧彭肖上校離開美國是基於某些非常強烈的理由，他那個年紀的人很難改變所有生活習慣，更不會心甘情願地用佛羅里達的迷人氣候來換取英國偏鄉小鎮的孤獨生活。他在英國對獨自生活的極度偏好表明了他在懼怕某人某事，因此我們可以初步假設，是對某人某事的恐懼把他趕出了美國。至於他在怕什麼，我們只能從他和他的繼承人收到的那些駭人信件來推斷。你注意到那些信的郵戳了嗎？」
「第一封信來自朋迪治里，第二封來自丹地，第三封來自倫敦。」
「來自倫敦東區。你能從中推斷出什麼？」
「這幾個地方都是海港，寫信的人是在船上。」
「非常好。我們已經有了一條線索。毋庸置疑有這樣的可能性，非常大的可能性，寫信的人是在一艘船上。現在讓我們考慮另一點，以朋迪治里那次來說，從威脅到威脅成真之間一共花了七週時間，但丹地那次就三到四天而已。這代表了什麼？」

「前一次的旅行距離較遠。」

「但寄信的距離不也一樣。」

「那我就不明白了。」

「至少可以這麼假設，即那個人或那夥人搭乘的船隻是帆船，看來他們總是在開始行動前寄出怪異的警告或象徵物品。你看丹地那次，警告信號到實際行動之間有多快。如果他們從朋迪治里搭乘輪船過來，應該會和信差不多時間抵達。但事實卻是，那足足花了七週時間。我想那七週代表帶來這封信的郵輪，和帶來寫信者的帆船之間的時間差。」

「很有可能。」

「何止可能，事實就是如此。現在你能看出這件新案子有多緊迫了，以及為什麼我要小奧彭肖小心行事。災難總在寄信者的旅程結束時來臨，而這一次的信是來自倫敦，因此我們片刻都不能耽擱。」

「天哪！」我叫道，「這麼不斷的迫害究竟為的是什麼？」

「奧彭肖帶的那些文件顯然對帆船上的某人或某些人至關重要。我認為他們肯定不只一人，一個人不太可能以如此手法連續殺害兩人還能騙過驗屍陪審團，一定有好幾個人牽涉在內，他們必然是多謀而果決的人，不論那些文件在誰手中，他們非拿到手不可。通過這一點，你可以看出K. K. K.不是個人的姓名縮寫，而是一個組織的標誌。」

「但那是什麼組織呢？」

「你有沒有……」福爾摩斯說著向前俯下身子，壓低了聲音說道，「你沒聽過三K黨嗎？」

「從來沒有。」

福爾摩斯把書放在膝蓋上逐頁翻看。「在這裡。」他隨即唸道：

三K黨（Ku Klux Klan），這個名稱由來福槍扳機擊發的聲音所聯想而來。此一恐怖的祕密組織是在南北戰爭後，由南方各州的部分前邦聯士兵所組成，並迅速在全國不同地區組成了分支，尤其是在田納西、路易斯安那、卡羅萊納、喬治亞和佛羅里達等州。他們將勢力用於實現政治目的，主要是恐嚇黑人選民，以及謀殺那些反對其觀點的人，或將之驅逐出國。

在實施暴行前，他們通常會以奇異但公認的方式向目標者寄出警告——有些地方是一小截橡樹枝葉，有些地方則是瓜籽或橘籽。收到這樣的警告後，受害者可以公開宣布放棄他原有的作法，或者逃離國境，若他有膽量直面警告，幾乎必遭殺害，行凶手法通常離奇且難以預料。這個集團的組織如此嚴密，手法如此系統化，以至記錄在案的前例中，幾乎無人能與之相抗衡而得倖免，亦無法循其暴行追查到行凶者。儘管美國政府和南方上層階級付出了努力，但該團體多年來仍蓬勃發展。最終，在一八六九年，該團體的活動突然就瓦解了，儘管自那時至今，各地仍零星發生類似的事件。

「你會發現，」福爾摩斯放下書說道，「這個團體的突然瓦解，與奧彭肖帶著他們的文件從美國失蹤的時間相吻合，兩者很可能是因果關係，這也難怪他和他的家人總被一些幽靈追著不放。你現在能理解了，這個名冊和日記可能牽涉到南方一些有地位的人，而且不拿回這些東西，可能有許多人晚上都睡不安穩。」

「所以我們看到的那張紙……」

「差不多就是我們猜的那樣。若我沒記錯的話，它記錄了『將種籽寄給A、B和C』，也就是說，向他們寄出了這個團體的警告。接下來是一連串的條目，記錄了A和B已清除，或離開了國境，最後他們拜訪了C，恐怕C已經遭遇不測。好了，醫生，我認為我們能讓一點光明進入這個黑暗境地，小奧彭肖在此期間唯一的機會就是照著我告訴他的去做。今晚已經沒有什麼可說的，也沒有什麼可做的了，所以把我的小提琴遞給我，讓我們試著把悲慘的天氣和同胞更悲慘的處境忘掉半個小時吧。」

早晨天氣轉晴，透過籠罩著這座大城市的靄靄薄霧，太陽閃爍著柔和的光芒。我下樓的時候，福爾摩斯已經在吃早餐了。

「請原諒我沒等你，」他說，「我預料要為小奧彭肖的案子忙上一整天。」

「你打算怎麼著手？」我問。

「很大程度取決於我第一輪的調查結果。可能終究得跑一趟霍舍姆。」

「你不先去那裡嗎？」

「不，我要先從城裡開始。只要拉一下鈴，女傭就會給你送咖啡上來。」

我在等待咖啡時，拿起桌上還沒打開的報紙瞥了一眼，我的目光停留在一個標題上，那讓我內心發寒。

「福爾摩斯，」我叫道，「你慢了一步。」

「啊！」他放下杯子說，「我怕的就是這個，它是怎麼發生的？」他語調平靜，但我可以看出他非常激動。

我的眼睛捕捉到了奧彭肖的名字，以及「滑鐵盧橋邊的悲劇」這個標題。以下是報導內容：

　　昨晚九點到十點之間，H分局的巡警庫克在滑鐵盧橋附近值班，聽到了呼救聲和落水聲，由於夜色昏暗加上狂風暴雨，儘管數名路人企圖救援，還是幫不上忙。然而當下仍及時發布警報，在水警的協助下，最終找到了一具屍體。死者是一名年輕男子，根據其口袋中找到的一枚信封，得知其姓名為約翰・奧彭肖，家住霍舍姆附近。據推測，他可能急於趕上從滑鐵盧站開出的末班火車，由於太匆忙和四下漆黑而走錯路，誤入一處渡輪的小碼頭才失足落水。屍體外表沒有任何遭受暴力的跡象，毫無疑問，死者是因意外事故而不幸溺斃，此事應當喚起當局關注河邊碼頭的安全設施。

我們沉默地坐了好幾分鐘，我從沒見過如此沮喪和震驚的福爾摩斯。

「這傷到我的自尊了，華生，」他終於開口說道，「毫無疑問，這是種心胸狹窄的感覺，但它確實傷害了我的自尊。現在，這是我個人的事情了，如果上帝賜我力量，我一定要親手制裁這幫人。他來找我幫忙，而我卻讓他去送死！」他從椅子上一躍而起，在房間裡踱來踱去，難以抑制激動，蠟黃的臉頰漲紅起來，修長的雙手則神經質地攢緊又鬆開。

「他們這幫魔鬼肯定非常狡猾，」他最後感嘆道，「他們是怎麼把他拐到那裡去的？堤岸並不在直通車站的路上，而以達到他們的目的而言，那座橋即使在那樣的一個夜裡，毫無疑問也太擁擠了。好了，華生，我們就來看看最後誰會贏。我現在要出門！」

「去警察局那裡？」

「不，我就當自己是警察了，等我織好了網，就可以用來捉蒼蠅了，但網織好之前還無法這麼做。」

我把一整天都花在醫務工作上，回到貝克街時已經天黑了好一陣子，而福爾摩斯還沒回來，等他進門時都快十點了，看起來蒼白且筋疲力竭。他直趨廚櫃前，撕下一塊麵包狼吞虎嚥，又喝了一大口水把它沖下肚。

「你餓了。」我說。

「簡直餓死了，我完全忘了吃東西這回事，從早餐以後就沒再吃過任何東西。」

「什麼都沒吃？」

「一口都沒有，我沒那個閒工夫去想吃的。」

「事情有沒有進展？」

「不錯。」
「你有線索了？」
「他們已在我的掌握之中了，小奧彭肖很快就能大仇得報。喂，華生，讓我們以其人之道，還治其人之身，這是經過深思熟慮的！」
「你這是什麼意思？」
他從碗櫃裡拿出一顆橘子，剝成幾瓣後，把橘籽擠到桌子上，從中揀了五顆出來，把它們塞進一個信封裡。他在信封口的內側寫上了「S. H. 代表 J. O.」接著他封好了信，並寫上地址「喬治亞州，薩凡納，孤星號，詹姆斯・卡爾霍恩船長　收」。
「等他進港，這東西已經在那裡等了，」他竊笑道，「這將令他夜不成眠。他會發現它是他命運的清晰預兆，正如奧彭肖從前的遭遇一樣。」
「這個卡爾霍恩船長是誰？」
「那幫人的頭頭，我會逮到其他人的，但他是第一個。」
「那麼，你是怎麼找出這條線索的？」
他從口袋裡拿出一大張紙，上面寫滿了日期和名字。
「我花了一整天的時間，」他說，「全耗在勞埃德船運公司的登記冊和舊檔案上，追查八三年一月到二月間在朋迪治里停泊過的每一艘船在那之後的航路。從登記資料看來，這兩個月期間共有三十六艘一般噸位的船到過那裡。有一艘叫做孤星號的船立刻引起我的注意，因為它的登記資料是在倫敦出港的，但這個名字卻是根據美國的一個州取的。」

「我想是德克薩斯州。」

「我不清楚也不打算搞清楚是哪一州，但我知道這艘船一定是美國來的。」

「然後呢？」

「我搜尋了丹地的紀錄，當我發現孤星號曾在八五年一月到過那裡時，我的懷疑變成了肯定，然後我查了目前停泊在倫敦港的船隻。」

「是嗎？」

「孤星號是在上週抵達這裡的。我去了阿爾伯特碼頭一趟，發現她今天早上已經順著潮汐出航，返回薩凡納去了。我打電報去了格雷夫森德，得知她才經過那裡不久，現在吹的是東風，因此她無疑已經通過了古德溫斯，離懷特島不遠。」

「那你打算怎麼做？」

「哦，我已經牢牢逮住他們了。我知道卡爾霍恩和他的兩個夥伴是船上僅有的土生土長的美國人，其他都是芬蘭人和德國人。我還得知了他們三個昨晚都下了船，這是為他們裝貨的碼頭工人告訴我的。當他們的帆船抵達薩凡納，郵船會將我這封信帶到，同時也有電報通知薩凡納警方，說明這三位先生是在這裡被指控謀殺的通緝犯。」

但即便是人類最完美的計畫，依然百密一疏。殺害約翰．奧彭肖的那些人再也收不到那五枚橘籽了，那本應讓他們曉得，有一名與他們一樣足智多謀且果決的人正攔在他們面前。那年秋分的暴風雨既漫長又猛烈，我們等待孤星號的消息等了好長一段時間，但始終什麼都沒等到，最後終於傳來的消息，是在大西洋遙遠的某處，有人發現一個破碎的船尾柱隨著波濤漂浮，上面刻著代表孤星號船名縮寫的L. S.，這就是我們所能得知關於孤星號下落的所有消息了。

CASE 6

歪嘴的人

The Man with the Twisted Lip

伊薩・惠特尼是聖喬治神學院已故的院長、神學博士伊萊亞斯・惠特尼的兄弟，此人的鴉片癮很重。據我所知，他之所以染上這種惡習，全是大學時期某些愚蠢的怪念頭所致，那時他讀了德・昆西對幻覺和激情的描述，於是將菸草浸泡在鴉片酊中以試著產生同樣的效果。最後他發現，就像許多人一樣，對這玩意兒上癮要比擺脫它容易多了，於是多年來，他一直為毒品所奴役，同時還是親友們厭惡與憐憫的對象。他那蠟黃又蒼白的臉色、下垂的眼皮和雙目無神的模樣如今在我眼前，他蜷縮在椅子裡，那是一副曾經高尚的人被摧毀殆盡的殘骸。

一八八九年六月的一個晚上，門鈴響了，大約是一個人開始打呵欠並瞥一眼幾點鐘的時刻。我從椅子上直起身，妻子則把她的針線活放到腿上，有點沮喪的樣子。

「是病人！」她說，「你又得出診了。」

我呻吟，因為我才結束了疲憊的一天，剛剛回到家。

我們聽到大門打開，有人匆匆忙忙地說了幾句話，然後是迅速掠過油地氈的腳步聲，我們的房門被推開，一位穿著深色衣物、戴著黑色面紗的女士走進房間。

「請原諒我這麼晚還來這裡，」她才剛開口，突然就失控，衝向前用胳膊環住我妻子的脖子，伏在她肩上抽泣起來。「哦，我遇到麻煩了！」她哭著道，「我確實需要一點幫助。」

「哎呀，」妻子掀起了對方的面紗說，「原來是凱特．惠特尼，你嚇了我一跳，凱特！你進來的時候，我完全沒想到會是你。」

「我不知道該怎麼辦，所以直接過來找你。」事情總是這樣，人們一旦身陷困境，總會來找我妻子，就好像鳥兒會飛向燈塔一樣。

「很高興你來找我們，但你必須先喝點酒和水，再舒舒服服地坐下來，告訴我們怎麼回事，還是說，你更願意讓我趕詹姆士去睡覺？」

「哦，不，不！我也需要醫生的建議和幫助，是關於伊薩的，他已經兩天沒回家了，我好擔心他！」

這不是她第一次向我們談論她丈夫的麻煩，我做為她的醫生，我妻子則做為她的老友和老同學，我們用盡所有話語來安撫及勸慰她。她知道丈夫在哪裡？我們有可能把他帶回她身邊嗎？

看起來真是如此了。她很確定最近當丈夫癮頭犯起來時，總是跑去城裡最東邊的一間鴉片館，在此之前，他的狂歡不會超過一天，每天晚上，他會拖著抽搐不停、崩潰的身子回到家裡。但這一次，鴉片的詛咒已經控制了他四十八小時了，他現在肯定躺在那裡，在碼頭的人渣堆裡吞雲吐霧，或因為鴉片的效果而昏昏欲睡。鴉片館的地點是上斯旺丹巷的金酒吧，她確信可以在那裡找到他。但她能怎麼做？她，一個年輕而畏怯的女人，要如何進入那樣一個地方，把她丈夫從一群流氓中拖出來？

發生這種情況，當然也只有一種解決辦法，是否就由我陪她去呢？但隨後我又想，她何必要一塊去？我是伊薩・惠特尼的醫療顧問，因此我對他有影響力，如果我獨自前去，也許事情還更好解決些，我向她保證能在兩個小時內將對方塞進出租馬車送回家，只要對方確實在她所說的那個地方。為此，在十分鐘內，我把扶手椅和愉快的起居室拋在身後，坐進雙輪馬車疾馳向東，儘管當時在我看來，這差事已經夠古怪了，但之後發生的事才真叫做離奇。

我這趟冒險的第一階段沒遇上太大困難。上斯旺丹巷是一條簡陋的小巷子，隱藏在倫敦橋以東、河流北岸成排的高碼頭後頭。在一間廉價成衣店和一間琴酒酒鋪之間，一段陡峭的階梯向下通往一個洞穴似的漆黑裂口，我在那裡看到我正在找的菸館。我要馬車在上頭等，自己則順著台階走下去，台階的中間滿是磨損的坑洞，那都是來往不絕的醉漢們雙腳踩出來的。在門上一盞明暗不定的油燈燈光下，我找到了門栓，進入一個狹長而低矮的房間，裡面瀰漫著又厚又重的棕色鴉片煙霧，木床呈階梯狀排列著，就像一艘移民船前甲板下的水手艙。

昏暗的燈光下，依稀可見以各種怪異姿態躺著的人們，弓著肩膀的、屈起膝蓋的、仰著頭的、下顎朝前的，他們黯然無神的眼睛看向新來的人。黑色的陰影中，閃爍著小小的紅色光圈，亮起來又暗下去，那是因為毒品在金屬菸管中或強或弱的燃燒所致。大多數人都默默地躺著，但也有的喃喃自語，有的用奇怪、低沉、單調的聲音彼此交談，他們的談話滔滔不盡，然後又突然同歸沉默，每個人都喃喃說著自己的事，鮮少留意身旁的人在說什麼。在房間的另一頭是個燒著木炭的小火盆，盆邊一個又高又瘦的老人坐在三角木凳上，兩隻拳頭支著下巴，手肘擱在膝蓋上，直勾勾地盯著火光。

當我進去時，一個面色蠟黃的馬來服務生匆匆遞來一根菸管和一些毒品，招呼我到一個空的床位去。

「謝謝你，我沒打算要待下來，」我說，「我有個朋友伊薩．惠特尼先生在這裡，我想和他談談。」

在我右邊一陣動靜，同時傳來一聲驚呼，從昏暗的光線中望去，我看到了惠特尼，他蒼白枯槁、披頭散髮地瞪著我。

「我的天啊！是華生，」他說，那反應看起來可憐兮兮的，而且似乎繃緊了每一根神經。「華生，現在幾點了？」

「快十一點。」

「哪一天的十一點？」

「六月十九日星期五。」

「天哪！我以為是星期三。今天明明是星期三，你為什麼要嚇唬人？」他把臉埋進雙臂中，開始用尖銳的高音哭起來。

「我說了今天是星期五，老兄，你太太等你等了整整兩天，你該為自己感到羞恥！」

「我是該這樣，但你搞混了，華生，因為我在這就待了幾個小時而已，抽了三管菸，還是四管……我不記得抽了多少，但我會跟你一起回去，我不該嚇到凱特的……可憐的小凱特！扶我一把！你有馬車嗎？」

「有，我雇了一輛，就在外面等。」

「那麼我會上車。但我一定欠了帳，替我看看欠了多少，華生，我完全沒力氣了，什麼都做不了。」

我走過兩排臥鋪間的狹窄過道，同時屏住呼吸，才不致吸入毒品那髒污又會令人暈乎乎的煙霧，尋找管理人在哪。當我經過坐在火盆旁的高個子男人身邊，忽然感到衣服下襬被人扯了一下，有人壓低了聲音輕輕說道，「從我身邊走過去，再回頭看我。」說這話的聲音非常清晰，我循聲往下看，發覺它只可能來自我身邊的老人，但他就像剛才一樣全神貫注地坐著，非常瘦弱，滿臉皺紋，身子因為衰老而佝僂，一桿鴉片菸管從他雙膝間垂下，似乎是因為他的手指無力抓握才滑下來的。我向前走了兩步，然後回頭看去，緊接著竭盡全力克制自己才沒驚叫出聲。他轉過身來，因此除我以外，沒有人能看見他。他的身形飽滿起來，皺紋全都不見了，呆滯的眼睛也煥發出神采。就在那裡，坐在火邊對我的震驚咧嘴一笑的，不是別人，正是福爾摩斯。他輕微示意我向他靠近，當他再次以側臉轉向其他人時，立刻又衰退成那副神智迷茫、胡言亂語的老態。

「福爾摩斯！」我低聲說，「你到底在這裡幹什麼啊？」

「盡可能小聲點，」他回答，「我聽力很好，如果你行行好，把你那位上了癮的朋友送走，我會很高興和你談談的。」

「我有一輛出租馬車在外頭。」

「那煩請讓他上車回去吧，你大可放心讓他自己回去，他已經沒有力氣再惹事了，我也建議你讓馬車夫帶張紙條回去給你太太，就說我們兩個又混在一起了。如果你在外面稍等，我應該可以在五分鐘內和你會合。」

我向來難以拒絕福爾摩斯的任何要求，因為它們都非常明確，他又總是以這種一切盡在他掌握的平和態度提出要求。不過，我感到只要惠特尼上了馬車，我要做的事實際上就全部完成了，其餘的，沒有什麼比參與我朋友那些奇妙案件更好的了，而這些案件對他來說卻都是最尋常的生活。幾分鐘後，我寫好紙條，付清惠特尼的帳單，把他帶出菸館並送上出租馬車，最後目送馬車載著他駛入沉沉夜色中。一轉眼，一個衰老的身影從鴉片館現身，接著我就和福爾摩斯一同沿街走去了。他拖著腳蹣跚而行，駝著背且步履顛晃，在走了兩條街後，他快快環顧四下，站直了身子，放聲大笑起來。

「我猜，華生，」他說，「你一定認為我除了注射可卡因，以及你用你的醫學觀點加諸在我身上的一切小毛病之外，又添了鴉片癮這一項。」

「我當然很驚訝會在那裡遇上你。」

「但不會比我看見你更驚訝。」

「我來是為了找一個朋友。」

「而我是要去找一個敵人。」

「敵人？」

「是的，是我天生的敵人之一，或者應該說，是我天生的獵物。簡而言之，華生，我正在進行一樁非比尋常的調查，我打算像從前做過的那樣，從那些菸鬼的胡話中找到線索。如果我在那個菸館裡被認出來，性命就一文不值了，因為我曾出於自身目的去那裡調查過，當時開菸館的那個無賴印度水手就發誓要報復我。在那棟建築後面，靠近保羅碼頭的拐角處有一扇活板門，它能講述一些在無月的夜裡，有什麼東西穿越它的奇怪故事。」

「什麼！你說的該不會是屍體吧？」

「哎，屍體，華生，如果每個死在那個菸館的倒楣鬼都能讓我們得到一千英鎊的話，我們早就是富翁了。這裡是整條河沿岸最卑劣的坑人之地，恐怕那位內維爾·聖克萊爾一旦走進去，就再也出不來了。但我們的確該把陷阱設在這裡。」他把兩根手指放在上下牙間，吹出一聲尖銳的口哨——遠處也響起了相同的哨聲為回應，緊接著傳來車輪嘎吱，以及馬蹄的叮噹作響。

「現在，華生，」福爾摩斯說，一輛高高的狗車[13]從暗處衝出來，車兩邊的側燈射出兩道金黃色的燈光。「你會和我一起去吧？」

「如果用得上我的話。」

「哦，一個值得信賴的同伴總是有用的，一位紀錄者就更是如此了。我在雪松園

13 dogcart：一種由一匹馬拉的雙輪雙座輕型馬車。

的房間是雙人床房。」
「雪松園？」
「是的，那是聖克萊爾先生的房子，我在調查期間都住在那裡。」
「那麼，它在什麼地方？」
「在肯特郡，距離李鎮不遠，我們有七哩路要走。」
「但我還是毫無頭緒。」
「當然，但你很快就會知道是怎麼回事了。上車吧，好了，約翰，接下來不勞你費心了，這是半克朗，明天十一點左右來找我。放開馬吧，那麼到時候見了！」
他用鞭子輕抽了馬一下，馬車便向前疾馳而去，穿越一連串彷彿無止無盡、陰暗又空曠無人的街道，這些街道在眼前逐漸變寬，直到我們飛馳過一座寬闊有欄杆的橋，橋下混濁的河水緩緩向前流。過了橋後，磚石和灰泥的街道通過一片荒蕪的郊區，只有巡邏的警察沉重、規律的腳步聲，或一些遲遲不歸的狂歡者們高歌呼喊會打破四周寂靜。黯淡的殘雲緩慢飄過天空，一顆兩顆的星星在這裡和那裡的雲隙間朦朧閃爍著。福爾摩斯默默地駕著車，頭垂到了胸前，彷彿陷入沉思之中，而我坐在他身邊，非常好奇這會是怎麼樣的一件案子，竟會使他看起來負擔沉重，但又害怕中斷他的思潮。我們已經駕車走了好幾哩路，開始觸及城郊別墅區的邊緣，他振作起來，聳了聳肩膀，以一種對自己甚為滿意的神態點起菸斗。

「華生，你在保持沉默方面的天賦非常出色，」他說，「它使你成為不可多得的同伴。我保證，眼下有人能與我談談，將對我有很大的幫助，因為我自己的想法會讓人不太愉快，我不確定今晚這位可愛的小婦人到門口迎接時，我應該對她說什麼。」

「你忘了我對此還一無所知。」

「在我們到達李鎮之前，我應該有時間告訴你整件案子的經過，它似乎簡單到荒謬的地步，然而不知為何，我就是無從著手，線索無疑很多，但我卻沒有頭緒。現在，我簡明扼要的把案子說給你聽，華生，也許你可以為我在這一大片黑暗中看出一點火花來。」

「那麼，請繼續說吧。」

「幾年前——精確點說，是一八八四年五月——一位名叫內維爾．聖克萊爾的紳士來到李鎮，他似乎很有錢，購置了一幢大別墅，將庭園打理得很好，總體而言過著富裕的生活。他和附近的人們逐漸有了往來，一八八七年，他娶了當地一名釀酒商的女兒，他們育有兩個孩子。他沒有工作，但有幾家公司的股份，每天慣例在早上進城、傍晚搭五點十四分的火車從坎農街回來。聖克萊爾先生今年三十七歲，沒有任何不良嗜好，是個好丈夫，同時還是非常慈愛的父親，向來與所有人為善。我再多補充一件事，就我們目前能確定的部分，他全部的負債是八十八鎊十先令，而他在首都郡銀行的存款有兩百二十鎊。因此，沒有理由認為他在財務上有任何困擾。

「上星期一，內維爾．聖克萊爾先生比平時更早進城，在他出門之前，曾提到有兩件重要的事得辦，以及他會為小兒子帶一盒積木回來。而碰巧的是，就在同一個星期一，在他出門後不久，他的妻子收到一封電報，通知有個她一直在等的、相當值錢的小包裹已經送到亞伯丁航運公司的辦公室，等她去領取。現在，如果你對倫敦夠熟悉的話，你會知道那間公司的辦公室是在弗雷斯諾街，那條街正是由今晚你遇到我的上斯旺丹巷岔出去的。聖克萊爾夫人吃過午飯後進城，她買了些東西，到航運公司的辦公室拿了包裹，在返回車站的路上經過上斯旺丹巷時，正好是四點三十五分。我講到目前為止，你還清楚嗎？」

「非常清楚。」

「如果你還記得的話，星期一是個大熱天，聖克萊爾夫人走得很慢，四下張望著想要找到一輛出租馬車，因為她不喜歡這個地方。當她以這種方式沿著上斯旺丹巷走著，突然聽到一聲驚呼，抬頭就看到她丈夫從二樓窗口低頭看著她，看起來像是在和她招手的樣子，這嚇得她渾身一涼。當時那扇窗戶是大開的，她可以清楚看到他的臉，她描述他的模樣極其激動，狂亂地向她揮著手，然後就從窗口突然消失了，在她看來是被某種來自身後不可抗拒的力量給狠狠拽了回去。在女性的敏銳目光快速一瞥中，她注意到一個奇怪的地方，儘管丈夫還穿著早上進城時所穿的深色外衣，但是硬領和領帶都不翼而飛。

「她確信他出事了，連忙衝下台階——因為那棟房子不是別處，正是你今晚遇到我的那間鴉片館——她跑過那棟房子的前屋，打算爬上通往二樓的樓梯，然而就在樓梯口，遇到了我說過的那個印度無賴，他把她推了回去，又在一名丹麥人助手的協助下，把她推到了街上。她滿心惱怒與疑懼，沿著巷道跑了出去，幸運的是，她在弗雷斯諾街遇到正在巡邏的幾名員警和一名巡官。巡官和兩名員警陪著她回去，儘管菸館的業主再三阻攔，他們還是進到了聖克萊爾先生最後被看見的那個房間，但那裡沒有任何他存在過的跡象，事實上，那一整層樓除了一個面目醜陋又瘸腿的可憐蟲外，沒有其他人了，而他和那名印度人都堅決發誓那天下午沒有人進過那個房間。他們堅決否認的態度令那位巡官很是猶豫，幾乎相信是聖克萊爾夫人搞錯了，但這時她突然驚叫起來，跳起來撲向放在桌上的一個松木小盒子，一扯開蓋子，掉出一大堆兒童積木，這是她丈夫答應要買回家的玩具。

「這一發現，以及瘸子表現出明顯混亂的樣子，使巡官意識到這件事的嚴重性。在仔細搜查過那個房間後，所有的結果都指向了性質惡劣的犯罪。前面的房間陳設樸素，看起來像是起居室，它通向一間小臥室，從那裡看出去正對著其中一處碼頭的背面。碼頭和臥室窗戶之間有一條狹長的空間，退潮時是乾的，但漲潮時會淹沒在至少四呎半深的河水下。臥室的窗戶很寬，是從下面開啟的，警方搜查時，在窗台上發現了一些血跡，臥室的木地板上也有幾滴血跡。內維爾．聖克萊爾先生的所有衣服都被藏到了前面房間的窗簾後，只有外衣不見蹤影，靴子、襪子、帽子和手表——全都在那裡，這些衣服並沒有遭受過暴力拉扯的痕跡，警方也沒有找到內維爾．聖克萊爾先生。顯然他是從窗口離開的，因為現場沒有其他出入口了，窗台上的不祥血跡則透露他游泳脫逃的可能性不大，因為事發當下，潮水正漲到了最高點。

「至於那些似乎與這件事直接相關的惡棍，那名印度水手是個出了名的惡棍，但根據聖克萊爾夫人的描述，在她看見丈夫出現在窗口的幾秒內，那個印度人已經在樓梯口了，因此他在整件事裡至多就是個從犯。他則辯稱什麼都不知道，同時聲明對於房客休．布恩的所作所為也毫不知情，至於那位失蹤紳士的衣服為何會出現在他的房間裡，他更是無法給出任何解釋。

「印度人業主的部分就這樣了，最後是住在鴉片館二樓那個陰險的瘸子，他肯定是世上最後一個看到內維爾．聖克萊爾的人，此人名叫休．布恩，他那醜陋的臉孔是每個常進城的人都很熟悉的，他是個職業乞丐，為了逃避警方的規定，他假裝做起塗蠟火柴的小生意。從針線街過去不遠的左手邊，你可能已經注意到了，那裡有一個小牆角，這傢伙每天就坐在那裡，把他那一點點火柴放在盤起來的腿上，並露出一副可憐的模樣，等著人們施捨的小錢像一陣小雨般，落進他擺放在人行道上的油膩皮帽裡。在我想到要進一步了解他的職業狀況前，已經不止一次注意到他，並對他在短時間內能有這麼多收穫感到訝異。要知道他的外表是那麼引人注意，沒人能經過他身邊而不多看他一眼。他滿頭蓬鬆的紅髮，一張蒼白的臉被一道可怕的疤痕毀容了，疤痕癒合時的收縮將他上唇的外緣向上翻，鬥牛犬似的下巴，以及一雙深具穿透力的深色眼睛，與他的髮色形成了鮮明的對比，這一切特徵都讓他在一群尋常乞丐中顯得與眾不同，他的機智也是如此，因為不管過路人扔給他任何東西，他總有話可以回應。我們現在知道這個人就是住在鴉片館樓上的房客，同時也是最後一個看到那位紳士的人。」

「但是一個瘸子！」我說，「單憑他一個人，能把一個正值壯年的男子怎麼樣？」

「他是個瘸子是因為他走起路來一瘸一拐的，但在其他方面，他看起來是個健壯的人。華生，你的醫療經驗肯定會告訴你，一個人若有某個肢體比較脆弱，往往會由其他肢體特別強健來彌補。」

「請繼續說下去。」

「聖克萊爾夫人一看到窗台上的血就暈倒了，一名員警用出租馬車把她送回家，因為她的在場無助於他們調查。負責此案的巴頓巡官非常仔細地把整間房子搜索了一遍，但沒有找到任何有助於釐清案情的線索。他犯下的一個錯誤就是沒有當場逮捕布恩，給了布恩幾分鐘可以和印度朋友串供的時間，但這個錯誤很快就得到了修正，布恩被捕並且接受搜查，但警方沒有發現任何可能將他定罪的東西。確實，他的襯衫右邊袖子上有一些血跡，但他表示是自己的無名指在靠近指甲處割傷了，這解釋了為何會有血跡，並補充說明他不久前走到窗邊過，在那裡發現的血跡無疑也是這麼來的。他極力否認見過內維爾・聖克萊爾先生，至於那些衣服為何會出現在他房間裡，他發誓他和警察一樣困惑。至於聖克萊爾夫人斷言確實看見她丈夫出現在窗前，他宣稱她不是瘋了就是在做夢。儘管他大聲抗議，他們還是把他帶到警局去了，而那位巡官則留在屋內，希望能趁著退潮找到新線索。

「儘管沒在退潮後的泥灘發現他們擔心的東西，但他們還真有了其他發現，那是內維爾・聖克萊爾的外套，而不是他本人，那件衣服是隨著潮水退去露出來的。你想他們在外套口袋裡發現了什麼？」

「我想像不出來。」

「我想也是。每個口袋裡都塞滿了便士和半便士——一共四百二十一個一便士和兩百七十個半便士。這也難怪它沒被潮水沖走，但人體又是另一回事了。在碼頭和房子之間有一個猛烈的渦流，極有可能當衣服被剝光的人體沖進河裡時，增加重量的外套反而能留在原處。」

「但就我所知，其他衣物都是在房間裡發現的，難不成他只穿著一件外套？」

「不，老兄，但這件事很有可能真的就是這樣。假設布恩將內維爾．聖克萊爾推出窗外，在無人目擊的狀況下，接著他會怎麼做？他當然會馬上想到，必須扔掉那些會曝光一切的衣服。首先，他抓起那件外套，但在把它往外扔的同時又想到了它會漂在水面上而不是沉下去。時間不多了，因為他聽到樓下傳來那位夫人想強行上樓造成的吵鬧聲，也許還從印度同夥那兒聽說有警察正從街上匆忙趕來。他片刻不耽擱地衝向祕密藏錢的地方，他靠行乞積累的財富全存在那裡，他盡可能將硬幣往外套口袋裡填，以確保外套重到能夠沉到水底。他把外套扔出去，要不是聽到樓下傳來匆促的腳步聲，他還會用相同方式處理其他衣物，然而在警察出現前，他只來得及關上窗戶。」

「聽起來確實很有可能。」

「那好，我們姑且把它當作一個有用的假設，以此尋求更好的假設。正如我告訴你的，布恩被捕後被帶到警局，但他沒有前科。多年以來，他始終以職業乞丐的身分廣為人知，似乎是個安靜生活且人畜無害的人。但現在這件事橫在眼前，有許多問題亟需解答——內維爾．聖克萊爾到鴉片館去做什麼，他在那裡發生了什麼事，他現在人在哪裡，以及休．布恩與他的失蹤有什麼關係——這些問題離解答還遠得很。我承認想不起來在我的經歷中，有哪件案子像這件一樣，乍看之下如此簡單，卻出現了這麼多難題。」

當福爾摩斯詳細描述這一連串怪事時，我們驅車疾馳過這座大城市的郊區，直到最後一些零星的屋舍也被拋在身後，接著馬車轔轔駛在樹籬夾道的鄉間路上。就在他說完這一切時，我們駕車穿過兩個疏落的村莊，仍有零星燈光在家戶窗內閃爍著。

「我們已經到了李鎮的郊區，」我的同伴說，「這段短短的路途一共觸及了英國的三個郡，開頭是米德爾塞克斯郡，經過了薩里郡的邊角，最後來到肯特郡。你看到樹叢中的燈光了嗎？那就是雪松園，在那盞燈旁邊坐著一個女人，毫無疑問的，她焦慮的耳朵已經捕捉到我們的馬蹄聲了。」

「但你為什麼不在貝克街調查這個案子？」我問。

「因為有很多調查必須在這裡進行。聖克萊爾夫人很好心地讓出兩個房間供我使用，你大可放心，她對我的朋友兼同事除了歡迎以外別無他想。但我現在還真不想見到她，華生，我完全沒有半點關於她丈夫的消息。我們到了，嗚哦，停下，嗚哦！」

我們把馬車停在一幢大別墅前，這棟別墅矗立在獨立的庭院內。一名馬僮跑上前來拉住馬，我跟著福爾摩斯跳下車，一同走上通往屋前的蜿蜒碎石小路。當我們走近時，門扇飛也似地打開，一名身材嬌小的金髮婦人站在洞開的門口，穿著某種纖薄的細紗質衣服，領口和袖口飾有粉紅色雪紡花邊。她背著屋內的光站著，燈光勾勒出她的身形，她一手扶著門，另一手急切的半舉起來，身子微微向前傾，帶著詢問地探出頭來，目光急切，朱唇微啟。

「嗯？」她叫道，「怎麼樣了？」然後她看到我們有兩個人，充滿希望的歡呼了聲，但當她看到我的同伴搖搖頭、聳聳肩時，她的歡呼變成了呻吟。

「沒有好消息嗎？」

「沒有。」

「那麼壞消息？」

「也沒有。」

「感謝上帝。請進來吧，你一定很累了，畢竟你忙了一整天。」

「這位是我的朋友，華生醫生，在過去許多案件中，他給了我極大的幫助，這次很幸運能把他一塊帶來，讓他也參與調查。」

「很高興見到你，」她說，熱情地與我握手，「相信你會原諒我的招待不周，特別是考慮到這場打擊來得有多突然。」

「我親愛的夫人，」我說，「我在這方面是老手了，但即便不是，你也不需要道歉。如果我能為你或我好友提供任何幫助，我都會很高興的。」

「那麼，福爾摩斯先生，」我們進入一間敞亮的飯廳，桌上的晚餐已經放到變涼了。夫人說：「我想問你一兩個直接的問題，希望你能直接給出答案。」

「當然了，夫人。」

「用不著顧慮我的感受，我沒有歇斯底里，也不會暈倒，我只是想聽聽你最真實的意見。」

「哪一方面的意見？」

「在你內心深處，你認為內維爾還活著嗎？」

福爾摩斯似乎對這個問題頗感尷尬。「請老實回答我！」她重複了一次，站在地毯上，銳利地俯視著斜靠在柳條椅中的他。

「坦白說，夫人，我不認為。」

「你認為他已經死了？」

「是的。」

「被謀殺的？」

「我無法斷言，也許吧。」

「那他是哪天去世的？」

「星期一。」

「那麼，福爾摩斯先生，也許你可以好心解釋一下，為何我今天會收到一封他的信。」

福爾摩斯從椅子上彈起來，好像觸了電似的。

「什麼?!」他咆哮道。

「是的，今天。」她面帶微笑站著，將小小一張紙條舉到空中。

「我可以看看嗎？」

「當然。」

他急切地把信一把搶過來，把它攤平在桌上，他把檯燈拉過來，專注地檢視著它，我從椅子上起身，越過他的肩膀端詳著它。信封非常粗糙，上面蓋有格雷夫森德的郵戳，日期就是今天，或者更確切地說是昨天，畢竟現在已經過了午夜很久了。

「差勁的筆跡，」福爾摩斯喃喃地說，「這肯定不是出自你丈夫之手，夫人。」

「不是，但裡頭的信是他寫的。」

「我還看得出，不管信封是誰寫的，都必須要去問地址。」

「你怎麼知道？」

「你看，寫這個名字的墨水完全是黑色的，是寫好以後自己晾乾的，其他的字則是灰色，這說明了它們是用吸墨紙吸乾的，如果所有的字是一口氣寫好了，再用吸墨紙吸過，那麼開頭的名字就不會是那麼深的黑色。這個人寫好了名字，然後在寫地址之前停頓了片刻，這只有可能是他不熟悉這個地址。當然這只是件瑣事，但沒有什麼比瑣事更重要的了。現在讓我們來看看信吧，哈！裡頭還附了東西！」

「是的，有一枚戒指，他的印章戒指。」

「你確定這是你丈夫的筆跡？」

「他的其中一種筆跡。」

「一種？」

「這是他匆忙書寫時的筆跡，和他平時的筆跡大不同，但我很熟悉。」

親愛的，不要驚慌，一切都會好起來的。有一個巨大的錯誤，可能需要花點時間修正。請耐心等待。

內維爾

「信是用鉛筆寫在一本書的扉頁上，八開的書，沒有浮水印。嗯！今天在格雷夫森德寄出，寄信人的大拇指很髒。哈！信封口是用膠水黏上的，若我沒弄錯的話，是個嚼菸草的傢伙。夫人，你毫不懷疑這是你丈夫的筆跡？」

「我很確定這是內維爾寫的。」

「信是今天在格雷夫森德寄出的。嗯，聖克萊爾夫人，狀況變得明朗了，雖然我不該冒昧地說危險已經結束。」

「但他一定還活著，福爾摩斯先生。」

「除非這是一個聰明的偽造，試圖要誤導我們。畢竟，這枚戒指證明不了什麼，它有可能是從他那裡取走的。」

「不，不；這封信，絕對是他的筆跡！」

「很好。然而，它可能是星期一寫的，但直到今天才寄出。」

「是有可能。」

「若是這樣，在這段期間可能發生的事太多了。」

「哦，你不能這樣潑我冷水，福爾摩斯先生，我很清楚他一切平安。我們之間有一種敏銳的感應，他要是遭遇不測，我一定會知道。就在我最後一次見到他的那天，他在臥室裡割傷了自己，我還在餐廳裡就確信他發生了什麼事，立刻衝上樓去。你認為我會感應到這樣一件瑣事，卻對他的死渾然不覺嗎？」

「這類的事我見多了，不會不知道女人的直覺可能比善於分析的推理者的結論更有價值。在這封信中，你確實得到非常有力的證據來證明你的觀點。但是，如果你丈夫還活著，還能夠寫信給你，他又為什麼要躲著你呢？」

「我無法想像，也難以理解。」

「他在星期一離家時，有跟你提過什麼？」

「沒有。」

「你很驚訝會在斯旺丹巷看到他？」

「非常驚訝。」

「當時窗戶開著嗎？」

「是的。」

「那他可能有出聲喊你？」

「是有可能。」

「就我所知，他只是模糊的喊了聲？」

「是的。」

「你認為那是在呼救嗎？」

「是的，他還揮手。」

「但那可能是驚喜的叫喊。他沒預期會在那個地方見到你，於是在驚訝之下舉起手來？」

「也是有可能。」

「還有你認為他是被人從後頭拖走的？」

「他就突然那麼消失了。」

「可能是他自己向後跳開的，你沒看到還有誰在那個房間裡？」

「沒有，但那個可怕的人承認他待在那裡過，以及那個印度水手就在樓梯口。」

「的確，以你當時看到的，你丈夫穿著他平時的那身衣服嗎？」

「但沒有硬領或領帶，我可以清楚看到他的脖子露出來。」

「他提過斯旺丹巷嗎？」

「從來沒有。」

「他有沒有表現出抽鴉片的跡象？」

「從來沒有。」

「謝謝你，聖克萊爾夫人，這些都是主要的重點，我希望能夠確實弄清楚。我們現在該吃完晚餐就去休息，因為我們明天恐怕要忙上一整天。」

一個寬敞舒適、附有一張雙人大床的房間為我們安排好了，我很快就窩到床上，在奔波了一整晚以後，我已經非常疲憊了。然而福爾摩斯這個人，當他心裡有一個懸而未決的問題，他會連續好幾天，甚至整整一星期不休息，反覆思索，重新整理已經掌握的事實，從各個角度審視它，直到他要麼徹底查清事實真相，要麼承認他的資料尚且不足。我很快就看出他打算坐上一整夜，他脫下外衣和背心，穿上一件寬鬆的藍色晨袍，接著在房間裡走來走去，把他床上的枕頭、沙發和扶手椅上的靠墊攏在一起，用這些東西建造出某種東方沙發，他盤腿坐上去，把一盎司的粗菸草絲和一盒火柴擺在眼前。在昏暗的燈光下，我看他坐在那裡，嘴裡叼著一個歐石南根的舊菸斗，眼神空洞地盯著天花板的角落，藍色煙霧從他面前裊裊上升，他沉默，一動也不動，燈光照著他那鷹一般堅毅的輪廓。當我睡著時，他就這麼坐著，當我猛然驚醒、看見夏天的陽光照進了房間時，他依然那麼坐著，菸斗仍叼在嘴裡，煙霧也還是裊裊升起，房間裡充滿了濃重的煙霧，但我前一晚看到的那堆粗菸草絲已經半點不剩。

「醒了，華生？」他問。

「是的。」

「來趟晨間駕車出遊？」

「當然好。」

「那就去穿戴好，這裡還沒人起床，但我知道那個馬僮睡在哪裡，我們很快就可以把馬車弄出來。」他說話時咯咯地笑起來，目光閃爍著，與前一晚那位陰鬱的沉思者相較，簡直判若兩人。

我在穿戴時瞥了一眼手表，才四點二十五分，這也難怪還沒人起床，當福爾摩斯回來說馬僮正在準備馬車時，我還沒穿戴完全。

「我想驗證一下我的小小推論，」他邊拉起靴子邊說，「我認為，華生，你現在正站在歐洲最笨的傻瓜面前，我真該被一腳踢到查令十字去。但我現在已經找到解決這件事的鑰匙了。」

「它在哪裡？」我微笑著問道。

「在浴室裡，」他回答，「哦，是真的，我沒在開玩笑，」看到我不太相信的樣子，他繼續說道，「我剛才進去把它拿出來，將它放進這個格萊斯頓手提包了。來吧，夥計，我們來看看鑰匙和鎖能不能對上。」

我們盡可能放輕腳步下樓，走入明亮的晨曦中。我們的馬和馬車停在路邊，衣衫不整的馬僮在馬前等著。我們倆都跳上了車，隨即沿著倫敦的道路疾馳而去。偶有幾輛農村的貨運馬車在路上行駛，是要帶著蔬菜往市中心去的，但道路兩旁成排的別墅安靜、毫無聲息，就像夢中的城市一樣。

「在某些方面，這個案子很奇特，」福爾摩斯說，鞭策馬匹飛奔起來。「我承認，我一直像鼴鼠一樣眼瞎，但事後才學聰明，總要強過永遠學不會。」

當我們駕車穿過薩里這一側的街道時，就算是城裡最早起床的人，也才睜著惺忪睡眼望向窗外。我們從滑鐵盧橋過河，直奔威靈頓街，接著急轉往右來到堡街。福爾摩斯是警方熟識的人，門口的兩名員警向他致意，其中一人為我們拉住馬頭，另一人則領我們進去。

「今天是誰值班？」福爾摩斯問。

「布拉德斯特里特巡官，先生。」

「啊，布拉德斯特里特，你好嗎？」一名高而壯的警官戴著一頂尖頂帽，身穿有飾釦的夾克，從石板路面的過道走下來。「我希望能和你私下談談，布拉德斯特里特。」

「當然，福爾摩斯先生，到我的房間來吧。」

那是一個很小、辦公室似的房間，一本厚厚的分類帳放在桌上，牆上掛著電話。巡官在他的辦公桌後面坐下。

「福爾摩斯先生，有什麼我能效勞的地方？」

「我來這裡是為了那個乞丐布恩，他被指控與李鎮的內維爾．聖克萊爾先生失蹤有關。」
「是的，他被關押在這裡，以便接受進一步調查。」
「這我聽說了，眼下他人在嗎？」
「在牢房裡。」
「他還規矩嗎？」
「哦，他不惹麻煩的，不過就是個髒兮兮的傢伙。」
「髒兮兮的？」
「是的，我們所能做到的就是讓他洗手，他的臉就像補鍋匠一樣黑。不過，一旦他的案子確定下來，他就得按監獄的規矩洗澡了；我想，等你看到他，你一定會同意我的觀點，他需要洗個澡。」
「我的確很想見見他。」
「你想要？那還不容易。跟我來，你可以把手提包擱在這裡。」
「不，我最好還是帶著它。」
「行，請往這邊走。」他領著我們走下一條通道，開啟一扇上了門栓的門，走下盤旋的樓梯，把我們帶到一條牆面粉刷過的走廊，兩側牆上各有成排門扇。
「他就在右邊的第三間，」巡官說，「這裡！」他悄悄打開門上部的一道小門，朝裡頭瞥了一眼。

「他睡著了，」他說，「你們可以清楚看到他。」

我們一同透過小門的格柵往裡頭瞧，那名囚犯臉朝我們躺著，正睡得香，呼吸緩慢而沉重。他是個中等身材的人，粗劣的穿著正符合他的職業，一件有顏色的襯衫從他襤褸外衣的裂縫中露出來。正如巡官所說，他髒到了極點，但滿臉的污垢尚且掩蓋不了他那可憎的醜陋。一道寬闊的舊傷疤從他的眼睛橫至下巴，傷疤的收縮使上唇的一側向上外翻，三顆牙齒因此暴露在外，讓他永遠保持在咆哮的模樣，顏色明亮的蓬鬆紅髮低垂到眼睛和額頭。

「真是個麗質佳人，不是嗎？」巡官說。

「他確實需要好好洗一洗，」福爾摩斯說，「要怎麼讓他洗乾淨，我有個主意，而且恕我自作主張地把工具帶來了。」他說著打開了格萊斯頓的手提袋，我驚訝地看著他拿出一大塊浴棉。

「哈！哈！你真是個有趣的傢伙。」巡官笑著說。

「現在，若你行行好，能安靜地把那扇門打開，我們很快就會讓他變成受人尊敬的模樣。」

「好啊，為什麼不呢，」巡官說，「他看起來實在很難給堡街監獄增光，是吧？」他把鑰匙悄悄塞進鎖孔，我們都非常安靜地踏進牢房，睡夢中的人半轉過身，然後又睡熟了。福爾摩斯向著水罐俯下身去，浸濕了浴棉，然後在囚犯臉上猛力地上下左右摩擦了兩次。

「讓我來向你們介紹，」他喊道，「肯特郡李鎮的內維爾．聖克萊爾先生。」

我這輩子從沒見過這樣的景象，此人的臉皮就像樹皮從樹上剝落一般，在浴棉的擦洗下脫落，那粗糙的棕色色調消失了！橫過臉孔的可怕疤痕，以及令他露出可憎冷笑的扭曲嘴唇也消失了！扯下了糾結成一團的紅髮後，坐在床上的是一名蒼白、面帶愁容的文雅男子，黑髮，皮膚光滑，他揉著眼睛，昏昏欲睡又困惑地定睛打量眼前的人，然後猛地意識到自己已然事跡敗露，突然驚叫一聲，撲到床上並把臉壓進枕頭裡。

「老天！」巡官喊道，「他的確就是那個失蹤的人，我在照片上見過他。」

囚犯用一種不在乎自己命運的自暴自棄模樣轉過身來。「那就這樣吧，」他說，「現在請告訴我，我能被指控什麼罪名？」

「指控你涉嫌殺害內維爾．聖……哦，好吧，除非把這看作自殺未遂的案子，否則你不能被控以這項罪名。」巡官咧嘴笑起來，「嗯，我當了二十七年警察，但這件案子真的超乎想像。」

「如果我就是內維爾．聖克萊爾，那麼我很顯然沒有犯任何罪，也就是說，我這是被非法拘留了。」

「你沒有犯罪，但犯了一個天大的錯誤，」福爾摩斯說，「在信任你的妻子這件事上，你應該要做得更好的。」

「不是對我的妻子，而是孩子們，」囚犯呻吟道，「上帝保佑我，我不想讓他們以父親為恥。我的天啊！這事傳出去該怎麼辦！我該如何是好？」

福爾摩斯坐到他身旁的床沿上，和藹地拍了拍他的肩膀。

「如果你讓法庭來澄清此事，」他說，「當然這件事就免不了會傳出去，但另一方面，如果你讓警方相信你的案件不足以被起訴的話，我想不出有任何理由會讓這件事的細節登上報紙。我想布拉德斯特里特巡官會記錄下你告訴我們的一切，並將其提交給有關當局，如此一來，這個案子可能永遠不會上到法庭。」

「上帝保佑你！」囚犯殷切地喊道，「我寧願忍受監禁，唉，甚至被處決，也好過把這折磨人的祕密做為家族的污點，留給我的孩子們。

「你們是僅有的知道我身世的人。我父親是切斯特菲爾德的一名校長，我在那裡接受了良好的教育。我年輕時到處旅行，也曾上台演戲，最後成為了倫敦一家晚報的記者。有一天，我們的編輯希望做一系列關於遊民在市中心乞討的報導，我自願負責這個報導，我經歷的這一切就是打從那時候開始的，我只有試著去扮演一名業餘乞丐，才能獲取足夠的資料好寫報導。過去，做為一名演員，我當然知道關於喬裝的所有祕密，而且我的化妝技術在演員化妝間可是出了名的，我得益於這樣的專長，在臉上塗抹顏料，儘量讓自己看上去可憐兮兮，我做出一道以假亂真的疤痕，並用一小塊肉色膏藥將上唇的一側固定成扭曲外翻的模樣，然後，我戴上一頂紅色假髮，穿著合適的衣服，到城裡的商業區找了個地方，扮演起那種表面上賣火柴、實則行乞的乞丐。我埋頭苦幹了七個小時，當天晚上回到家時，很驚訝地發現自己得到了二十六先令四便士。

「我寫好了報導，便不怎麼再去想這件事了，直到有一天，我為朋友擔保一張票據，結果收到必須賠付二十五英鎊的傳票，我完全不知道該上哪裡生出這筆錢來，此時我突然想到一個主意。我向債主乞求兩週的寬限，又向雇主請了假，我利用這段時間以偽裝的模樣到城裡乞討。十天內，我便籌足了錢，付清了債務。

「好吧，你們可以想像，當我知道只要往臉上塗塗顏料，把帽子放在地上，然後坐著一動不動，就可以在一天內賺到這麼多錢，這時還要我回去安分地做那些每週只有兩英鎊的艱苦工作，讓我在自尊和金錢之間天人交戰了頗久，但最終還是金錢贏了，我放棄了記者的工作，日復一日地坐在第一次選擇的那個街角，用我可怕的臉博取同情，讓我的口袋裡填滿銅板。

「只有一個人知道我的底細，就是我在斯旺丹巷租屋處那個下級鴉片菸館的經營者。在那裡，我得以在每天早上以一個骯髒乞丐的模樣現身，到了晚上又變回一個衣冠楚楚的城市人。這傢伙是個印度水手，我付了他很高的租金，因此確保我的祕密在他手中很安全。

「很快地我就發現我存下一筆可觀的財富。這不是說每個在倫敦街頭行乞的人一年都能掙個七百英鎊——這還要少於我的平均收入——但我在化妝方面有著卓越優勢，在與人應對進退方面也是，這兩者又在長期的練習下更精進，這都使我成為城裡一個相當醒目的角色。一整天都有各式各樣的銀幣泉湧而來，我要是賺不到兩英鎊，那一定是非常糟糕的一天。

「隨著愈來愈富有，我也變得更加雄心勃勃，在鄉間買了一棟房子，最終結婚了，沒有人懷疑過我真正的職業，親愛的妻子知道我在城裡有生意，但不曉得是怎麼樣的生意。

「上星期一，我結束了一天的生意，正在鴉片館樓上的房間穿衣服，這時我朝窗外望去，非常驚恐地看見我妻子就站在下面街上，眼睛直直盯著我。我驚叫一聲，抬起雙臂擋住臉，然後衝向與我知交的印度水手，懇求他阻止任何人上樓來找我，我聽到樓下傳來她的聲音，但我知道她上不來。我迅速脫下衣服，換上乞丐的裝束，塗上顏料、戴上假髮，即使是妻子的眼睛也看不穿這樣的偽裝。但我立刻又想到，到時候房間可能會被搜查，那些衣服將使我露出馬腳。我推開窗子，因為用力過猛，那天早上我在臥室割傷手指的小傷口又裂開了。然後我抓起外衣，把乞討來的銅板從皮袋裡掏出來塞進口袋好增加重量，使勁把它扔出窗外，看著它消失在泰晤士河裡，我正準備用同樣的手段處理其他衣服，但就在那時候，警察衝上樓來。幾分鐘後，我承認我鬆了口氣，因為我被當作殺害內維爾．聖克萊爾先生的犯人逮捕了，而不是被指認出來是他本人。

「我不知道這裡還有什麼需要我解釋的，我打定主意要儘量偽裝下去，因此寧可讓臉上髒成這樣。我知道我妻子肯定非常焦慮，因此我取下戒指，趁著員警沒注意到時，把它交付給那名印度水手，同時還有我匆忙寫好的紙條，要她別害怕。」

「那張紙條昨天才交到她手中。」福爾摩斯說。

「天哪！這對她一定是難熬的一週！」

「警方一直在監視那名印度水手，」布拉德斯特里特巡官說，「我知道他可能覺得要不引人注意地寄出那封信太困難了，也許他把它交給了某個水手顧客，而對方把這封信一忘就是好幾天。」

「就是這麼回事，」福爾摩斯贊同地點頭道，「我對這件事已經沒有疑問了。但你沒有因為乞討而被舉發過嗎？」

「很多次；但那一點點罰款對我來說又算得了什麼呢？」

「但這件事必須到此為止了。」布拉德斯特里特說，「如果你希望警方為你隱瞞此事，休·布恩從此就不能再出現了。」

「我願意以我最莊重的誓言向你們發誓。」

「既然如此，我認為我們也就不必再追究下去了，但你要是再被人看見，那麼所有真相就會被公之於眾。福爾摩斯先生，我們非常感謝你澄清了整件事，我很好奇你是怎麼找出答案的。」

「我想通這件事，」我的朋友說：「是靠著坐在五個枕頭上，消耗掉一盎司的菸草絲。我想，華生，若我們現在駕車回到貝克街，也許正好能趕上早餐。」

CASE 7

藍柘榴石竊案

The Adventure of the Blue Carbuncle

在聖誕節過後的第二天早上，我前去拜訪了老友夏洛克．福爾摩斯，打算祝他佳節愉快。他穿著一件紫色晨袍懶洋洋地躺在沙發上，菸斗架擺在他右手邊搆得到的範圍內，旁邊還有一堆凌亂發皺的晨報，顯然是剛剛才讀過的。沙發旁是一張木椅，椅背的一角掛著一頂又髒又破舊的硬氈帽，裂了好幾處，簡直糟到不能再戴了。椅墊上放著放大鏡和鑷子，顯見帽子是為了方便檢查才以這種方式懸掛的。

「你在忙，」我說，「也許我打擾到你了。」

「一點也不，我很高興能有個朋友來和我討論我的成果，這完全是件微不足道的小事，」他用拇指指向那頂破舊的帽子，「但與之相關的一些觀點並非全然無趣，甚至還能有點引導作用。」

我坐進他的扶手椅，在劈哩啪啦燃燒的爐火上暖暖手。凜冽寒冬降臨之下，窗戶上結滿了冰晶。「我想，」我說，「雖然看著很普通，但這東西想必聯繫到了某樁致命的事件，它會是引導你解決某些謎團的線索，並使那些罪犯得到懲罰。」

「不，不，這裡頭不存在犯罪，」福爾摩斯笑起來，「只是諸多怪誕小事之中的一樁罷了，當你將四百萬人口全擠在這幾平方哩的範圍內，就會發生這類的事。在如此密集一群人的種種行為和反應中，任何事件都有可能發生，許多小問題儘管醒目而離奇，但都不構成犯罪，我們也已經有過不少這類經驗。」

「是這樣沒錯，」我評論道，「在我最近新增到紀錄裡的六起案件中，有三件完全沒有涉及法律上的犯罪。」

「精確地說，你指的是我試圖取回艾琳・艾德勒的照片那件事，瑪麗・薩瑟蘭小姐的奇特案例，以及那個歪嘴男的案子。噢，我毫不懷疑眼下這個小問題也是屬於不涉及犯罪的這一類。你認識那個門口警衛彼得森吧？」

「認識。」

「這些是他的戰利品。」

「這是他的帽子？」

「不，不，這是他找到的。帽子的主人目前依然下落不明。我得懇請你不要只把它看作是頂破氈帽，而是一個需要智力解決的問題。首先，關於它是如何來到這裡的，它是在聖誕節的早上，與一隻上好的鵝一起送過來的，那隻鵝毫無疑問地，此刻正在彼得森的火爐前烘烤。事情經過是這樣：聖誕節當天凌晨四點左右，彼得森，正如你所知道的，是個非常誠實的傢伙，他參加了一場小小的宴會後回家，在歸途中取道托登罕宮路。他看到前面的煤氣燈下，有一個高大的男人步履蹣跚地走著，肩膀上掛著一隻白鵝，當男子走到古吉街的街角時，和一小群地痞流氓發生了爭執，對方其中一人打掉了他的帽子，為此他舉起手杖防衛，把手杖掄過頭頂，砸碎了背後商店的玻璃。彼得森衝向前保護那個男子不受他們襲擊；但對方似乎被打破玻璃窗的舉動嚇到了，又看到一個穿著制服、警察模樣的人朝他衝過來，便扔了鵝拔腿就跑，很快就消失在托登罕宮路後方迷宮般的巷弄中，那夥流氓也因為彼得森的出現一哄而散，彼得森便留在現場，還得到一頂破帽子和一隻無可挑剔的聖誕肥鵝做為戰利品。」

「他肯定想把那些東西還給原主？」

「我親愛的夥計，問題就出在這裡。的確，那隻鵝的左腿上繫著一張小卡片，上頭印著『給亨利．貝克夫人』的字樣，這頂帽子的內襯也有清晰可辨的『H．B』縮寫，但由於這座城市有數千位姓貝克的人，其中名叫亨利的大概也有好幾百人，要將丟失的東西還給他們其中一位，可不是件容易的事。」

「那麼，彼得森該怎麼辦？」

「他在聖誕節早上把帽子和鵝帶過來，因為他知道即便是最小的問題，我也會很感興趣。我們一直留著那隻鵝到今天早上，即使天氣很冷，也有跡象表明牠應該要一刻也不拖延地被吃掉，於是牠的發現者帶走了牠，實踐了牠身為一隻鵝的最終命運，而我繼續保留著那位失去聖誕大餐的不知名紳士的帽子。」

「他沒有刊登尋物啟事嗎？」

「沒有。」

「那麼，關於他的身分，你有什麼線索呢？」
「只夠我們推測而已。」
「從他的帽子？」
「正是。」
「但你一定是在開玩笑，你能從這頂破爛的氈帽看出什麼來？」
「拿著我的放大鏡，你知道我的方法。對於這頂帽子原來主人的個性，你能了解多少？」
我拿起那頂破爛玩意兒，慘兮兮地翻弄著它。這是一頂極其尋常的黑色帽子，形狀是最常見的圓形，材質很硬，已經破舊到難以穿戴的地步，襯裡的紅色絲綢嚴重褪色。沒有製造商的名字；但正如福爾摩斯所說的，帽子內襯的一側有「H．B」的潦草縮寫。帽緣有固定別針刺穿的小孔，但沒看到鬆緊帶。剩下的就是，儘管似乎有人試圖用墨水塗掉褪了色的補丁，但仍難掩它綻裂、灰塵滿布、有好幾處的污漬。
「我什麼都看不出來。」我說，把帽子遞給了我的朋友。
「正好相反，華生，你已經看到了每一樣東西。然而你太膽怯，無法由你看見的一切做出推論。」
「那麼，請告訴我，你能從這頂帽子推斷出什麼來？」

他拿起它，以獨特的內省方式凝視著它。「它可能不具備那麼多原本該有的暗示性，」他說，「但仍有一些推論是非常明確的，其他還有一些至少是可能性相當高。從這頂帽子的外觀，可以明顯看出這個人智商很高，而且在過去的三年間過得相當富裕，儘管他現在陷入了糟糕的生活。他曾經很有遠見，但已經大不如前，這都顯示了他心智的沉淪，加上惡化的經濟狀況，這似乎表明他遭受一些不好的影響，可能是酗酒，這或許也能解釋他妻子已經不再愛他這一明顯事實。」

「我親愛的福爾摩斯！」

「然而，他保持了一定程度的自尊，」他繼續說道，無視我的抗議。「他過著久坐的生活，鮮少外出，完全不鍛鍊身體。中年，頭髮灰白，才理過頭髮沒幾天，並在頭髮上塗抹萊姆膏。這些是從他的帽子能推斷出來比較明顯的事實。此外，順便說一句，他極不可能在家裡使用煤氣。」

「你絕對是在開玩笑，福爾摩斯。」

「一點也不，難不成在我把結論都告訴你以後，你還看不出它們是怎麼得來的？」

「我毫不懷疑自己很愚蠢，但我得承認完全跟不上你的思路。譬如說，你是怎麼推斷出這個人智商很高的？」

做為回答，福爾摩斯把帽子拍到他頭上，它從他的額頭上蓋下來，正好落在鼻梁上。「這是一個立方容量的問題，」他說，「一個人有這麼大的腦袋，想必裡頭是有點東西的。」

「那他的經濟狀況惡化這一點？」

「這頂帽子是三年前的，這種帽緣平整、邊緣向上捲的款式在當時很流行。這頂帽子品質極佳，看看這羅紋絲綢帽帶和極好的襯裡。如果這個人三年前買得起這麼貴的帽子，而且從那以後就沒再買過帽子了，那麼他的日子肯定是愈過愈糟糕的。」

「好，這麼一說的確很清楚了，但他曾很有遠見和心智沉淪呢？」

福爾摩斯笑了。「這就是遠見，」他把手指放在帽子固定別針的小圓盤和扣環上。「它們從不跟著帽子一起出售的，如果此人特地去訂製一個，那代表他是有些遠見的，畢竟他不嫌麻煩地做了這麼多來防止帽子被風吹走，但我們也看到他弄壞了鬆緊帶，卻不肯費事去換一條新的，顯見他不再有過去的遠見了，也清楚地證明他沉淪的心智。另一方面，他又試著透過塗抹墨水來掩蓋毛氈料上的一些污漬，這表明他還沒有完全喪失自尊心。」

「你的推論確實很合理。」

「此外尚有幾點，比如他是中年人，他的頭髮灰白，他是最近理髮的，以及他用萊姆膏抹頭髮，這些都是透過仔細檢查帽子襯裡下部得到的結論，放大鏡找到了大量的髮渣，這些都是理髮師用剪刀整整齊齊剪下來的，它們全都黏成一團，並且有一股明顯的萊姆氣味。你觀察到的這些灰塵，不是大街上粗礪的灰色塵土，而是室內帶著絨毛的棕色灰塵，這表明這頂帽子大部分時間都是掛在屋內，它內側的濕印子則充分證明戴帽子的人很容易出汗，代表他不怎麼鍛鍊身體。」

「但他的妻子——你說她不再愛他了。」

「這頂帽子已經有好幾週沒刷過了，我親愛的華生，若我看到你戴著積了一星期灰塵的帽子，而你的妻子允許你以這副模樣出門時，我也會擔心你不幸失去了妻子的愛。」

「但他也可能是個單身漢。」

「不，他把那隻鵝帶回家，就是要當作謝罪的禮物送給妻子，別忘了拴在鵝腿上的那張卡片。」

「你對任何事情都有答案，但你到底是怎麼推斷出他家沒有煤氣的？」

「一處動物油脂污漬，甚至是兩處，可能是偶爾沾上去的；但當我看到污漬不少於五處時，毫無疑問地，這個人必定經常接觸燃燒的油脂，比如說他晚上上樓時，可能一手拿著帽子，另一手拿著淌著燭油的蠟燭。無論如何，他不可能從煤氣管上沾到這些油脂，我這麼說你滿意了嗎？」

「好吧，這實在很聰明，」我笑起來，「但正如你剛才所說，這其中不存在犯罪，也沒有造成任何傷害，就只是丟了一隻鵝罷了，這一切似乎都在白費力氣。」

福爾摩斯正要開口回答，門被猛然推開，警衛彼得森滿臉通紅，一臉驚愕地衝進來。

「鵝，福爾摩斯先生！那隻鵝，先生！」他喘著粗氣。

「嗯？牠怎麼了？難道牠又活過來，從廚房的窗口飛出去了？」福爾摩斯從沙發中扭過身，好看清這個人激動的臉。

「看看這個，先生！看看我太太在牠的嗉囊裡發現了什麼！」他伸出手，在掌心展示著一顆閃爍著明亮光輝的藍色石頭，它比豆子稍小一些，但是那麼純淨明亮，就像一點電光在他手掌凹處的陰影中閃爍著。

福爾摩斯坐直起身子，吹了聲口哨。「我的天，彼得森！」他說，「這確實是個貴重的發現，我想你應該知道自己找到的是什麼吧？」

「一顆鑽石，先生？一枚寶石，用它切割玻璃就像切進油灰一樣容易。」

「這不僅僅是一枚寶石，而是『那一枚』寶石。」

「不會是莫卡伯爵夫人的藍色柘榴石吧！」我脫口而出叫道。

「絕對是它，我應該是知道它的大小和形狀的，畢竟最近每天都在《泰晤士報》

上看到關於它的協尋啟事。它絕對是獨一無二的，其價值只能靠粗估，但那一千英鎊的懸賞金肯定不值它市價的二十分之一。」

「一千英鎊！我的老天爺！」門警一屁股跌進一張椅子裡，輪番看著我們兩個。

「那只是懸賞金罷了，我有理由相信這背後隱藏著情感上的考量，只要能尋回寶石，伯爵夫人甚至願意放棄她一半的財富。」

「若我的記憶無誤，它是在大都會飯店丟失的。」我說。

「正是如此，就在五天前的十二月二十二日，水管工約翰．霍納被指控從伯爵夫人的珠寶匣中偷走了寶石，不利他的證據非常強力，這件案子因此已被提交給巡迴審判庭。我想我這裡還有一些關於這件事的記載。」他在那堆報紙中翻找著，瀏覽報上的日期，最後將其中一張攤平、對折，唸出以下的段落：

大都會飯店珠寶竊案。二十六歲的水管工約翰．霍納，被指控於本月二十二日，從莫卡伯爵夫人的珠寶匣中偷取以藍色柘榴石之名為人所知的珍貴寶石。酒店的高級職員詹姆士．萊德給出了他的證詞，證明在竊案當天，他曾領著霍納到莫卡伯爵夫人的更衣室，去焊接壁爐架鬆動的第二根欄杆，他和霍納有一小段時間待在一起，但最後他被叫走了，當他回來時，發現霍納已不見人影，櫃子被人以蠻力撬開，而一個摩洛哥小珠寶匣，根據事後透露就是伯爵夫人習於存放珠寶的那一個，則空空如也地躺在梳妝台上。萊德立即報警，霍納則在當晚被捕；但無論在他身上還是他的房間裡都沒有找到那枚寶石。伯爵夫人的女傭凱瑟琳·庫薩克作證聽到萊德在發現東西遭竊時的驚呼，並當下就衝進房間，她眼前的情況則與前一位證人的證詞相符。B分局的布拉德斯特里特巡官則作證逮捕霍納時的狀況，指出霍納發了狂似地掙扎，並措辭強烈地辯稱他是無辜的。因為此人曾有竊盜前科，地方法官拒絕草率審理該罪行，將其提交給巡迴審判庭。霍納在訴訟期間顯得情緒激動，並在宣判時暈倒，被抬出了法庭外。

「哼！地方法院也就如此了。」福爾摩斯若有所思地說，將報紙扔到一邊去。「我們現在要解決的問題是，這連串事件的一端是個被洗劫的珠寶匣，另一端則以托登罕宮路上一隻鵝的嗉囊為終。瞧，華生，我們的小推論一下子變得重要起來，同時它沒有牽涉到犯罪的可能性也隨之縮減。這是那枚寶石；寶石來自鵝，鵝則來自亨利·貝克先生，這位戴著破爛帽子的先生，他的其他那些特徵你已經聽煩了。因此，現在我們得認真點去找這位先生，好弄清楚他在這小小謎團中扮演的角色。要做到這一點，首先要嘗試最簡單的方法，這方法無疑地便是在所有晚報上刊登啟事。如果這麼做不成功，我再求助其他作法。」

「你打算怎麼說？」

「給我一支鉛筆和那張紙，那麼，現在呢……

在古奇街的拐角處拾獲一隻鵝和一頂黑色氈帽，亨利．貝克先生請於今晚六點半至貝克街二二一號B座領回。

這夠簡單明瞭了。」

「非常清楚，但他會注意到它嗎？」

「噢，他肯定會密切關注報紙的，畢竟對一個窮人來說，這樣的損失可謂慘重。顯然地，他被自己失手打破玻璃窗以及彼得森的迫近嚇到，在那個當下沒能多想，只顧著逃跑，但事後，他一定會後悔自己為何那麼衝動地丟了鵝就跑。此外，讓他的名字見報也會使他容易得知這則啟事，因為每個認識他的人看到後都會提醒他去注意。把這個拿去，彼得森，趕快到廣告代理商那裡去，讓他們把這個登在晚報上。」

「哪一份報紙，先生？」

「哦，《環球報》、《星報》、《培爾美爾街報》、《聖詹姆士報》、《新聞晚報》、

《旗幟報》、《回聲》，和其他任何你想得到的報紙。」

「好的，先生，那麼這枚寶石呢？」

「啊，對了，由我來保管它吧，謝謝你。還有，我說，彼得森，在你回來的路上買一隻鵝，把牠拿到我這裡來，我們得有一隻鵝還給這位先生，好代替你的家人現在正享用的那一隻。」

在門警離開後，福爾摩斯拿起寶石，將它舉向燈光。「真是個好東西，」他說。「看看它是如何閃閃發光的，當然，它是犯罪的核心和焦點，每一顆好看的石頭都是如此，它們是魔鬼最喜歡的誘餌，那些更大更古老的寶石，它們的每個切面都代表了血腥的罪行。這枚寶石的歷史不足二十年，它是在中國南部廈門的河岸邊發現的，其引人矚目之處在於它是藍色而不是常見於柘榴石的紅色，但除此之外，它具有一切柘榴石的特徵，儘管出現的時間不長，但已有一段險惡的歷史，為了這顆四十喱[14]的結晶碳，已經發生過兩起謀殺案、一起潑硫酸案、一起自殺和幾起竊盜案，誰能想到這漂亮的小玩意兒會是絞刑架和監獄的供應商？我現在就把它鎖進我的保險櫃，然後捎個短信給伯爵夫人，就說東西我們找到了。」

14　英美的重量單位。一公克等於15.432喱。

「你認為那位霍納是無辜的嗎？」

「不好說。」

「那麼，你認為另一個人，那位亨利．貝克，他會與此事有關嗎？」

「我認為，亨利．貝克更有可能是一個完全無辜的人，他對自己帶的那隻鵝一無所知，不曉得那隻鵝比一隻完全由黃金打造的鵝還貴重。無論如何，若他看到我們的啟事前來，到時候我有個非常簡單的方法測試他。」

「在那之前你什麼也做不了？」

「是沒有什麼可做的。」

「既然如此，我要回去工作了，但我會在晚上你提到的那個時間點回來看看，我很想知道這麼複雜的事件要怎麼解決。」

「很高興聽到你這麼說。我會在七點吃晚餐，晚餐菜色應該是一隻山鷸。順帶一提，鑑於最近發生的事，也許我應該請哈德遜太太檢查一下牠的嗉囊。」

我被一名患者耽擱了時間，等我回到貝克街時，時間已經過了六點半。在我走近房子時，看到一個高個子男人在屋外等候，他戴著蘇格蘭帽，大衣鈕釦一直扣到下巴，站在由扇形氣窗映照出來的半圓形燈光中。就在我到達門前時，門正好打開，我們一起走進福爾摩斯的房間。

「我想是亨利．貝克先生吧，」福爾摩斯說著便從扶手椅中站起來，並很快擺出平易近人的和藹態度，招呼著他的客人。「請來火爐邊的這張椅子坐下，貝克先生，今晚真冷啊，我看得出比起冬天，你的血液循環比較適合夏天。啊，華生，你來得正好。這是你的帽子嗎，貝克先生？」

「是的，先生，那無疑是我的帽子。」

他是個身材高大的人，肩膀渾圓，頭非常大，寬闊的臉孔一副聰明相，棕色夾雜著灰白的鬍子愈往末梢愈尖，鼻子和臉頰略微泛紅，伸出來的手有些顫抖，這使人想起福爾摩斯對他生活習慣的推測。他將褪色的黑色長大衣鈕釦扣得嚴實，領子也豎起來，細瘦的手腕從大衣袖子裡伸出來，沒有袖口或襯衫的痕跡。他說起話來緩慢而斷續，小心翼翼地措辭，整體給人的印象是個有知識與學問的人，但是遭受了命運不公的對待。

「我們保管這些東西好幾天了，」福爾摩斯說，「本來以為能從你的尋物啟事中得到你的地址，我想不通你為何沒有刊登啟事。」

我們的訪客很是羞愧地笑了笑。「我的經濟狀況已經大不如前了，」他說，「我很確定襲擊我的那夥無賴把我的帽子和鵝都拿走了，我不想把錢花在找回它們這種無望的事情上。」

「那是自然。對了，關於那隻鵝，我們不得不吃了牠。」

「吃了牠！」我們的訪客激動地從椅子上半站起來。

「是的，要是不那麼做，牠就對任何人都沒有用處了。但我想，餐具櫃上的那隻鵝，重量和你那隻差不多，而且非常新鮮，應該同樣能滿足你的要求吧？」

「哦，當然，那當然了。」貝克先生鬆了一口氣回答。

「當然，我們還留著你原來那隻鵝的羽毛、腿、嗉囊等等，要是你希望……」

這個人突然朗聲大笑起來。「在做為我那場冒險的紀念品這方面，它們可能還有點用，」他說，「但除此之外，我實在看不出我這位故友的零碎遺物對我有何用處，不，先生，我想，若你允許的話，我更想把注意力放到在餐具櫃上那隻上好的鵝。」

福爾摩斯銳利地瞥了我一眼，微微一聳肩。

「那麼，這是你的帽子，還有你的鵝，」他說，「順便問一下，能否麻煩你告訴我，你是打哪裡弄來那隻鵝的？我對飼養家禽略有涉獵，很少看到長得比牠更好的鵝。」

「當然了，先生，」貝克說著站起來，把他剛剛獲得的財產夾到了胳膊下。「我們當中的一些人經常光顧博物館附近的那間阿爾法酒館，你知道的，白天我們總是待在博物館裡。今年，酒館好心的店主溫迪蓋特發起了一個鵝俱樂部，每個人只要每週向俱樂部繳納幾便士，就可以在聖誕節收到一隻鵝。我按時支付了便士，接下來的事情你都很清楚了。先生，我蒙受你非常多的恩惠，因為這頂蘇格蘭帽既不適合我的年齡，也不適合我的嚴肅。」他滑稽而浮誇地向我倆鄭重鞠躬後，便邁開大步離開了。

「亨利·貝克先生的部分就到此為止了，」福爾摩斯說，在他背後把門關上。「可以肯定的是，他對這件事一無所知。你餓了嗎，華生？」

「不怎麼餓。」

「那我建議把我們的晚餐改成夜宵，趁熱繼續追查線索。」

「當然好。」

這一晚天寒地凍，我們穿上長大衣，把圍巾向上拉到了喉頭處。屋外，群星在無雲的夜空中閃爍著冰冷的光芒，路人吐息凝結成了霧氣，就像一管管手槍在射擊後吹起了煙霧。我們輕鬆邁開步伐，腳步聲清脆而響亮，如此穿過了醫師區、溫坡街、哈里街，再途經威格莫爾街到達牛津街。一刻鐘後，我們來到布魯姆斯伯里的阿爾法酒館，這是一間很小的酒館，座落在其中一條街的街角，那條街則直通霍本。福爾摩斯推開這間私人酒館的門，向那位臉色紅潤、圍著白圍裙的店主點了兩杯啤酒。

「如果你的啤酒和你的鵝一樣好，那肯定會是極品。」他說。

「我的鵝！」這個人似乎很驚訝。

「是的，半小時前我才和亨利．貝克先生談過，他是你那個鵝俱樂部的成員。」

「啊！是的，這我就明白了，但是你要知道，先生，那些不是我們的鵝。」

「真的？那麼是誰的？」

「噢，我從柯芬園的一處攤商那裡買了兩打鵝回來。」

「真的嗎？我認識他們其中幾個，是哪一位？」

「布雷肯里奇。」

「喔！那我就不認識了。好啦，老闆，祝你身體健康，生意興隆，晚安。」

「現在該去找布雷肯里奇先生了，」當我們走出店門、步入嚴寒的空氣中時，他邊扣上大衣鈕釦邊繼續說道，「記住，華生，儘管這串事件的一端是鵝這種尋常之物，但另一端卻是個肯定會被判七年苦役的人，除非我們能證明他是無辜的，當然，我們的調查也可能證實了他的罪行；但無論如何，我們有了一條被警方忽略的線索，它因為奇特的機緣而落入我們手中，讓我們去追查這件事凶險的那一端吧。現在往南走，快點！」

我們途經霍本，沿著恩德爾街走，然後穿過蜿蜒的貧民區到達柯芬園市場。那幾個大型攤位的其中一個有著布雷肯里奇的名字，攤主高大粗壯，臉孔精明，蓄著修剪整齊的側鬚，正在替一個男孩收攤打烊。

「晚安，今晚好冷啊。」福爾摩斯打招呼。

攤主點了點頭，狐疑地看了我的同伴一眼。

「看得出來你的鵝都賣完了。」福爾摩斯指指空空如也的大理石檯子，繼續說道。

「明天早上來的話，可以賣你五百隻。」

「那就沒用了。」

「那麼，亮著煤氣燈的那攤還剩下一些。」

「噢，但別人推薦我到你這兒來。」

「誰推薦的？」

「阿爾法酒館的店主。」

「哦，是的，我曾經給他送了兩打鵝過去。」

「那些鵝的品質很好，你是從哪裡得到牠們的？」

令我驚訝的是，這個問題顯然讓那位攤主大為光火。

「那麼現在，先生，」他說，歪著頭，雙手叉腰。「你到底想怎麼樣？讓我們在這把話說清楚。」

「我已經說得夠清楚了，我想知道你供應給阿爾法酒館的鵝是誰賣給你的。」

「若是那件事的話，我不想告訴你，就這樣！」

「哦，這倒無妨；我只是不懂你為何要對這種瑣事發這麼大的火。」

「發火！如果你像我一樣被糾纏不休的話，你也會發火的。我花了大錢、進了好貨，這樁生意就應該到此為止了；但那些『鵝都在哪裡？』和『你把鵝賣給了誰？』還有『這些鵝要多少錢你才肯賣？』，你要是聽到有人為了幾隻鵝這樣大驚小怪的，還會以為世界上的鵝就剩下牠們了。」

「唔，我和那些老是找你打聽的人一點關係都沒有，」福爾摩斯漫不經心地說，「如果你不想告訴我們，那麼這樁生意就算了，就這樣吧。但我對家禽問題的觀點很有自信，我敢說我吃掉的那隻鵝肯定是養在鄉下的，為此我願意打賭五英鎊。」

「哈，要是這樣，你已經失去了你的五英鎊，因為牠們是城市裡養大的。」那名攤主斷然說道。

「不可能。」

「我說是就是。」

「我可不信。」

「你以為你會比我還懂家禽？我從小就在和牠們打交道了。告訴你，所有送去阿爾法酒館的鵝都是養在城裡的。」

「你別想說服我相信你。」

「那你敢打賭？」

「你只會害自己輸錢罷了，因為我知道我是對的。但我就跟你賭一枚金幣吧，這是為了給你點教訓，讓你別再那麼頑固。」

攤主低聲冷笑起來。「把帳本拿來，比爾。」他說。

小男孩拿來一本小而薄的帳本，和一本沾滿油污的厚重大帳本，將它們一同攤在吊燈的燈光下。

「好了，自以為是先生，」攤主說，「我還以為我的鵝都賣完了，但等我解決了這件事，你會發現我的店裡還剩下一隻呆頭鵝。你看到這本小帳本了？」

「它怎麼了？」

「這是我的供貨人名單，這樣你明白了？好，這裡，這一頁的名單全是鄉下人，他們名字後面的數字是他們在總帳本裡的頁碼。現在這裡！你看到另外這一頁用紅墨水寫的名單了沒？這些是我在城裡的供貨人。現在，看看第三個名字，把它讀出來給我聽。」

「奧克肖特太太，布里克斯頓路一一七號，二四九。」福爾摩斯照著唸道。

「就是這個，現在去總帳本裡翻翻。」

福爾摩斯翻到了指定的那一頁。「找到了，『奧克肖特太太，布里克斯頓路一一七號，雞蛋和家禽供貨人』。」

「看看最後一筆帳是什麼？」

「『十二月二十二日，二十四隻鵝，七先令六便士』。」

「沒錯，就是這個，接下來呢？」

「『出售給阿爾法酒館的溫迪蓋特先生，售價十二先令』。」

「現在你還有什麼好說的？」

福爾摩斯看起來懊惱萬般，他從衣袋裡掏出一枚金幣，扔在大理石檯上，帶著一種無以言喻的厭惡之色轉身就走，等到走出幾碼外，他停在燈柱下，以特有的無聲方式痛快地大笑起來。

「當你看到一個人留著那種鬍子，口袋裡還露出《粉紅體育報》[15]時，你總能用打賭引他上當。」他說，「我敢說，就算我只是在他面前放了一百英鎊，那傢伙也不會像跟我打賭時這樣，把如此完整的訊息透露給我。好了，華生，我想我們的調查差不多要結束了，現在唯一尚待決定的，就是今晚是否要繼續去找那位奧克肖特夫人，還是應該把這件事留到明天。從那個粗魯傢伙所說的話可以清楚得知，除了我們以外，還有其他人急著想知道這件事，我應該……」

他話說到一半，突然被我們剛離開的那個攤位爆出的吵鬧聲打斷。我們轉身望去，只見一個矮小的傢伙，臉孔長得像老鼠，站在吊燈投下的黃色光暈中，攤主布雷肯里奇在攤位的門框內，惡狠狠地向那畏縮的身影揮舞著拳頭。

「我受夠了你和你的鵝，」他嚷嚷道，「我希望你們都見鬼去吧，如果你再用那些蠢話來煩我，我就放狗出來咬你。你把奧克肖特太太帶來這裡，我會回答她，但這跟你有什麼關係？我從你那裡買鵝了嗎？」

「不，但其中一隻鵝仍然要算我的。」矮小男人哀求道。

「那好，你應該找奧克肖特太太要去。」

「她讓我來問你。」

「行，你去跟普魯士國王要吧，我才不想管，我已經受夠了，給我滾！」他猛然衝向前，問話的人一溜煙逃進黑暗中。

「哈！這下子可以少跑布里克斯頓路一趟了，」福爾摩斯低聲說，「跟我來，我們來看看從這傢伙身上能查出些什麼。」我的同伴邁步穿過在裝飾過度的攤位旁閒逛的零散人群，迅速趕上那名矮小男子，拍了他的肩膀一下。對方猛然轉身，在煤氣燈

15 英國許多城市晚報在每週末出版的足球新聞特別版，因印在粉紅色的紙上得名。

的燈光下，我看到他的臉色一點一點變得蒼白。

「你是誰？你想幹什麼？」他用顫抖的聲音問。

「抱歉，」福爾摩斯溫和地說，「但我剛才忍不住聽了你問那個攤主的問題，我想我可以幫得上忙。」

「你？你是誰？你怎麼知道這件事的？」

「我的名字是夏洛克．福爾摩斯，我的工作就是去了解別人不知道的事。」

「但你對此事又知道多少？」

「真抱歉，我對整件事清清楚楚。你正拚了命在找幾隻鵝，牠們被布里克斯頓路的奧克肖特太太賣給一位名叫布雷肯里奇的攤販，再由他轉賣給阿爾法酒館的店主溫迪蓋特先生，然後溫迪蓋特先生又把鵝賣給了他的俱樂部成員，亨利．貝克先生是其中之一。」

「噢，先生，你正是我渴望見到的人，」矮小男子叫道，伸出了手指顫抖的雙手。「我很難向你解釋我對這件事有多感興趣。」

福爾摩斯叫住路過的一輛四輪馬車。「在這種情況下，我們最好在一個舒適的房間裡討論事情，而不是在這颳著寒風的市場。」他說，「但在我們進一步討論前，請告訴我，是誰讓我有此榮幸為他效勞。」

此人猶豫了一下。「我名叫約翰．羅賓遜。」他斜睨著一旁答道。

「不，不，真名，」福爾摩斯親切地說，「和化名打交道總是令人尷尬。」

陌生人蒼白的臉孔頓時漲紅。「好吧，那麼，」他說，「我真正的名字是詹姆士．萊德。」

「正是如此，大都會酒店服務生的領班，請上車吧，很快地，我就能把你想知道的一切都告訴你。」

這小個子站在那裡，在我們兩個之間來來回回打量，眼裡半是恐懼、半是期盼，彷彿不確定這是身在一筆橫財還是一場災難的邊緣，然後他上了出租馬車，半小時內我們就回到貝克街的起居室。在這一路上，誰都沒開口說話，唯獨我們的新夥伴那急促又微弱的呼吸，以及他攢緊又放開的雙手，都透露著他內心的不安。

「到了！」當我們一一走進房間，福爾摩斯愉快地說，「這種天氣下，爐火正適合這個季節。萊德先生，你看起來很冷的樣子，請坐在那張柳條椅上，在我們著手處理你的小問題之前，先讓我換個拖鞋。現在好了！你想知道那些鵝怎麼了吧？」

「是的，先生。」

「或者該說，我想，只有其中的一隻鵝，我猜你感興趣的是那一隻，白色，尾巴上橫過一道黑色羽毛。」

萊德激動得發抖。「哦，先生，」他叫道，「你能告訴我牠去了哪兒嗎？」

「牠來到了這裡。」

「這裡？」

「是的，牠證明了自己是一隻最不尋常的鵝，也難怪你對牠如此感興趣，牠在死後生了一顆蛋——是我見過最美最明亮的小藍蛋，我把它收在我的博物館裡。」

我們的訪客踉踉蹌蹌地站起來，右手抓著壁爐架。福爾摩斯打開保險櫃，舉起那顆藍色柘榴石，它就像星星一樣閃閃發光，寒冷而明亮的光芒四射。萊德瞪大眼睛看著它，不知該承認還是撇清關係。

「遊戲到此為止了，萊德，」福爾摩斯平靜地說，「站好，夥計，不然你要摔進壁爐裡了！把他扶回椅子上，華生，他還沒有膽量去當個不懼後果的罪犯。給他一點白蘭地，好！現在他看起來比較像個人了，真是個微不足道的小人！」

有那麼一瞬間，他搖搖晃晃地，差點就要摔倒，而白蘭地讓他的臉上恢復一點血色，他坐下來，滿眼驚恐地盯著控訴他的人。

「我幾乎掌握了這件事的每一個環節，以及一切我可能需要的證據，所以你其實沒有什麼能告訴我的，儘管如此，還是有些小事可以釐清一下，好使整個案子可以圓滿結束。萊德，你有聽過莫卡伯爵夫人的藍色柘榴石？」

「是凱瑟琳・庫薩克告訴我的。」他嗓音尖銳而急促地說。

「我明白了，伯爵夫人的女傭。嗯，如此輕易就能獲得一筆橫財對你來說誘惑力太大了，過去那些比你更好的人一樣逃不過這樣的誘惑，但你使用的手段不太嚴謹。在我看來，萊德，你打心底就是個十足的惡棍，你知道那名水管工霍納過去曾幹過這類竊案，因此嫌疑很容易就會落到他身上。所以你怎麼做？你和庫薩克在伯爵夫人房間裡動了點手腳，並設法安排霍納去修理，等他離開後，你偷了珠寶盒，大聲嚷嚷並報警，讓這個不幸的人被捕，然後你……」

萊德突然跌跪在地毯上，緊緊抓住我同伴的膝蓋。「看在上帝的分上，請饒了我吧！」他尖叫著，「想想我爸！我媽！這會讓他們心碎的。我以前從來沒做過壞事！以後也絕不再犯。我發誓，我願意對著聖經發誓。哦，不要把這件事送上法庭！看在上帝的分上，不要！」

「坐回你的椅子上！」福爾摩斯厲聲道，「不錯，你現在知道要趴在地上求饒了，但當可憐的霍納因為他完全不知道的罪行站上被告席時，你顯然沒替他多想。」

「我會逃走，福爾摩斯先生，我會離開這個國家，先生，這樣一來對他的指控就不會成立了。」

「哼！我們晚一點再來討論這個，現在先讓我們聽聽這件事接下來的真實情況吧。寶石是怎麼跑到鵝肚子裡去的？鵝又是怎麼到市場上的？告訴我們實話，你想要平安無事的話，這就是你唯一的希望了。」

萊德舔了舔乾燥的嘴唇。「我會把事發經過完完整整告訴你，先生，」他說，「在霍納被捕後，我覺得最好立刻帶著寶石逃走，因為我不知道警察什麼時候會想搜我身或翻我的房間。酒店裡沒有一個地方是安全的，我假裝受人差遣外出一趟，趁機跑到我姊姊家。她嫁給一個叫奧克肖特的人，住在布里克斯頓路，她就在那裡經營著養肥家禽賣給市場的生意。在那一路上，每個迎面而來的人在我看來都像是警察或偵探；雖然那天晚上很冷，但在到達布里克斯頓路之前，我已經滿頭大汗了。我姊問我怎麼了，為什麼臉色看起來如此蒼白；但我告訴她，那只是因為酒店發生了珠寶竊案，讓我感到很沮喪罷了。接著我走到後院抽了一管菸，思索接下來該怎麼做。

「我以前有一個朋友名叫莫茲利，他幹了壞事，剛從彭頓維爾出獄。有一天他遇上我，我們聊到如何偷竊，以及竊賊是如何將贓物脫手的。我知道他不會騙我，因為我手裡有他一兩個把柄；所以我下定決心去他在基爾伯恩的住處找他，把他拉進我的這個祕密計畫中，他會告訴我如何把寶石變成錢。但我該如何安全地到他那裡去呢？我從酒店過來時，一路上內心相當煎熬，我隨時都有可能被捕和搜身，而寶石就在我的背心口袋裡。當時我靠在牆上，看著那些在我腳邊搖搖晃晃的鵝，突然有一個主意浮現在腦海中，這個主意也許能讓我擊敗有史以來最傑出的偵探。

「我姊在幾週前告訴過我，我可以從她養的鵝群裡挑一隻當作聖誕禮物，她向來說話算話，不如現在就帶走屬於我的那隻鵝，我可以把寶石藏在牠的肚子裡帶去基爾伯恩。院子裡有一個小棚子，我從棚子後頭趕了其中一隻鵝出來，那是隻上好的大白鵝，尾巴上有一道黑色橫條。我抓住牠，撬開牠的鳥喙，把寶石塞進牠的喉嚨裡，深入直到我的手指長度能觸及處。那隻鵝使勁一吞，我能感覺到寶石順著牠的食道落入嗉囊，但那東西拍打翅膀掙扎著，惹得我姊聞聲出來一看究竟，當我轉身和她說話，那畜牲掙脫開來，拍著翅膀衝回鵝群裡去了。

「『你折騰那隻鵝幹什麼？』她訝異地問。

「『噢，』我說，『你說過要給我一隻當作聖誕禮物，我在試試哪隻最肥。』

「『哦，』她說，『我們已經特地為你留下一隻了，我們管牠叫傑姆的鵝，就是那邊那隻大白鵝。這裡一共有二十六隻鵝，一隻給你，一隻我們自己留著，剩下兩打賣給市場。』

「『謝謝你，梅吉，』我說，『要是牠們對你都一樣的話，我更願意帶走我剛剛抓著的那隻。』

「『另一隻比牠整整重了三磅，』她說，『我們特地為你餵肥的。』

「『沒關係，我還是想要那一隻，而且我現在就想帶牠走。』我說。

「『喔，那隨你便吧，』她有點惱火地說，『那麼，你想要哪一隻？』

「『白色，尾巴上有一道黑色的那隻，就在那群鵝裡頭。』

「『那好，你這就可以把牠宰了帶走。』

「於是我照著她說的做了，福爾摩斯先生，我帶著鵝直奔基爾伯恩。我告訴朋友我都做了些什麼，因為他是個很容易讓人把這類事情向他吐實的人，他聽了笑到喘不過氣來，我們拿刀把鵝剖了，我的心一下子盪到了底，因為鵝肚子裡完全不見寶石的影子，我知道這其中一定出了某種可怕的差錯。我把鵝一丟，衝回我姊姊家裡，當我匆忙走進後院時，那裡已經看不到任何一隻鵝了。

「『他們都哪兒去了，梅吉？』我喊道。

「『都送到經銷商那裡去了，傑姆。』

「『哪一個經銷商？』

「『柯芬園的布雷肯里奇。』

「『但是不是有另一隻尾巴上也帶著黑條的？』我問，『就像我選的那隻一樣？』

「『是的，傑姆，有兩隻尾巴上都有黑條，我老是分不清牠們。』

「就這樣，我當然知道這是怎麼一回事，我竭盡所能飛奔去找那位布雷肯里奇，但他當下就把那些鵝轉手賣了，而且他一個字也不肯透露把鵝賣去了哪裡，你今晚也聽到他是怎麼說的，他總是那樣回答我。我姊認為我瘋了，我有時也這麼認為。而現在……現在我給自己打上了竊賊的烙印，但我甚至摸不到自己出賣人格換來的財富。上帝幫助我！上帝幫助我！」他突然抽搐著哭起來，把臉埋入手中。

一段冗長的沉默過去，能聽到的聲音就是他沉重的呼吸聲，還有福爾摩斯的指尖規律地敲打桌邊的聲音。接著我朋友站起身，猛力摔開房門。

「滾出去！」他說。

「什麼，先生！哦，上帝保佑你！」

「別說了，滾出去！」

也不需要再多說什麼，樓梯上一陣急促而響亮的撞擊聲，門砰的一響，然後就是沿著街跑走的清脆腳步聲傳上樓來。

「畢竟，華生，」福爾摩斯邊說，邊伸手去搆他的陶土菸斗。「我不是被警察請來協助他們的不足之處的，當然如果霍納有危險的話，那又是另一回事了；但這傢伙不會再現身提出不利於霍納的證詞了，這件案子自然也不會成立。我想我減輕了一個人的重罪，但更有可能是挽救了他的靈魂，這傢伙不會再幹壞事了，他徹底嚇慘了，現在還把他送進監獄，只會讓他終生淪為罪犯而已，更何況，現在正是寬恕的時節。

機運把這個最古怪最離奇的問題交給我們，而問題的答案就是它的報酬。如果你能好心拉一下鈴，醫生，我們就可以開始另一樁調查了，而一隻鳥仍是它最主要的特點。」

CASE 8

花斑帶探案

The Adventure of the Speckled Band

我瀏覽了自己在過去八年間，為了研究吾友夏洛克．福爾摩斯的探案手法所記錄的七十件古怪案子，這些案子有悲有喜，還有一大部分只能說是離奇，它們沒有一件是平凡的；因為他工作是出於熱愛這門技藝，而不是為了獲得財富，他拒絕參與任何沒有顯現出不尋常之處、甚至只是不夠荒誕的案子。然而，在所有這些迥異的案子中，除了薩里郡斯托克莫蘭著名的羅伊洛特家族那件案子外，我想不出還有哪件案子如此具有特色。

我要談論的這件案子發生在我與福爾摩斯認識之初，當時我們還是合住在貝克街寓所的單身漢。我本可以更早公開此案的紀錄，但我們在事發當時承諾將會保密，如此直到上個月，因為我們承諾過的那位女士不幸早逝，我也就不再受到限制。或許現在也正是時候揭露這個事實了，因為我有理由確信，關於格里姆斯比．羅伊洛特醫生死亡的謠言已經流傳開來，這很可能會讓情況變得比真相更駭人。

那是一八八三年四月初的某個早晨，當我睡醒時，發現福爾摩斯站在我床邊，已經穿戴整齊。他向來晚起，而壁爐架上的時鐘告訴我現在才七點一刻，我驚訝地眨了眨眼看著他，也許還帶著點怨氣，因為我的作息很是規律。

「非常抱歉把你叫醒，華生，」他說，「但這是今天早上我們所有人的共同遭遇，先是哈德遜太太被敲門聲吵醒，她報復到我身上，我只好報復給你了。」

「那麼，是怎麼回事……失火了？」

「不，是個客戶。來者似乎是一位年輕女士，她相當激動，且非要見到我不可，此刻她正在起居室等著。試想，當年輕女士們大清早就在城裡徘徊，把睡得正香的人從床上挖起來，我想她們肯定有極為迫切的事情要找人商量。若這是個有趣的案子，你肯定希望能從頭參與。我想，無論如何都該把你叫起來，給你這個機會。」

「親愛的夥伴，我說什麼也不會錯過它。」

對我來說，沒有比旁觀福爾摩斯的專業調查更令人愉快的事了，我欽佩他那迅速到彷彿直覺、卻總是有邏輯為基礎的推理，他就是用這樣的技巧解決種種交付到手中的問題。我迅速穿上衣服，在幾分鐘內便準備好了，陪著我的朋友到樓下的起居室。當我們踏進起居室，坐在窗邊那位身穿黑衣、戴著厚重面紗的女士站起身來。

「早安，女士，」福爾摩斯愉快地說，「我叫夏洛克．福爾摩斯，這位是華生醫生，我的摯友兼同事，你在他面前可以像在我面前一樣談話，毋須顧慮。哈！我很高興看到哈德遜太太周到地生起了爐火。請來火邊坐下吧，我替你叫杯熱咖啡，你正哆嗦個不停。」

「我不是因為冷才發抖的。」這位女士低聲說道，按福爾摩斯的要求換了座位。

「那是怎麼回事？」

「是因為害怕，福爾摩斯先生，我嚇壞了。」她這麼說的同時掀起面紗，我們看得出，她的確陷入令人同情的焦慮狀態，她的面容憔悴而灰敗，不安而受驚的眼神彷彿被追捕的獵物，她的外貌特徵和身形像是年過三十的婦女，但頭髮已經斑白了，神情則顯得疲憊與枯槁。福爾摩斯迅速而詳盡地把她從頭打量到腳。

「請不要害怕，」他安撫她道，同時探身向前，輕輕拍了拍她的前臂。「我確信我們很快就能把事情處理好。我知道你是今天早上坐火車過來的。」

「這麼說來，你認識我？」

「不，但我看到你左手手套的掌心露出回程車票的後半截。你一定很早就動身了，而且在到達車站之前，還先搭過狗車，並在泥濘路上走了不算短的路程。」

這位女士猛地一驚，困惑地盯著我的同伴。

「這裡頭沒什麼玄妙可言，我親愛的女士，」他笑著說，「濺上你外衣左臂的泥點至少有七處，這些痕跡都是剛剛才沾上去的。除了狗車以外，沒有哪種車輛會用這種方式濺起泥漿，而且還要你坐在車夫的左手邊才有可能。」

「不論你是怎麼推論出來的，你說得完全正確，」她說，「我不到六點就從家裡出發，並在六點二十分到了萊瑟黑德，在那裡搭上往滑鐵盧的第一班火車。先生，我再也忍受不了這種壓力了，再這麼下去我要發瘋了。沒有人可以求助，一個都沒有，除了一個關心我的人，但這可憐的傢伙也幫不上什麼忙。我聽說過你，福爾摩斯先生，我是從法林托什太太那裡聽說的，你在她最需要幫助的時候幫了她，我也是從她那裡拿到你的地址的。哦，先生，你不認為你也可以幫助我、至少在包圍我的黑暗中投下一點光明吧？眼下我沒有能力支付酬勞給你，但我會在一個月或六週內結婚，這代表我就能掌控自己的收入了，到時候你至少會發現，我並非不知感激的人。」

福爾摩斯轉向他的書桌，打開上鎖的抽屜，拿出他用來參照的小檔案簿。

「法林托什，」他說，「啊，是的，我想起來了，那是個與蛋白石頭飾有關的案子，那時你都還沒出現呢，華生。我只能說，女士，我很樂意為你的案子貢獻心力，就如同我曾為你的朋友所做的那樣。至於酬勞，我的職業本身就是酬勞了，但你可以隨意在最適合的時間點，支付我在這個案子裡可能會有的開銷。現在，請你把有助於我們對此事做出見解的一切都說出來。」

「唉！」我們的訪客答道，「我的處境恐怖之處在於，我的恐懼是如此模糊，我的懷疑完全是因為一些在他人眼中微不足道的瑣事而起的，即使是他，那個我最有資格尋求幫助和建議的人，也把我告訴他的一切當作是一個神經質女人的幻想。他是沒有這麼說過，但我可以從他安撫我的說詞和閃爍的眼神看出來。聽說，福爾摩斯先生，你能洞悉深藏人心的各種邪惡，你一定能給我忠告，讓我知道如何面對危機四伏的處境。」

「我正全神貫注聽著，女士。」

「我的名字是海倫．斯通納，目前與我繼父住在一起，他是羅伊洛特家族最後一名在世的成員，這個家族是英國最古老的撒克遜家族之一，位於薩里郡西部邊界的斯托克莫蘭。」

福爾摩斯點了點頭。「我聽過這個名字。」他說。

「這個家族一度是英國富豪之一，家族產業擴張到邊境之外，北部延伸到伯克郡，西邊直達漢普郡。然而上個世紀，一連四代的繼承人放縱揮霍，最終在攝政時代，一名好賭成性的繼承人敗光了家產，除了幾英畝土地和一棟具有兩百年歷史的老宅邸以外，什麼都沒有剩下，而那棟房子本身也差不多被抵押殆盡了。家族最後一位鄉紳住在那裡，苟延殘喘地過著落魄貴族的生活；但他的獨子，也就是我的繼父，看出了必須順應這種新形勢，為此從親戚那裡借到一筆錢，靠著這筆錢拿到醫學學位，並去了加爾各答行醫。在那裡，他憑著專業技能和堅強的性格，事業大為成功。然而，由於他的住所遭外人闖入行竊，他一怒之下打死了印度管家，並為此差點被判死刑。就這樣，他被監禁了很長一段時間，出獄後返回英國，變成一個孤癖而委靡不振的人。

「羅伊洛特醫生在印度娶了我母親斯通納夫人，她是孟加拉炮兵隊斯通納少將的年輕遺孀。我姊朱莉婭和我是雙胞胎，母親再婚時，我們只有兩歲。她擁有相當可觀的財產，每年收入不少於一千英鎊，當我們和羅伊洛特醫生住在一起後，她便立了遺囑，將這筆錢留給他並附帶一項條件，那就是當我們結婚以後，每年都要獲得一筆金額固定的錢。母親在我們回到英國不久後就去世了，死於八年前在克魯附近發生的鐵路事故。在那之後，羅伊洛特醫生放棄在倫敦開業的意圖，帶著我們回到斯托克莫蘭，一起住在他祖傳的老宅裡。母親留下的錢足夠支付我們一切開銷，看起來沒有什麼可以妨礙我們的生活。

「但差不多就是這個時期，繼父身上起了某種可怕的變化。他不交朋友，也不拜訪鄰人，那些人看到斯托克莫蘭的羅伊洛特家族成員回到祖宅居住，起初十分開心，但他把自己關在家裡，鮮少外出，唯獨熱中與他遇上的任何人激烈爭吵。近乎狂躁的暴烈脾氣始終在這個家族的男人之間遺傳，而這一點在繼父身上又更嚴重了，我相信這是因為他長期住在熱帶地區造成的。於是在一連串丟人現眼的爭吵、兩次還鬧到治安法庭後，他終於成為村裡人人畏懼的人物，人們看到他都避之唯恐不及，因為他是個力大無比，又無法控制情緒的人。

「上週，他才又把當地的一個鐵匠隔著欄杆拋進小溪，我只有把能籌到的錢都賠償給對方，才沒讓事情鬧大。除了流浪的吉普賽人，他沒有任何朋友，他允許那些流浪漢在家族產業的幾英畝荊棘覆蓋的土地上紮營，自己也會到他們的帳篷裡接受款待，有時還與他們出去流浪幾週。同時，他也熱愛印度的動物，這些動物都是一名記者送他的，目前他養了一隻印度豹和一隻狒狒，牠們可以在他的土地上自在遊蕩，村民們很怕牠們，就像害怕牠們的主人一樣。

「在我描述過這一切後，你們可以想像我可憐的姊姊朱莉婭和我過的是毫無樂趣的生活。家裡沒有傭人待得下去，因此在很長一段時間，所有家務都是我們在打理的。我姊去世時只有三十歲，但她的頭髮已經變白，就像我的頭髮一樣。」

「所以你姊姊已經去世了？」

「她去世不過兩年，我正想和你談談她的死。你可以理解，過著我剛才描述的那種生活，我們不太可能遇上任何同齡同身分的人。但我們有一個阿姨，母親那個未婚的妹妹奧諾莉亞．韋斯費爾小姐，她就住在哈羅附近，我們偶爾可以去她家短期拜訪。朱莉婭在兩年前的聖誕節去了那裡，並在那裡遇到一位領半薪的海軍陸戰隊少校，她與他訂了婚。繼父在我姊回家後得知訂婚一事，並沒有表示反對；但就在離婚期不到兩週時，一樁可怕的事件奪走了唯一與我作伴的人。」

福爾摩斯一直閉眼靠在椅背上，腦袋陷進椅背軟墊中，但他現在微微睜眼，瞥了訪客一眼。

「請盡量將細節描述得清楚些。」他說。

「這對我來說很容易，因為那可怕的時刻裡發生的每一件事，都深深烙印在我的記憶中。那棟莊園宅邸，正如我說過的，已經非常老舊了，現在只有一側的廂房還有人住。這一側廂房的臥室在一樓，起居室則在整座建築的中央。在這幾間臥室中，第一間是羅伊洛特醫生的，第二間是姊姊的，我則住在第三間，這些臥室之間沒有連通，但它們的房門全都通向同一條走廊。我這樣說夠清楚嗎？」

「再清楚不過。」

「三間臥室的窗戶都是朝向草坪。在那個厄運來臨的夜晚，羅伊洛特醫生早早回房，不過我們都知道他還沒就寢，因為姊姊被他嗜抽的印度雪茄那股濃烈的氣味折騰得受不了，為此離開房間，跑來找我，她在我房裡待了一會兒，我們聊了她舉行在即的婚禮，到了十一點，她起身準備回房，但才走到門口，又停下腳步並回過頭來。

「『告訴我，海倫，』她說，『你有聽過誰在夜深人靜時吹口哨嗎？』

「『沒聽過。』我說。

「『也不可能是你睡迷糊了吹的口哨吧？』

「『當然不是，為什麼這麼問？』

「『因為這幾天晚上，一到清晨三點左右，我總會聽到低沉而清晰的口哨聲。我向來淺眠，因此被吵醒了。說不出它是從哪裡傳出來的，也許是隔壁房間，也許是草坪。才想問問你是不是也聽到了。』

「『不，我沒聽過。一定是種植園那些惹人厭的吉普賽人。』

「『有可能。但如果它是從草坪那裡傳來的，我很好奇你為何沒聽到。』

「『噢，一定是因為我睡得比你沉。』

「『好吧，無論如何，這都沒什麼要緊的。』她對我笑了笑，關上我的房門，不一會兒，我聽到她的鑰匙在鎖孔裡轉動的聲音。」

「是嗎，」福爾摩斯說，「你們有這種習慣，晚上鎖門睡覺？」

「一直都是。」

「這又是為什麼？」

「我記得跟你提過，醫生養了一隻印度豹和一隻狒狒，不把房門鎖上，我們是沒有安全感的。」

「的確如此，請繼續說下去。」

「那天晚上我睡不著，一種將要發生不幸的隱約預感在腦海中揮之不去。你應該還記得，姊姊和我是雙胞胎，你也知道將兩個緊密相依的靈魂聯結在一起的紐帶有多微妙。那天晚上的天氣極為狂暴，屋外風聲呼嘯，雨水潑濺擊打著窗戶。突然，在一片風聲喧囂中，迸發出女人驚恐而狂亂的尖叫聲，我聽出那是姊姊的聲音。我從床上跳起來，圍上一條披肩，衝到走廊上。在我推開房門的同時，彷彿聽到了低沉的口哨聲，就像姊姊形容的那樣，緊接著又是哐啷一聲，似乎有一大塊金屬掉在地上。當我沿著走廊跑過去時，看見姊姊房間的門鎖打開了，房門在門軸緩緩地轉動下被推開，我驚恐萬般地盯著它，不知道門裡會出現什麼東西。藉著走廊上的燈光，我看到姊姊出現在門口，她在恐懼下臉色煞白，雙手摸索著求助，整個身子像醉漢一樣搖搖晃晃。我衝到她身邊，環抱住她，但那一刻她的膝蓋似乎再也無力支撐，整個人摔倒在地。就像處在極端痛楚中一樣打滾扭動，四肢猛烈抽搐著。起初，我以為她連我都認不得了，但就在我俯身看她時，她突然尖叫起來，那聲音是我這輩子都忘不掉的，『哦，老天！海倫！是那條帶子！那條有花斑的帶子！』她還想硬撐著說些什麼，抬起手來指向醫生房間，但又一陣發作的抽搐箝制住她，將她的話堵塞在喉嚨。我衝出去喊我繼父，只見他穿著晨袍匆忙從房間裡出來。等他來到姊姊身邊時，姊姊已經陷入昏迷，儘管他把大量白蘭地灌進她口中，並派人到村裡求醫，但這一切都是徒然，她再也沒醒過來，就這麼死去了，這就是我最愛的姊姊可怕的結局。」

「請等一下，」福爾摩斯說，「你確定真的聽到那個口哨聲和金屬聲嗎？你能保證？」

「郡裡的驗屍官在調查時也問過我這個問題。我非常確定聽到了，然而事發時的風聲很猛烈，加上那棟老房子吱嘎作響，也有可能是我聽錯了。」

「當時你姊姊穿戴整齊嗎？」

「不，她穿著睡衣，右手拿著一段燒剩的火柴，火柴盒則在她的左手裡。」

「這說明她在驚覺不對勁時，曾劃亮火柴並查看四周，這是重點。驗屍官對此有什麼結論？」

「驗屍官非常仔細地調查，畢竟羅伊洛特醫生在郡裡早已是出了名的惡行惡狀，但他找不出任何能讓人滿意的死因。我的證詞表明，房門是從裡頭反鎖的，窗戶也有鑲著鐵條的老式護窗板擋住，這些護窗板每天晚上都會嚴嚴實實地拉上。警方細細敲過每一處牆壁，發現四面牆都很堅實，同樣徹底檢查過地板，結果也一樣。壁爐煙囪很粗，但被四個很大的草皮釘給封住了。因此可以肯定的是，姊姊在遇害時是一個人在房間裡的，此外，她身上也沒有任何遭受暴力的痕跡。」

「有沒有可能被下毒？」

「醫生針對這一點檢驗過，但什麼都沒發現。」

「那麼，對於這位不幸女士的死因，你是怎麼想的？」

「我認為她單純死於驚嚇和神經休克，儘管我無法想像有什麼東西能把她嚇成這樣。」

「當時種植園裡有吉普賽人嗎？」

「有，那裡隨時都有幾個人。」

「啊，那你能否從她提到的那條帶子推斷出什麼，一條有花斑的帶子？」

「有時，我認為它只是人在神智不清的狀況下所說的胡話，有時又想到，它會不會指的是某一群人，也許就是種植園裡的那些吉普賽人，我不曉得她使用的奇怪形容詞是否暗示著他們，畢竟他們之中很多人都戴著有斑點的頭巾。」

福爾摩斯搖了搖頭，似乎這樣的解釋無法令他滿意。

「這其中疑點重重，」他說，「請你繼續說下去。」

「從那之後過了兩年，直到最近為止，我的生活比以往任何時候都更孤獨。但一個月前，我有幸得到一位多年好友的求婚。他是阿米蒂奇，珀西．阿米蒂奇，雷丁附近克蘭沃特的阿米蒂奇先生的次子。繼父並沒有反對這樁婚事，我們決定在春天結婚。兩天前，家中西側廂房開始進行維修，我臥室的牆壁被鑿穿，我不得不暫住姊姊的房間，而且就睡在她那張床上。昨晚，當我清醒地躺著，回想著她可怕的命運時，突然間，在深夜的寂靜中聽到那低沉、曾經預告她死亡的口哨聲，你們應該能想像我當下是如何嚇得渾身發抖。我跳起來點亮燈，但沒發現房裡有任何異狀，即便是這樣，我也嚇得不可能再躺回床上。於是穿好衣服，天一亮就溜出家門，在對面的皇冠酒店雇了一輛狗車，乘車去了萊瑟黑德，從那裡開始，我今天早上唯一的目的就是來此見你並尋求你的建議。」

「你這麼做很明智，」我的朋友說，「但你對我完全吐實嗎？」

「是的，我全都告訴你了。」

「羅伊洛特小姐，你並沒有，你在袒護你繼父。」

「為什麼？你這是什麼意思？」

做為回答，福爾摩斯把我們訪客放在膝上那隻手的黑色蕾絲衣袖褶邊向上推，露出白皙手腕上的五點小瘀青，那是四隻手指和一隻拇指留下的痕跡。

「他對你動粗了。」福爾摩斯說。

這位女士滿臉通紅，遮住受傷的手腕。「繼父是個嚴苛的人，」她說，「或許他也不曉得自己的力氣有多大。」

再來是一段長長的沉默，在這段時間，福爾摩斯手抵著下巴，盯著劈啪作響的爐火。

「這是一樁很複雜的案子，」他最後開口道，「在我決定我們行動的步驟之前，我還有一大堆細節想要了解，而且我們不能再浪費時間了。如果今天就到斯托克莫蘭，有可能在你繼父不知情的狀況下查看那些房間嗎？」

「碰巧的是，他提過今天有些非常重要的事要進城一趟，很可能一整天都不在家，這樣你就不會有任何阻礙了。目前家裡還有一位管家，但她又老又蠢，我很容易就可以把她支開。」

「太好了，華生，你不排斥來趟旅行吧？」

「一點也不。」

「那我們兩個都會去。你自己又有什麼打算？」

「既然我都在城裡了，正好有一兩件事想辦，但我會坐十二點的火車回去，以便準時在家等你們過來。」

「那你將在過午不久後見到我們，我也有一些小事要處理。你不再多待一會兒，一起吃早餐？」

「不，我得走了。在向你吐露煩惱後，我的心情輕鬆了不少。很期待今天下午再見到你們。」她拉起厚厚的黑色面紗遮住臉，從房間溜出去。

「你怎麼看這一切，華生？」福爾摩斯問，向後靠回椅背上。

「在我看是一樁最邪惡、最凶險的事件。」
「是夠邪惡、夠凶險的。」
「然而，如果這位女士的說法屬實，地板和牆壁都完好無損，房門、窗戶和煙囪也都無法通行，那她姊姊在離奇死亡的當下，無疑是獨自待在房間。」
「那麼，那些半夜的口哨聲是怎麼回事，還有那位垂死女士說的奇怪字句又是什麼？」
「我想不透。」
「晚上的口哨聲；那夥與老醫生關係密切的吉普賽人；我們完全有理由相信醫生意圖阻止繼女結婚這一事實；她在死前提到了那條帶子；最後還有海倫·斯通納小姐聽到的，可能是固定護窗板的鐵條落回原位造成的金屬撞擊聲。結合這一切，我們有充分的理由認定，只要順著這條線索走下去，一定能解開謎團。」
「但那些吉普賽人在這當中又起了什麼作用？」
「這我無法想像。」
「我認為任何此類的理論都有許多缺失。」
「我也這麼覺得。就是因為這樣，今天才得跑一趟斯托克莫蘭，看看這些缺失是否動搖不了，還是它們另有解釋。但是見鬼了！這又是怎麼回事？」

我的同伴突然驚呼出聲，是因為我們的門被猛然撞開，一個彪形大漢塞進門框裡來。他的穿著很古怪，既像專業人士又像農民，戴著一頂黑色大禮帽，穿著很長的禮服大衣和一雙高高的綁腿，手中晃盪著一條狩獵鞭。個頭極高，以至於他的帽子都擦碰到了門楣，整個人的寬度似乎也填滿了門框。一張大臉乾枯而皺紋滿布，被陽光灼燒得發黃。他帶著一臉強烈的惡毒之色，輪流打量著我們兩個，那深陷的、露出凶光的眼睛，和高挺瘦長的鼻子，使他看起來有幾分像一頭性情暴烈的老猛禽。

「誰是福爾摩斯？」這個鬼怪問道。

「我是，先生；但我不知道尊姓大名。」我的同伴平靜地說。

「我是斯托克莫蘭的格里姆斯比．羅伊洛特醫生。」

「原來是醫生啊，」福爾摩斯溫和地說，「請坐。」

「我才不坐。我繼女來過這裡，我跟蹤了她。她對你說了什麼？」

「以每年的這個時節來說，天氣未免冷了點。」福爾摩斯說。

「她都對你說了些什麼？」老人暴怒吼叫起來。

「但我聽說番紅花會開得很好。」我的同伴泰然自若地說下去。

「哈！你想敷衍我是吧？」我們的新訪客說著一步向前，揮舞著他的狩獵鞭。

「我了解你，你這個惡棍！我以前就聽過你了。你是福爾摩斯，一個愛管閒事的人。」

我的朋友笑起來。

「福爾摩斯，好事之徒！」

他笑得更開心了。

「福爾摩斯，蘇格蘭場自命不凡的小角色！」

福爾摩斯放聲大笑。「你講話真有意思，」他說，「等你出去的時候，記得順手帶上門，這裡的穿堂風太強了。」

「我把話說完就會走。你竟敢干涉我的事，我知道斯通納小姐來過這裡，我跟蹤了她！我是個危險人物，不是你惹得起的！瞧瞧。」他大步流星向前，一把抓起撥火鉗，用他的棕色大手把它拗彎。

「你就別讓我逮到。」他咆哮道，然後把拗彎的撥火鉗摔到壁爐裡，大步走出房間去了。

「可真是個和藹的傢伙。」福爾摩斯笑著說，「我個子沒他那麼大，但他要是留下來，我會讓他看看我的手勁並不比他差。」他說著撿起撥火鉗，猛地一使勁，又把它拉直了。

「他把我想成是官廳偵探，可真是侮辱！不過這事倒讓我們的調查有趣不少，只希望我們的小朋友不會因為一時疏忽被這畜生跟蹤而惹禍上身。現在，華生，我們現在該叫點早餐來吃，飯後我要跑一趟律師公會，希望能在那裡找到一些資料，會對我們調查這件事有幫助。」

當福爾摩斯結束這趟短暫外出回來時，已經快一點了。他拿著一張藍色的紙，上面潦草地寫著一些筆記和數字。

「我看過那位亡妻的遺囑了，」他說，「為了確定它的真正價值，我得算出遺囑中列出的各項投資當前的價格。當她去世時，其總收入約略少於一千一百英鎊，現在由於農作物價格下跌，已經不超過七百五十英鎊了。每個女兒在結婚後可以拿到兩百五十英鎊。因此顯然的，如果兩個女孩都結婚了，這位俏佳人手上就沒剩多少錢了，而即使她們只有其中一人結婚，也夠令他損失慘重了。我這一早上的工作沒有白費，由此證明他有極強烈的動機來阻止任何這類的事情發生。華生，現在再磨蹭下去就太危險了，特別是這老東西已經察覺到我們對他的事感興趣，所以如果你已經準備好，我們這就叫一輛出租馬車到滑鐵盧車站去，要是你能悄悄把左輪手槍放進口袋，我就更感激了。與一位能把鋼鐵撥火鉗打結的先生討論事情，一把埃利二號[16]再適合不

16 埃利是彈藥製造商，並未生產槍支，此處應為作者對槍支知識不足的筆誤，根據考證這把槍應為韋伯利二號 Webley No.2，使用埃利製造並印有其字樣的彈匣。

過。再加上一柄牙刷，這就是我們需要的全部了。」
在滑鐵盧車站，我們很幸運地趕上前往萊瑟黑德的火車，在車站的旅店雇了一輛雙輪小馬車，沿著薩里郡可愛的鄉間小路行駛了四、五哩。這天的天氣極好，陽光明媚，天空中是幾蓬羊毛似的白雲。樹木和路邊的樹籬剛剛冒出第一批新芽，空氣中充滿了潮濕土壤那宜人的氣味。至少對我來說，這幅春天的美景與我們投身的險惡調查形成奇怪的對比。我的同伴坐在馬車前座，雙臂交疊在胸前，帽子拉下來遮住眼睛，下巴垂到胸前，陷入最深沉的思緒中，但突然間，他抬起頭來，拍了拍我的肩膀，指向草原的另一頭。
「看那裡！」他說。
一片林木扶疏的園地延伸向一道緩坡，在最高處聚集成一小片樹林，有一座非常古老的宅邸，其灰色的山牆和高聳的屋頂從樹間突出來。
「斯托克莫蘭？」他說。
「是的，先生，那就是格里姆斯比．羅伊洛特醫生的房子。」車夫說。
「那裡還有一些建築，」福爾摩斯說，「那就是我們要去的地方。」
「那裡是村莊，」車夫說，指向左邊稍遠處的一堆屋頂。「但如果想去那座宅子，用這條梯蹬越過圍籬，再走田間的步道過去，你會發現這樣近得多。就是那裡，有一位女士正在行走的地方。」

「我想那位女士就是斯通納小姐，」福爾摩斯用手遮著陽光遙望。「是的，我認為我們最好照著你的建議去做。」

我們下了車，付了車費，小馬車便轆轆地往萊瑟黑德駛回去了。

「還是這樣最好，」福爾摩斯在我們爬上梯蹬時說，「讓這傢伙把我們當作建築師，或者為了其他正事而來到這裡的，可以防止他拿這事到處去閒言閒語。午安，斯通納小姐，你看，我們這不是依約而來了。」

我們早上的客戶快步迎上前來，臉上露出喜悅之色。「我一直焦急地等你們，」她叫道，熱情地與我們握手。「一切都很順利，羅伊洛特醫生進城去了，他不太可能在傍晚之前回來。」

「我們很榮幸與醫生交上了朋友。」福爾摩斯說，把早上的事約略描述一下。斯通納小姐聽著聽著，臉色變得慘白。

「天哪！」她叫道，「所以他跟蹤了我。」

「看來是這麼回事。」

「他太狡猾了，我永遠不知道什麼時候才能遠離他。他回來後又會怎麼說？」

「他必須保護自己，因為他會遇上更狡猾的人。今天晚上你一定要反鎖房門，別讓他靠近你，若他打算蠻幹，我們會護送你去哈羅的阿姨家。現在，必須把握時間，請立刻帶我們去那幾個房間檢查。」

砌成這棟建築物的灰石斑駁地覆蓋著地衣，建築物的中央部分高起，彎曲的兩側廂房就像螃蟹的鉗子，朝著兩邊伸展出去。其中一側廂房的窗戶已經破裂，並用木板封起來，屋頂有部分塌陷，儼然廢墟景象。中央部分的維修也好不到哪去，而右側廂房則相對最新，窗戶內垂掛著窗簾，煙囪裊裊升起藍色的煙霧，說明這家人是住在這裡的。一些腳架靠著端牆豎立，石牆已經鑿穿，但在我們造訪的當下不見任何工人的蹤影。福爾摩斯在胡亂修剪的草坪上緩步來回走動，非常仔細地檢查窗戶的外側。

「我想這原本是你的房間，中間是你姊姊的房間，而靠近主樓的那扇窗是羅伊洛特醫生的房間？」

「沒錯，但我現在是睡在中間的房間。」

「這我知道，因為在等房子整修好。還有一點，那堵牆似乎沒有迫切修繕的需要吧。」

「是沒必要，我相信那只是一個要我從房間搬出去的藉口。」

「啊！這能解釋很多事。那麼，這個狹窄的廂房另一側是走廊，這三間臥室的房門都是朝著它開的，想必那邊也有窗戶？」

「是有，但全是很小的窗子，窄到任何人都無法鑽過。」

「既然你們倆晚上都會鎖門，那麼要從那一側進入你們的房間是不可能的。現在，能否請你到你的房間裡把護窗板拴上？」

斯通納小姐照做了。福爾摩斯先仔細檢查敞開的窗戶，接著想盡辦法打開護窗板，但都沒有成功，那裡就連一道能讓小刀插進去、撬起窗栓的縫隙都沒有。接著，他用放大鏡檢查合頁，但合頁是實心鐵，牢牢嵌入厚重的石磚中。「嗯！」他有些困惑地抓撓著下巴說，「我的理論肯定出了問題，這些護窗板一旦拴上，就沒有人能從這裡穿過。好吧，我們來看看裡頭是否找得到一些能釐清事情的線索。」

一扇小小的側門通向粉刷過的走廊，三間臥室的房門就是朝向這條走廊的。福爾摩斯不打算檢查第三間臥室，因此我們直接去第二間臥室，就是斯通納小姐當前起居、她姊姊身亡的地方。這是個樸素的小房間，有低矮的天花板和很大的壁爐，陳設仿照舊式鄉村宅邸的風格。一個棕色的抽屜櫃立在房間一角，另一角則是一張罩著白色床罩的窄床，窗戶左側有一個梳妝檯，再加上兩把柳條小椅，這些就是房間裡的所有傢俱，再來是房間中央那塊方形的威爾頓絨毯了。四周的地板和牆壁的嵌板是蛀蝕的棕色橡木，年代久遠且褪色，很有可能是這座宅邸建築之初就使用的。福爾摩斯拉了一張椅子到角落坐著，一言不發地，他的目光在房間裡上下來回巡視著，把每一個細節都看在眼裡。

「那條拉鈴通往什麼地方？」他最後問道，指指掛在床邊一根很粗的鈴繩，它尾端的流蘇實際上已經垂到了枕頭上。

「它通到管家的房間。」

「它看起來比房裡其他東西還新？」

「是的，它是兩年前才裝上的。」

「我猜這是你姊姊的要求？」

「不，我從沒聽她使用過，我們早已習慣了需要什麼自己去拿。」

「是吧，看起來沒必要裝一條這麼好的鈴繩在這裡。抱歉，給我幾分鐘看看這地板是怎麼回事。」他整個人趴在地板上，手裡拿著放大鏡，迅速滿地匍匐，細細檢查地板上的每一條裂縫，接著，用同樣方式檢查木造牆壁的嵌板，然後來到床邊，花了一些時間盯著它，又上上下下打量著牆壁，最後他握住鈴繩，猛力一扯。

「哎呀，這是假的。」他說。

「它不會響嗎？」

「不，它甚至沒有接上電線，這很有意思。你現在就看得很清楚了，它是繫在那個小通風口上方的鉤子上的。」

「這多荒唐！我從來沒注意到這一點。」

「太奇怪了！」福爾摩斯喃喃道，一邊拉著鈴繩。「這房間有一兩處非常古怪的地方。比方說，這個建築師肯定是個傻瓜，才會把通風口開往另一個房間，他明明可以花同樣工夫把通風口開向戶外！」

「這個也是新的。」這位女士說。

「裝上去的時間和鈴繩差不多？」福爾摩斯問。

「是的，房子在那段時期有過一些改動。」

「這些東西似乎都有一些極有趣的特色，拉不響的鈴繩、不通風的通風口。若你允許，斯通納小姐，我們現在去瞧瞧最裡頭的房間。」

格里姆斯比．羅伊洛特醫生的房間比他繼女的房間還大，但陳設同樣樸素。一張行軍床，一個裝滿書籍的木質小書架，那些書大多是技術性的實用書，床邊有一把扶手椅，一把普通木椅靠牆放著，一張圓桌和一個大型鐵製保險櫃，能看到的主要就是這幾樣東西了。福爾摩斯繞著房間緩步踱了一圈，充滿極度興趣地檢查著它們。

「這裡面有什麼？」他敲敲保險櫃問道。

「繼父工作上的文件。」

「哦！所以你看過？」

「就一次而已，在幾年前，我記得裡頭裝滿了文件。」

「例如說，裡面不會剛好有一隻貓吧？」

「不，這想法多怪！」

「噢，看看這個！」他拿起放在保險櫃上的一小碟牛奶。

「不，我們沒養貓，但有一隻印度豹和一隻狒狒。」

「啊，是的，當然了！嗯，印度豹就是一隻大貓，但我敢說，一碟牛奶實在不怎麼能滿足牠的需求。還有一點，我必須確認一下。」他蹲在牆邊那張木椅前，非常專注地檢查椅面。

「謝謝你，這樣應該足夠了。」他說著站起來，把放大鏡放進口袋。「嘿！這裡有個有意思的東西！」

吸引他注意的物體是行軍床一角掛的一條鞭子。然而，它的尾段被捲回來並打結，做成一個繩圈。

「你怎麼看這個，華生？」

「就是條尋常的鞭子，但我不懂為何要打這樣的結。」

「這就不太尋常了，是吧？唉！這真是個邪惡的世界，當一個聰明人把腦子用在做壞事上，那就更糟了。我已經看夠了，斯通納小姐，若你允許，我們到外頭的草坪上走走吧。」

我不記得哪一次離開調查現場時，我朋友的臉色有這麼嚴峻、神情有這麼陰鬱。我們在草坪上來來回回走了好幾趟，無論是斯通納小姐還是我，我們都沒干擾他的思緒，直到他從沉思中回過神來。

「這是絕對必要的，斯通納小姐，」他說，「你一定要在各方面都照著我說的去做。」

「我一定會的。」

「這件事太嚴重了，不能再有半點猶豫，你能否活命很可能取決於是否聽我的話。」

「我向你保證，我完全信任你。」

「首先，我和我朋友今晚都必須在你房裡過夜。」

斯通納小姐和我一同驚訝地望向他。

「是的，一定要這麼做，讓我解釋一下。我想那個就是村裡的旅店？」

「對，那是皇冠旅店。」

「太好了，從那裡可以看到你房間的窗戶？」

「一定看得到。」

「當你繼父到家時，你得假裝頭痛，把自己關在房間裡。然後，等你聽到他回房就寢，你必須把護窗板拉開，解開窗栓，把你的燈放在那裡當作給我們的訊號，接著帶上所有你可能需要的東西，悄悄溜回原本的房間。儘管正在修繕，我想你還是能夠在那裡過上一夜的。」

「哦，是的，那很容易。」

「剩下的就交給我們。」

「但你打算怎麼做？」

「我們會在你的房間裡過夜，並找出打擾你的噪音到底是從哪裡來的。」

「我相信，福爾摩斯先生，你已經心有定見了。」斯通納小姐說著，並把手放在我同伴的衣袖上。

「也許是吧。」

「那麼，請行行好告訴我，我姊姊的死因到底是什麼。」

「我倒更願意有了明確的證據再開口。」

「那你至少可以告訴我，我的想法是不是對的，以及她是否死於某種突如其來的驚嚇。」

「不，我不這麼認為，我認為可能來自某些更具體的原因。現在，斯通納小姐，我們必須先離開了，如果羅伊洛特醫生回來時正好撞見我們，這趟旅程也就徒勞無功了。再見，要勇敢一點，只要照著我說的去做，你就大可放心，我們將很快除去威脅你的危險。」

沒遇上任何困難地，福爾摩斯和我在皇冠旅店弄到一間臥室和一間起居室。房間在二樓，從這裡的窗戶可以俯瞰斯托克莫蘭莊園林蔭道旁的大門和有人居住的那一側廂房。到了黃昏時分，我們看見格里姆斯比．羅伊洛特醫生的馬車經過，他巨大的身影隱約浮現在為他駕車的小伙子那瘦小的身形旁，那名僮僕在打開沉重的鐵門時遇上一點困難，我們聽到醫生嗓音嘶啞的咆哮，也看到他憤怒地向僮僕揮動拳頭。小馬車繼續行駛向前，幾分鐘後，我們看到樹林間燈光乍亮，原來是其中一間起居室點起了燈。

「你知道嗎，華生，」福爾摩斯在我們一同坐在房間裡時說道，隨著天黑，房間裡也愈來愈暗。「我實在對今晚要帶上你有些顧忌，這其中存在明顯的危險因素。」

「我能幫上忙嗎？」

「沒有什麼比你的存在更重要了。」

「那我肯定是要去的。」

「感激不盡。」

「你說有危險，顯然你在那些房間裡看到的東西比我看到的多。」

「不，但我推論出來的要比你多一些，我認為我看到的東西你也都看到了。」

「除了那條鈴繩，我沒看到其他不尋常的東西，至於那東西有什麼用處，我承認我無法想像。」

「你也看到那個通風口了？」

「是的，但我不覺得在兩個房間之間開個小洞是多了不得的事。那麼小的洞，連隻老鼠都沒法通過。」

「在我們來到斯托克莫蘭之前，我已經知道我們將找到一個通風口。」

「親愛的福爾摩斯！」

「哦，沒錯，我就是知道。你還記得她在敘述中，曾提到她姊姊能聞到羅伊洛特醫生在抽雪茄的氣味。那麼，這立刻說明了兩個房間之間一定存在連通管道。它可能非常小，不然驗屍官在調查中一定會注意到，因此我推斷那是一個通風口。」

「但那又有什麼問題呢？」

「好吧，至少有時間點上的奇妙巧合。鑿了一個通風口，掛了一根繩子，死了一位睡在床上的女士，這難道不會讓你想起什麼來嗎？」

「我還是看不出這之間的關聯。」

「你有沒有觀察到那張床的特別之處？」

「沒有。」

「它是被釘在地板上的，在此之前你看過一張床像那樣固定住的嗎？」

「不能說我看過。」

「這位女士無法移動她的床，它必須一直保持在與通風口和繩子相對的位置上，我之所以說它是繩子，是因為它顯然從來不是用來拉鈴的。」

「福爾摩斯，」我叫道，「我似乎隱約看出你暗示的是什麼東西了，我們來得正好，可以阻止一場既隱晦又可怕的罪行。」

「非常隱晦也非常可怕。當一名醫生一旦步上歧途，他將是第一流的犯罪者，因為他的膽量與知識兼具。帕爾默和普里查德正是其中的佼佼者，而此人更富心機，但我認為，華生，我們的心機比他還深。不過在天亮前，我們會遭遇許多嚇人的事，因此看在上帝的分上，讓我們靜靜地抽一斗菸吧，在這幾個小時內，把心思轉向那些愉快得多的事情。」

大約九點鐘，樹林間的燈光熄滅了，莊園那邊陷入全然的黑暗。接下來的兩個小時過得十分緩慢，然後，就在十一點鐘響時，一盞明亮的孤燈突然在我們的正前方亮起。

「那是給我們的信號，」福爾摩斯躍然而起說道，「來自中間那扇窗戶。」

當我們外出時，福爾摩斯則向店主解釋我們要夜訪一位舊識，很可能會在那裡過夜。不一會兒，我們已經走在漆黑的路上，冷颼颼的寒風迎面而來，昏黃的燈光在前方的夜色中閃爍，將我們領向這樁嚴峻的差事。

我們沒遇上太大困難就進了莊園，因為莊園老舊的圍牆上有些未修補的裂口。我們穿過樹叢，橫越草坪，正要從窗戶翻進臥室時，月桂樹叢中突然竄出一樣東西，看著是個醜陋而身形扭曲的孩子，他扭動著四肢撲摔在草坪上，接著迅速跑過草坪，隱入黑暗中。

「我的天啊！」我低聲說，「你看到了嗎？」

有那麼一瞬，福爾摩斯就像我一樣被嚇了一跳，他一緊張，老虎鉗似的手攢緊我的手腕。但他隨即低聲笑出來，嘴唇貼到我耳邊。

「真是不錯的一家人，」他嘀咕，「是那隻狒狒。」

我都忘了醫生心愛的怪奇寵物裡，還有一隻印度豹；也許我們隨時會發現牠已經趴在我們的肩膀上。我承認，一直要到學著福爾摩斯脫下鞋子、翻進臥室以後，心裡才感到輕鬆多了。我的同伴無聲地拉上護窗板，把燈移到桌上，接著掃視了房間一圈，一切都和白天所見無異，他這才悄悄湊到我身邊，手圈成喇叭狀，再次輕聲對我耳語，聲音輕微到剛好能讓我分辨他在說什麼：

「就是一點點聲音，都可能嚴重危害我們的計畫。」

我點了點頭，表示聽到了。

「我們必須在黑暗中等待，不能點燈，他會從通風口看到燈光。」

我又點了點頭。

「可別睡著，此事攸關性命。準備好你的手槍，以免我們要用到它。我坐在床邊，你去坐那把椅子。」

我拿出左輪手槍，放在桌角。

福爾摩斯帶來一根細長的手杖，將它放在身邊的床上，又在旁邊放了一盒火柴和一截燒剩的蠟燭，接著，他熄了燈，我們頓時就陷入黑暗中。

我要怎麼才忘得了那場可怕的守夜？我聽不到丁點聲音，甚至連呼吸聲都沒有，但我很清楚同伴就睜眼坐在咫尺之遙，和我一樣都處在神經緊繃的狀態。護窗板把房裡可能會有的最後一點光線都遮去了，我們等待著，身陷在全然的黑暗中。屋外偶有一隻夜鷺啼叫，有一次，我們的窗前響起拉長的、貓一般的哀鳴，這告訴我們，那隻印度豹確實是自由放養的。我們能聽到遠處教堂低沉的鐘聲，每一刻鐘就會敲響一次，每一刻鐘都彷彿無比漫長！十二響，接著是一響、兩響和三響，我們仍然靜靜地坐著等待可能發生的任何狀況。

突然間，通風口的方向有亮光一現，立刻就消失了，但隨著而來的是燈油燃燒和金屬燒熱的強烈氣味，說明隔壁房間有人點起遮光的油燈。我聽到輕輕移動的聲音，接著一切復歸沉寂，但那氣味愈來愈濃烈。我豎著耳朵坐了半個小時，然後突然間，我聽到另一種聲音，它聽起來非常輕柔舒緩，就像燒開的水壺壺嘴不斷溢出蒸氣的聲音。一聽到它，福爾摩斯就從床上跳起來，劃了一根火柴，用他的手杖狠狠抽打那條鈴繩。

「你看到了嗎，華生？」他嚷嚷，「你看到了嗎？」

但我什麼也沒看到，當福爾摩斯劃亮火柴時，我聽到一聲低沉但清晰的口哨，但突如其來的亮光晃了我疲憊的眼睛，令我看不清我的朋友在惡狠狠抽打著什麼。然而，我可以看到他蒼白的臉上充滿了恐懼和嫌惡。

他停下抽打並緊盯著通風口，突然一聲我從沒聽過的恐怖慘叫打破了深夜的寂靜。那聲音愈來愈大，痛苦、恐懼和憤怒混雜在那嗓音嘶啞的駭人尖叫中。後來人們說，那叫聲把遠在村裡、甚至更遠處的教區牧師住宅中熟睡的人都嚇醒了。它令我們毛骨悚然，我站在那裡呆看著福爾摩斯，他也用相同的眼神看著我，直到最後一點回聲在寂靜中漸漸平息。

「這意味著什麼？」我喘著粗氣問。

「意味著一切都結束了，」福爾摩斯回答，「也許到頭來，這是最好的結果了。拿好你的手槍，我們到羅伊洛特醫生的房間去。」

他一臉嚴肅地點起燈，帶頭沿著廊道走過去。他敲了房門兩次，但裡頭沒有任何回應。接著他轉動門把，推開房門進去，我緊跟在他身後，握緊了扳起擊鐵的手槍。

入眼的是一幅奇異景象。桌上放著一盞遮光的油燈，遮光板拉開一半，將一道強光投在鐵製保險櫃上，櫃門半掩。在那張圓桌旁，格里姆斯比．羅伊洛特醫生坐在木椅上，穿著一件灰色的長晨袍，赤裸的腳踝由晨袍下襬伸出，腳踩在一雙紅色的土耳其無跟拖鞋裡，白天時引起我們注意的那條帶繩圈的狗鞭橫在他腿上。他的下巴向上翹起，雙眼恐懼而僵直地盯著天花板一角。繞著他額頭的是一條奇特的黃色帶子，上頭飾著褐色斑點，似乎緊緊纏在他頭上。在我們走進房間時，他沒有出聲，一動也不動。

「那條帶子！有花斑的帶子！」福爾摩斯悄聲道。

我向前邁出一步，一霎時，醫生奇怪的頭飾開始動起來，從他的髮間豎起一個蜷伏起來的菱形腦袋和鼓脹的頸子，一條惹人厭的毒蛇。

「這是沼地蝰蛇！」福爾摩斯叫道，「全印度最致命的蛇，他在被咬到後十秒內就死了。事實上，他這是惡有惡報，詭計多端的人最終落入自己為他人設下的陷阱中。我們先把這東西趕回牠的窩裡，然後把斯通納小姐轉移去安全的地方，再讓郡裡的警察知道發生了什麼事。」

他在說話的同時，迅速從死者腿上抄過狗鞭，把繩圈甩過去套住那爬蟲的脖子，把牠拽離那可怕的棲息地，在拎著牠的時候，他將手臂盡可能打直，並把牠扔進保險櫃裡，一把關上櫃門。

這就是斯托克莫蘭的格里姆斯比．羅伊洛特醫生死亡的真相。我沒有必要延長這個原本就太冗長的敘述，去講述我們如何把這不幸的消息告知那位被嚇壞的女孩；如何搭上早班火車送她到哈羅，由她那位好心的阿姨照料；以及警方又是如何在緩慢的調查過程後得出結論，即醫生是在與他危險的寵物玩耍時不慎被咬致死。至於這個案子還有些我沒弄清楚的地方，福爾摩斯在次日回程的路上向我解釋了。

「我曾有一度，」他說，「得出一個完全錯誤的結論，親愛的華生，這說明依賴不充分的資料推理總是那麼危險。吉普賽人的存在，以及那位可憐的女孩用了『帶子』一詞來解釋她在火柴光暈下匆匆一瞥的東西，這足以將我引向完全錯誤的線索。我在這其中唯一值得吹噓的一點，便是當我清楚意識到，無論住在房間裡的人遇到的危險是什麼，它都不是來自窗戶或房門時，我立刻重新考慮了我的論點。正如向你提過的，我的注意力很快就被通風口及那條垂掛到床上的鈴繩吸引，等我發現鈴繩是假的，而床又被牢牢固定在地板上時，立刻引起我的疑心，懷疑那條繩子是做為一道橋梁，好把某樣穿過通風口而來的東西引到床上，當下我就想到那可能是條蛇，加上我又得知醫生從印度運來一批動物，結合這兩件事來看，我應該是走對路了。使用任何化學測試都檢驗不出的毒物，這種想法也只有聰明、冷酷、受過東方式訓練的人才想得出來。從他的觀點來看，使用這種快速生效的毒藥也有十足好處，事實上，非得是個眼光銳利的驗屍官，才有可能分辨出那兩個毒牙穿刺的小黑洞。接著，我又想起那個口哨聲，他當然得在天亮前把蛇叫回去，以免被他打算謀害的人看到。他訓練那條蛇，讓牠可以一叫就回到他身邊，我們看到的牛奶可能就是用來訓練的。他會看準時機把牠放進通風口，確保牠會順著繩子爬過去並落在床上。牠可能會咬房間裡的人，也可能不會，也許有長達一週的時間，她每天晚上都倖免於難，但她早晚會淪為受害者。

「在進入他的房間之前，我差不多已有定論。透過檢查他的椅子，我得知他時常會站在那上頭，他當然得這麼做才搆得到通風口。當我看到保險櫃、那碟牛奶和結成環的鞭繩，但凡還存有任何疑慮，到此也都通通打消了。斯通納小姐聽到的金屬撞擊聲，顯然就是她繼父匆匆把可怕的房客關回保險箱裡造成的。一旦我確定了這一切，你知道我為了證明這件事會採取哪些步驟。我聽到那東西發出嘶嘶聲，而毫無疑問你也聽到了，我立刻點亮燈並狠打了牠。」

「結果把牠從通風口趕回去了。」

「而且還讓牠轉向等在另一頭的主人，我用手杖打牠的那幾下肯定讓牠很不好過，激起牠的攻擊性，因此牠咬了入眼的第一個人。如此說來，我無疑得為格里姆斯比・羅伊洛特醫生的死負起間接責任，只是這不會給我的良心帶來太大的譴責。」

CASE 9

工程師的大拇指

The Adventure of the Engineer's Thumb

在我們來往密切的那些年，那些交到我朋友夏洛克・福爾摩斯先生手中、由他解決的案件裡，只有兩件是我介紹給他的——哈瑟利先生大拇指的案子，和沃伯頓上校發瘋的案子。對敏銳又有獨到見解的旁觀者來說，後者更具有探究的空間，然而另一件案子以它如此離奇的開端與戲劇化的細節，似乎更值得被記錄下來，即便它沒有給我朋友太多機會，去施展那些讓他在過去取得非凡成就的演繹推理方法。有關這個故事，我相信，在報紙上已不止一次報導過，但就像所有這類的敘述方式，完整的故事僅由半欄的報導闡述，觸動人心的效果肯定不如將事實置於你眼前緩緩開展，每一個新發現都使人往完整的真相更進一步，直到謎團逐步釐清。在那當下，這件事留給我深刻的印象，即便事發至今已經兩年了，我也沒有分毫淡忘。

那是一八八九年夏天，我才剛結婚，現在要概述的這件事就發生在那時候，彼時我回到民間的醫療業務中，並終於把福爾摩斯留在貝克街的住處，不過我仍時不時會去拜訪他，偶爾甚至能說服他放棄狂放不羈的作風，到我們家做客。我的工作量穩步增加，又因住處正好離帕丁頓車站不遠，幾位車站員工便會到我這來看病。其中一位在我治好折磨他已久的頑疾後，從此不厭其煩地宣傳我的醫術，並竭盡所能把他影響得了的每一位病人都往我這裡送。

一天早上，快要七點的時候，我被女傭的敲門聲吵醒，她告訴我有兩個從帕丁頓車站過來的人，正在診間等候。我連忙披衣下樓，因為過往經驗告訴我，鐵路那邊的人絕少會為了瑣事上門求診。當我下來時，我那位列車長老友正走出診間，並緊緊帶上身後的門。

「我把他帶過來了，」他低聲說，用大拇指往肩後指了指。「他沒事。」

「怎麼回事？」我問，他的舉止簡直像是把一頭奇怪生物關進了我的診間。

「一個新病人，」他繼續壓低聲音說，「我該親自帶他過來，省得他溜走。他就在裡頭，一切安然無恙。我該走了，醫生，我還得值班呢，就像你一樣。」然後他便走了，這個值得信賴的介紹人，甚至沒有給我道謝的時間。

我走進診間，只見一位先生坐在桌邊。他穿著樸素的花呢西裝，將軟帽放在我的一疊書上。他的一隻手包紮著手帕，上面滿是斑斑血跡。他很年輕，在我看來不會超過二十五歲，一張臉堅毅而有男子氣概，但此刻顯得非常蒼白，給我的印象是一個遭受強烈痛苦的人，正用全部的意志力忍耐著。

「很抱歉一大早吵醒你，醫生，」他說，「但我在夜裡出了很嚴重的事故，我是坐今早的火車過來的，在帕丁頓車站打聽哪裡可以找到醫生時，一個值得尊敬的傢伙好心護送我到這裡來。我給了女傭一張名片，但我看她把它放在邊桌上。」

我拿起它看了一眼。維克托・哈瑟利先生，水力工程師，維多利亞街十六號A（四樓），就是這位一大早跑來的訪客姓名、工作和住所。「很抱歉讓你久等了，」我說，一邊坐進我的辦公椅。「看得出你整夜都耗在火車上，這事本來就很單調。」

「哦，我這一晚可不單調。」他說著便笑起來，放縱地大笑，聲調高而響亮，他向後靠著椅子，身子左搖右晃，醫生的本能告訴我不能放任他這樣下去。

「快停下來！」我叫道，「你冷靜一點！」我從玻璃水瓶倒了些水出來。

然而這一點也起不了作用，他歇斯底里的情緒整個迸發，性格堅強的人在經歷過一場大危機後往往都會如此。但他很快就冷靜下來，看起來極度疲憊而蒼白。

「這下子真是出糗了。」他喘著粗氣。

「一點也不，把這個喝了。」我往水裡兌了點白蘭地，他死白的臉開始回復了血色。

「這樣好多了！」他說，「現在，醫生，也許可以請你看看我的拇指，或者說看看我的拇指原本該在的地方。」

他解開手帕，把手伸給我看。一看到它，連我這樣神經久經鍛鍊的人都不寒而慄。只見那隻手上有四根伸出的手指，和一個駭人的、鮮紅色海綿狀斷面，就在大拇指曾經的位置，而那根指頭從根部被砍除或扯掉了。

「我的天！」我叫道，「這個傷勢非常嚴重，一定流了很多血。」

「沒錯，是流了不少血。事發當下我暈過去了，而且我肯定失去意識很長一段時間。當我醒過來時，發現傷口還在流血，我將手帕的一端緊緊纏住手腕，並用一小截細枝支托起它。」

「好極了！你應該要當個外科醫生的。」

「這是個水力學問題，瞧，這不就來到我的專業領域了。」

「造成這個傷口的，」我檢查著傷口說道，「是某個沉重而鋒利的器械。」

「切肉刀一類的東西。」他說。

「我猜是意外事故？」

「絕不是。」

「什麼！所以是蓄意攻擊？」

「確實，是非常兇狠的傷害。」

「你嚇壞我了。」

我用棉布吸乾傷口，清理乾淨，敷上藥，最後用脫脂棉和消毒繃帶包紮好。他躺著讓我處理傷口，沒有任何畏縮，只是時不時咬著嘴唇。

「現在覺得如何？」我在忙完這一切後問道。

「感覺好極了！多虧你的白蘭地和繃帶，我整個人都煥然一新。儘管現在很虛弱，但眼下還有許多事要處理。」

「你最好不要談論這件事，這顯然太折騰你的神經了。」

「哦，不，當然不是現在，我會去向警方述說我的遭遇，但是，實不相瞞，要不是有這個傷口做為有力的證據，他們才不會相信我呢，因為這件事實在太過離奇，我也沒有太多證據證明所言屬實。更何況，就算他們相信，我能給他們的線索也非常模糊，我很懷疑正義能否獲得伸張。」

「哈！」我叫起來，「如果你希望問題能從根本得到解決，我強烈建議你去找官廳警察之前，先去見見我的朋友福爾摩斯先生。」

「哦，我聽說過這個人，」我的訪客答道，「我將樂見他接受我的案子，當然我同時還是得去找官廳警察。你能介紹我過去嗎？」

「何止介紹，我這就親自帶你去見他。」

「太感謝了。」

「我們可以叫一輛出租馬車同去，也許還能及時趕上和他一起吃點早餐。這麼做你身體吃得消嗎？」

「可以，不把事情說出來，我是難以放寬心的。」

「那麼我請人去叫出租馬車，我馬上回來。」我奔上樓，向我妻子大概解釋一下。不出五分鐘，我已和新朋友一起坐在馬車裡，直奔貝克街。

福爾摩斯一如我所料，穿著晨袍在起居室懶散地倚著椅子，閱讀《泰晤士報》的人事廣告欄，抽著早餐前的菸斗，菸斗裡填著的是他前一天抽剩的焦菸絲，它們全都小心翼翼地晾乾並累積在壁爐架的一角。他安靜而友好地接待了我們，叫了剛起鍋的燻肉片和蛋，我們一同吃過這豐盛的一餐。用餐過後，他把我們的新朋友在沙發上安頓好，將一個枕頭塞在他的腦袋下，又在他手邊放了一杯兌水的白蘭地。

「不難看出你的經歷非比尋常，哈瑟利先生，」他說，「請別拘束，就這麼躺著。盡你所能告訴我們發生了什麼事，但只要累了就停下來，喝口酒振作一下精神。」

「謝謝你。」我的病人說，「但在醫生給我包紮後，我已經感到好得差不多了，而你這頓早餐又使整個治療更完美。我盡量不要占用你的寶貴時間，這就開始敘述我這段古怪的經歷。」

福爾摩斯坐進他那寬大的扶手椅中，一臉疲憊、眼皮沉重，掩蓋了他敏銳和急切的天性，我就坐在他對面，我們默默聽著訪客詳述那個奇怪的故事。

「你們要知道，」他說，「我是個孤兒，至今也沒結婚，一個人住在倫敦。說起職業，我是一名水力工程師，在格林威治著名的公司文納與馬西森當了七年的學徒，那段時間我積累了相當多經驗。兩年前，我的學徒期屆滿，剛巧可憐的父親去世，讓我繼承了一筆不小的遺產，於是決定自己開業，並在維多利亞街開設了辦公室。

「我想，每個人第一次獨立開業，都會發現這是個令人沮喪的經驗，對我來說更是如此。這兩年，我一共有過三次諮詢和一份小差事，這就是全部的工作，收入所得二十七英鎊十先令。每天從早上九點到下午四點，我在小房間裡等著，直到最後心情跌入谷底，我開始相信自己根本就不該出來開業。

「然而就在昨天，當我正想離開辦公室，我的辦事員進來說有一位先生正在外頭等著，希望與我談談工作，他帶來對方的名片，上頭印的名字是『萊桑德・史塔克上校』。上校本人也跟著進來了，他比中等身高略高，但身形極其瘦弱，我從未見過如此骨瘦如柴的人，整張臉被削尖似的只剩下鼻子和下巴，臉頰的皮膚緊繃在高顴骨上。然而，這種瘦削是天生的，並非疾病所致，因為他目光熠熠，步履輕快，舉止自信。穿著樸素但整潔，至於年紀，我判斷是在三十以上，可能將近四十。

「『哈瑟利先生？』他說，講話帶著德國口音。『有人向我推薦你，哈瑟利先生，聽說你不僅精通自身專業，而且行事謹慎，是能保守祕密的人。』

「我鞠了個躬，就像任何受到如此恭維的年輕人一般，感到受寵若驚。『可否請問一下，是哪位對我如此讚譽有加？』

「『嗯，或許現在不宜告訴你。我還從同一個人那兒得知，你既是孤兒也是單身漢，眼下在倫敦獨居。』

「『完全正確，』我回答，『但恕我冒昧地說，我看不出這些與我的專業能力有何關係，以我的了解，你是就專業上的事情希望與我談談的。』

「『毫無疑問。但你會發現，我要說的一切都圍繞著這一點。我有一件專業事務要委託你，但絕對保密是至關重要的，絕對的保密，你明白的。當然，我們更願意相信獨居的人能夠保密，多過相信一個與家人同住的人。』

「『如果我答應了要保密，』我說，『那你可以完全信任我。』

「在我說這話時，他嚴厲地看著我，我從未見過一個人的眼睛帶有這麼多猜忌和質疑。

「『所以你答應了？』他最後說道。

「『是的，我保證守密。』

「『事前、過程中和事後都保持絕對和完全的沉默？無論是口頭上或是文字上，絕不提及此事？』

「『我向你保證過了。』

「『非常好。』他猛地跳起來，像一道閃電般猛衝過房間，重重推開房門，外頭的過道並沒有人。

「『這樣就行了，』他在走回來時說道，『我知道職員有時會好奇他們雇主的事，現在我們可以放心談話了。』他把椅子往前拉，一直貼到了我跟前，又開始用那種質疑和思索的眼神盯著我。

「這個皮包骨的種種舉動古怪又有點可笑，讓我不由得打心底升起厭惡與近乎恐懼，即使擔心可能會失去這個客戶，我也難以制止自己面露不耐。

「『請說說究竟是什麼工作吧，先生，』我說，『我的時間很寶貴。』老天原諒我最後那句話，但我實在沒忍住。

「『一晚五十基尼[17]的工資，你可以接受嗎？』他問。

「『再好不過了。』

「『我說一個晚上，但其實就是一個小時左右。只是因為一台水力沖壓機出了毛病，想要徵詢你的意見，如果你告訴我們問題出在哪裡，我們很快就能自行修好。這樣的委託，你看怎樣？』

「『似乎是樁很輕鬆，報酬又優渥的差事。』

「『正是如此，我們希望你能在今晚坐末班火車過來。』

「『去哪裡？』

「『去伯克郡的艾福德，那是一個靠近牛津郡邊界的小地方，離雷丁不到七哩。有一班從帕丁頓車站發車的火車能在十一點十五分左右把你送往那裡。』

「『那好。』

「『我會駕馬車過去接你。』

「『所以還得坐馬車？』

「『是的，我們那個小地方偏遠得很，出了艾福德車站，還要走整整七哩的路。』

「『這麼說我們不可能趕在午夜前到達，我想到時候也不會有火車讓我搭回來，我將不得不在那裡過夜。』

「『是的，我們會為你準備簡易的床鋪，這再容易不過了。』

「『那樣對彼此都不自在，我就不能挑個更方便的時間過去？』

「『我們認為你最好還是晚上過來，對造成你所有不便的補償已經包含在我們付給你的費用中了，畢竟付給你這個不知名年輕人的費用，都夠請得起你這一行的頂尖人士了。當然，如果你打算拒絕，現在也還來得及。』

「我想到那五十基尼，以及它們對我多麼有用。『不是這樣的，』我說，『我很

17 Guinea：英格蘭王國及後來的大英帝國及聯合王國在一六六三年至一八一三年發行的貨幣。

樂意滿足你的要求，只是想對你交付的工作有更清楚的了解。』

「『確實，我們要求你對此保密，一定會引起你的好奇心。除非把事實攤在你眼前，不然我也不會把工作委託給你。我想，應該不會有誰在偷聽吧？』

「『絕對不會。』

「『那麼事情就是這樣。你可能聽過漂白土是一種很有價值的產品，以及全英國就一兩個地方有這東西？』

「『這我聽過。』

「『前些時候，我買了一小塊土地，非常小的土地，距離雷丁不到十哩。我非常幸運地發現，其中一塊土地有漂白土的礦床，然而在探勘過後，我發現這個礦床是相對小的一個，它連結著左右兩個大得多的礦床，但這兩個礦床都位在我鄰居的土地上，這些善良人對他們的土地裡藏著像金礦一樣值錢的東西渾然不知。自然地，為了我自身的利益，我得在他們發現自家土地有多值錢之前把他們的地買下來，但不幸的是，我沒有足夠資金做到這一點。為此我把這個祕密跟幾個朋友說了，他們建議我們先不要聲張地偷偷開採自己的小礦床，藉此賺足可以買下鄰居土地的錢。我們這麼做已經有一陣子了，為了有助於工作，我們裝設了一台水壓機，而正如我先前解釋過的，這台機器出了問題，我們希望你能在這個問題上給我們建議。然而，我們得謹慎保守這個祕密，一旦被得知有水力工程師來過我們的小房子，馬上就會引發人們的疑問，等到真相被發現，那就得向取得土地的機會和計畫的實行說聲再見了。這就是為什麼我需要你向我保證，你不會向任何人透露今晚要去艾福德的事。我希望已經把一切都解釋清楚了？』

「『我很清楚你的意思，』我說，『我唯一不太明白的一點是，水壓機對開採漂白土有什麼用處？據我所知，挖漂白土更像是從坑裡挖出礫石。』

「『啊！』他漫不經心地說，『我們自有一套辦法。把漂白土壓成磚塊，以便在轉移它們的同時不會洩露它們是什麼，但這不過是個細節而已。現在我已經把所有祕密都跟你說了，哈瑟利先生，並以此表示我有多信任你。』他說著站起身來。『那麼，我們十一點十五分在艾福德見。』

「『我一定會到。』

「『別跟任何人提起。』他最後又用那種質疑的目光打量我許久，然後用濕冷的手和我握了握，便匆匆離開了。

「嗯，等我冷靜下來回想這一切，正如你們可能會想到的，對這個突然委託給我的工作感到非常驚訝。一方面，我很當然高興，因為若要我為自己提供的服務定個價碼，他支付的費用大概是它的十倍，而且這個委託還可能帶來日後的生意。另一方面，我那客戶的模樣和舉止給了我很不愉快的印象，我認為他對漂白土的那一套說法不足以解釋讓我在午夜赴約的必要性，也解釋不了他為何極度焦慮、唯恐我向任何人提起這樁差事。然而，我把所有恐懼丟得一乾二淨，飽餐一頓過後，坐馬車去了帕丁頓車站，搭上火車出發，沿途遵守客戶給我的禁令，管好自己的嘴巴。

「在雷丁，我不僅要換車，還要換車站。然而，我及時趕上往艾福德的末班火車，在十一點後到達那個照明昏暗的小車站，我是唯一一個下車的乘客，除了一名昏昏欲睡的搬運工拎著一盞油燈外，月台上空無一人。然而，當我從閘口出來，發現早上認識的那個人已經在另一頭的陰影中等候。他一言不發地抓住我胳膊，匆匆帶我上了一輛車門敞開的馬車，他拉起兩邊的窗板，敲了敲馬車的木門，馬車便用最快的速度飛奔出去。」

「就一匹馬？」福爾摩斯插話問道。

「是的，只有一匹馬。」

「你有注意到馬的顏色嗎？」

「有，當我上車時，藉著馬車側邊的燈看到了，是栗色的馬。」

「看起來很累還是精神飽滿？」

「噢，很有精神，而且毛色油光水亮。」

「謝謝你，抱歉打斷了你，請繼續說下去，你的故事很有意思。」

「然後我們出發了，坐了至少一小時的車。萊桑德．史塔克上校曾說只有七哩的路程，但我總覺得，從我們趕路的速度以及所花的時間看來，這段路肯定將近十二哩。從頭到尾他一言不發地坐在我身邊，我不止一次往他那裡瞥，發現他總是以強烈的目光盯著我。那一帶的鄉村道路似乎不太好，因為一路上顛晃得要命。我往窗外看，試圖搞清楚究竟身在何處，但車窗是毛玻璃，除了偶爾有燈光掠過窗外時可以看見一團模糊光暈外，什麼也看不出來。我時不時找機會說一些話來打破旅程的單調，但上校只用單音節回答，使得談話很快就終止。接下來，顛簸的道路被堅硬平滑的礫石路取代，最後馬車停下來。萊桑德．史塔克上校跳下車，我跟在他後頭，他一把就把我拉進面前敞開的門廊。由於我們一下馬車就立即進了門，我甚至來不及匆匆一瞥眼前那棟房子。我才跨過門檻，門就在我們背後重重關上，我隱約聽見門外的馬車在駛離時，車輪發出的轆轆聲。

「屋內漆黑一片，上校摸索著找火柴，用幾乎聽不到的聲音嘀咕著什麼。突然，過道另一頭的一扇門打開了，一束長長的金黃色燈光朝我們這裡照來。隨著燈光變寬，一個女人手提著油燈出現在門口，她將油燈舉過頭頂，臉孔往前探看。看得出她很漂亮，從她深色衣裙反射燈光所呈現的光澤，我也知道那是奢華的衣料。她用外語說了幾句話，從語調聽起來是問了一個問題，而當我的同伴不耐地用單音節回答她時，她看起來非常震驚，險些把手裡的油燈摔在地上。史塔克上校湊近她，在她耳邊低聲說了些什麼，接著就把她推回她剛剛踏出的房間，他則拿過她的油燈走向我。

「『也許你願意在這個房間等幾分鐘。』他說著打開另一扇門，門後的房間安靜、狹小、布置樸素，房間中央有一張圓桌，幾本德文書散亂在桌上。史塔克上校把油燈放在門邊小風琴上。『我不會讓你等太久的。』他說著，便隱身進入黑暗中。

「我瞥一眼桌上的那些書，儘管完全不懂德語，但仍看得出其中兩本是科學相關的專著，其他則是詩集。接著我走到窗前，想說能否瞧瞧窗外的鄉村景色，但橡木護窗板被嚴密地拉起來，完全擋住整扇窗。整棟房子安靜得嚇人，除了一個舊時鐘在過道的某處滴答作響外，一片死寂。一種模糊的不安漸漸控制了我，這些德國人是誰？他們為什麼要住在這個陌生偏僻的地方？以及這裡到底是哪裡？它距離艾福德十哩左右，這就是我知道的一切了，但究竟是在它的北方、南方、東方或西方，我連一點頭緒都沒有。就這點判斷，雷丁或其他大城鎮可能都在這十哩半徑內，因此這裡其實可能沒那麼與世隔絕。然而四周全然的安靜，讓我十分確定此刻身在鄉間。我在房間裡踱步，低聲哼歌來讓自己打起精神，我就是為了賺那五十基尼而來的。

「突然，在全然的寂靜中，事先沒有任何動靜地，我這個房間的門被慢慢推開，剛才那個女人就站在門縫外，背後是一片漆黑的走廊，油燈昏黃的燈光照著她表情急切的美麗臉孔。我一眼就看出她驚恐不已，這幅景象也讓我同樣心驚。她豎起一根顫抖的手指，警告我別出聲，又壓低聲音對我說了幾句彆腳英語，她就像一匹被嚇壞的馬兒，匆匆回望著背後的暗處。

「『要是我就會走，』她說，在我看來是正極力冷靜下來說話。『是我就會走，是我就不待在這，這裡沒好事給你做。』

「『但是，女士，』我說，『我還沒做完來這裡要做的事，在我看到那台機器之前，我是不可能離開的。』

「『不值得你等，』她繼續說，『你可以從那扇門出去，沒有人攔你。』在看到我笑著搖搖頭後，她突然一改侷促的模樣，跨步向前，雙手緊緊交握著。『看在老天的分上！』她低聲說，『離開這裡，不然就太遲了！』

「但我天生有點固執，事情愈是遇上阻礙，我就愈要去做。我想到那五十基尼的酬勞，想到我一路舟車勞頓而來，以及想到橫在我眼前的似乎會是個不愉快的夜晚，這一切難道都要落空了嗎？為什麼我應該就這麼溜走，而沒有實現交付給我的委託，也沒有得到我應得的報酬？這個女人，就我所見的一切，很可能是個偏執狂。因此，儘管她的模樣給我的震驚程度超過了我願意承認的，但我仍意態堅決地搖搖頭，並言明打算留下來。她正要展開又一輪懇求時，樓上傳來重重的關門聲，接著是樓梯上不只一人的腳步聲。她細聽片刻，抬手做了個表示無望的手勢，就像她剛才突然出現一樣，無聲無息地消失了。

「進來的人是萊桑德・史塔克上校和一個矮胖的男人，栗鼠般的鬍子從他雙下巴的皺褶裡長出來，上校向我介紹他是弗格森先生。

「『他是我的祕書兼經理，』上校說，『順帶一提，我記得剛才出去時有把門關好的，我擔心你會被穿堂風吹得不舒服。』

「『正好相反，』我說，『是我自己開的門，因為我覺得這房間不太通風。』

「他又用那種懷疑的眼神看著我。『那麼，也許我們該繼續工作了。』他說，『弗格森先生和我這就帶你上去看那台機器。』

「『我想我最好戴上帽子。』

「『哦，不，它在屋子裡。』

「『什麼，你們在屋裡挖漂白土？』

「『不，不。這裡只是我們把土壓成磚的地方。但別管這些了，我們只需要你檢查機器，並告訴我們它出了什麼問題。』

「我們一起上樓，上校拎著油燈走在前面，胖子經理和我跟著他。那是棟迷宮般的老房子，有走廊、過道、狹窄盤繞的樓梯和低而小的門，在好幾代人的進進出出下，門檻都被踩凹了。地上沒鋪地毯，也沒有放置過傢俱的痕跡，牆上的灰泥都剝落了，透進來的濕氣形成了骯髒的綠色斑點。我試著表現出一副漠不關心的模樣，儘管我無視那位女士的警告，但我可沒忘記她說了什麼。我密切注意那兩名同伴，弗格森似乎是個陰鬱、話不多的人，我從他寥寥幾句話中聽得出，至少他是個英國人。

「萊桑德．史塔克上校終於在一扇低矮的門前停下腳步，他開了門鎖，門裡是個方形的小房間，小到無法讓我們三個同時待在裡頭，於是弗格森留在外面，由上校領我進去。

「『我們現在呢，』他說，『準確來說就在水壓機內部，如果有誰啟動了它，對我們來說將是一件特別不愉快的事。這個小房間的天花板實際上是下降活塞的底部，它下壓到金屬地板上的力量有好幾噸重，外面那些橫向的小水柱接收這樣的壓力後，會傳導並增強它，這些就是你熟悉的東西了。這台機器很容易運轉，但在運轉時有點僵硬，而且壓力好像減弱了些。也許能勞駕你好好檢查它，並讓我們知道如何修好它。』

「我從他手中接過油燈，非常徹底地檢查了那部機器。它確實很巨大，能夠產生巨人的壓力。然而，當我來到外頭壓下它的操縱桿，立刻從它發出的颼颼聲判斷出某處有輕微的漏氣，使得水會由側邊的一個汽缸回流。一番檢查後，我發現是圍繞著驅動杆前端的橡皮圈萎縮了，無法完全填滿驅動杆運轉的凹槽。這顯然就是壓力流失的原因，我向同伴們指出這一點，他們非常仔細地聆聽，並問了幾個關於要怎麼修好它的實際問題。在向他們解釋清楚後，我回到那部機器的主要房間裡，把它仔細看了一遍以滿足我的好奇心。只消一眼，我就知道那關於漂白土的故事根本是鬼扯，一台如此強力的機器被用作如此不適合的目的，真是見鬼了。房間的牆壁是木製的，但地板由一個大鐵槽組成，當我檢查它時，可以看見上面到處都是金屬沉積物，已經堆積成了一層硬殼。當我彎腰去刮那些東西、想看看它們究竟是什麼時，聽到有人用德語驚訝地嘀咕了一聲，抬頭就看到上校那死屍般的臉孔正俯視著我。

「『你在那裡做什麼？』他問。

「我為他精心編造了這麼一個故事來騙我感到惱怒。『在欣賞你的漂白土呢，』我說，『關於你的機器，要是我知道它的確切用途是什麼，我應該能向你提供更好的建議。』

「我話才出口，立刻就對自己的魯莽發言感到後悔了。他的臉孔變得冷峻，灰色眼睛現出惡毒的光芒。

「『很好，』他說，『這就讓你明白它是做什麼用的。』他後退了一步，猛然摔上那扇小門，接著轉動鎖孔中的鑰匙。我衝上前去拉門把，但它很牢固，任憑我怎麼踢它撞它都沒用。『喂！』我大喊大叫，『喂！上校！放我出去！』

「然後就在一片寂靜中，我突然聽到一個聲音，讓我的心臟一下子提到嗓子眼，那是壓下操縱桿的噹啷聲和洩漏的汽缸發出的咻咻聲。他啟動了這台機器。我剛才檢查鐵槽時放在地板上的油燈仍在原位，藉著它的燈光，我看到黑漆漆的天花板正往我身上壓下來，緩慢且時動時停，但沒人比我更清楚，它的力量足以在一分鐘內把我碾成一攤爛糊糊的肉泥。我尖叫著用身體撞門，用指甲摳門鎖。我苦苦哀求上校放我出去，但操縱桿無情的噹啷聲掩蓋了我的呼喊。天花板離我頭頂就一兩呎了，我舉手就能觸及它那堅硬粗糙的表面。接著，我腦海中閃過一個念頭，我死時遭受的痛苦很大程度取決於我死亡的姿勢，如果我面朝下趴著，那個重量會直接落在我的脊椎上，一想到那可怕的折斷聲，我不由得渾身顫抖。也許另一種姿勢會好過點；然而，我有那種膽量躺著，並眼睜睜看著那團致命的黑影慢慢落在我身上嗎？就在我已經站不直的時候，我無意間看到一樣東西，又令我心中湧起了希望。

「我曾說過，雖然地板和天花板是鐵做的，但牆壁是木頭的。當我慌忙環顧四周，看到兩片牆板之間透出細細一線黃光，隨著一小片鑲板被向後推去，黃光也變得愈來愈寬。在那一瞬，我簡直不敢相信這裡真有一扇救我遠離死亡的門。下一刻，我飛身撲了出去，半昏半醒地躺在外頭，那塊鑲板在我背後再度關上，但油燈被壓碎的聲音，以及隨即響起兩片金屬撞擊的哐啷聲，都說明我的死裡逃生有多驚險。

「有誰慌亂地拽起我的手腕，這驚醒了我，我發現自己躺在一條狹窄走廊的石地板上，一個女人俯身向我，她用左手拉著我，右手則拿著一支蠟燭。她就是那位給我警告的好朋友，而我卻蠢到拒絕了她的警告。

「『來！來！』她氣喘吁吁叫道，『他們一會兒就來，他們會看到你不在那哦，不要浪費這麼寶貴的時間，要快！』

「至少這一次，我不再忽視她的忠告。我搖搖晃晃站起來，尾隨她沿著走廊跑去，衝下一條盤繞的樓梯，樓梯直通另一條寬闊的過道，我們才剛踏上這條過道，就聽到奔跑的腳步聲和兩個人的喊叫聲，一個人和我們在同一層樓，另一個則在下面一層，兩人應答著對方。為我領路的人停下腳步左顧右盼，彷彿不知下一步該怎麼辦。然後她推開一扇門，門後是一間臥室，明亮的月光透過臥室窗戶照進來。

「『這是你唯一的機會，』她說，『它高，但你也許能跳下去。』

「在她這麼說時，過道另一端的盡頭亮起了一點光，躍入我的視野，我看到萊桑德．史塔克上校精瘦的身形朝我衝過來，他一手提著油燈，另一手拎著某種類似屠刀的武器。我奔過臥室，猛力推開窗戶向外看去。月光下的花園看上去是那麼地靜謐、愜意且生氣勃勃，就在下方離我不到三十呎的地方。我爬上窗台，但在確定我的救命恩人和追殺我的暴徒之間會發生什麼事前，我都猶豫著無法跳下去。如果他會為此折磨她，那麼無論冒著多大的險，我都要回頭去幫助她。這想法才剛閃過我的腦海，上校已經來到門口，他一把推開她進來，但她雙臂環抱著他，竭力想拖住他。

「『德國佬！德國佬！』她用英語喊道，『記得你上次答應的，你說不會再有了。他不會說的！噢，他不會說的！』

「『你瘋了，伊莉絲！』他叫嚷，掙扎著想甩開她。『你會毀了我們所有人的，他看到太多東西了，讓我過去！』他把她甩到一邊去，衝到窗邊來，用他沉重的武器朝我砍來。此時我整個人已經掛在窗外，靠雙手抓著窗檯，當他一刀砍下，我感到一陣鈍痛，再也無力抓握，跌進下面的花園裡。

「我飽受驚嚇，但好在沒摔傷，於是一躍而起，拚命往灌木叢裡衝，因為我明白離脫險還很遙遠。然而就在我奔跑時，突然間，極度的眩暈與噁心感猝然襲向我，我低頭瞥了一眼猛烈抽痛的手，這才發現我的拇指被砍掉了，傷口的血如泉湧。我盡力用手帕綑紮著傷口，但突然一陣耳鳴，緊接著我就一頭栽進玫瑰花叢中，昏死過去。

「我不曉得昏過去多久，但肯定有很長一段時間，因為當我清醒過來時，月亮已經落下，正是破曉時分。我的衣服被露水浸得濕透，外套袖子也沾滿大拇指傷處流出的血，傷口的劇痛使我瞬間回想起這場深夜遇險的所有細節，我一躍而起，唯恐自己還沒從那些人的追捕中脫身。但讓我驚訝的是，當我環顧四周時，既沒看到那棟房子，也不見那座花園，我一直躺在公路旁的樹籬邊角，再過去一點的地方有一棟長形建築物，當我走近一看，那就是我前一晚下車的車站。要不是我手上那道醜陋的傷口，過去那恐怖的幾個小時對我來說更像一場噩夢。

「我半昏半醒地走進車站，詢問早班火車的時間，得知不到一個小時就會有一班車開往雷丁。我發現值班的搬運工仍是同一人，就是我到達時遇到的那一位。我問他是否知道萊桑德·史塔克上校這個人，他表示沒聽過這個名字。問他昨晚有沒有看到一輛馬車在等我？不，他說沒有。又問他這附近有警察局嗎？大概三哩外有一個。

「我當時虛弱又痛苦，要走這樣的距離對我來說實在太遠，我決定等回到城裡再報警。剛過六點，我就回到了倫敦，因此先去包紮傷口，然後醫生很好心地帶我過來。我把案子交給你了，並會完全按照你所建議的去做。」

聽完這非比尋常的敘述，我們沉默地坐了好一會兒。接著，福爾摩斯從書架上那些厚重的備忘書籍抽出其中一本，那是他蒐羅剪報用的。

「你們應該會對這則廣告有興趣，」他說，「大約一年前，它在所有報紙上都有刊登，聽聽這個：

耶利米・海林先生，現年二十六歲，是一名水力工程師，於本月九號失蹤。他在晚間十點從住處離開，之後便下落不明。失蹤時身穿……

等等，等等，哈！我想這就是上校上一回要對他的機器進行大修的時候。」

「我的天！」我的病人叫起來，「這就能解釋那位女士所說的一切了。」

「無疑地，上校是個冷酷的亡命之徒，他絕不讓任何人妨礙他的小小勾當，他就是個十足的海盜，不會在洗劫過的船上留下任何活口。好了，現在每一分鐘都很寶貴，如果你覺得還撐得住，我們現在就去蘇格蘭場，為動身前往艾福德做些準備。」

大約三個小時後，我們都上了火車，從雷丁前往那個伯克郡的小村莊。一行人有夏洛克・福爾摩斯、那名水力工程師、蘇格蘭場的布拉德斯特里特巡官、一名便衣刑警，還有我。布拉德斯特里特在座位上攤開一張地形測量局的該郡地圖，他正忙著用圓規以艾福德為中心畫了一個圓。

「就是這樣，」他說，「這個圓圈是以村莊為中心、十哩為半徑畫的。我們要找的地方一定很接近這條邊線。我記得你說的是十哩，先生。」

「馬車跑了整整一個小時。」

「你認為當你暈過去後，他們也是跑了這麼遠送你回來？」

「肯定是這樣的。我也模模糊糊地記得，被抬起來並運送到某個地方。」

「我不明白的是，」我說，「當他們發現你在花園裡昏倒時，為什麼要放過你，也許是惡棍在那個女人的求情下心軟了。」

「我不這麼認為，我這輩子還沒見過誰的長相比他更凶殘。」

「哦，我們很快就會搞清楚這一切了。」布拉德斯特里特說，「好，我已經把圈子畫好了，現在我只想知道要找的那夥人會在哪一個點。」

「我可以直接指出來。」福爾摩斯平靜地說。

「真的，現在！」巡官叫道，「你已經有定論了！那麼來吧，我們就來看看誰的看法和你一樣。我說它在南邊，因為那一帶的鄉村比較荒涼。」

「我說在東邊。」我的病人說。

「我認為是西邊，」那名便衣刑警說，「那裡有幾處安靜的小村莊。」

「我想是北邊，」我說，「因為那裡沒有山丘，我們的朋友說他沒注意到馬車有走過上坡。」

「好吧，」巡官笑著喊道，「這下意見徹底不同了，我們簡直像把指南針放到中間。那麼你要把票投給誰呢？」

「你們全都錯了。」

「但我們不可能全都錯了。」

「哦，沒錯，你們全都錯了。這是我說的那一點。」他把手指放在圓圈的中心。「這就是我們能找到他們的地方。」

「但那十二哩的車程？」哈瑟利氣喘吁吁道。

「去程六哩，回程六哩，沒有比這更簡單的了。你也說過，在你坐上馬車時，看到拉車的馬精神飽滿且毛色亮麗，如果牠先前已經在不好走的路上跋涉了十二哩，怎麼可能還是那副模樣？」

「的確，這看起來就是一個詭計，」布拉德斯特里特若有所思道，「當然，這幫人是什麼本性就毫無疑問了。」

「正是如此，」福爾摩斯說，「他們大規模鑄造偽幣，那台機器正是用來製造汞合金好混充銀。」

「有個狡猾的匪幫在幹這種勾當，我們已經得知此事好一陣子了。」巡官說，「他們製造了上千半克朗硬幣，我們甚至已經追蹤他們到了雷丁，但無法再繼續追捕下去了，因為他們掩飾蹤跡的方法顯示他們已是這一行的老手。但現在，多虧這個良機，我想他們已經逃不掉了。」

但巡官錯了，因為那群罪犯注定不會被交給正義裁決。當我們的火車駛進艾福德車站，只見一道巨大的煙柱從附近的一小叢樹木後面湧出，就像籠罩在田園風光之上的一大片鴕鳥羽毛。

「附近有房子失火了？」布拉德斯特里特問道，此時我們搭乘的火車正駛出車站。

「是的，先生！」站長答道。

「什麼時候起火的？」

「聽說在夜間，先生，情況愈來愈糟了，現在整個地方一片火海。」

「那棟房子是誰的？」

「是比徹醫生的。」

「告訴我，」工程師插話問道，「比徹醫生是不是德國人，非常瘦，有個很長很尖的鼻子？」

站長放聲大笑起來。「不，先生，比徹醫生是英國人，這個教區裡沒有誰比他穿得更講究了，但有一位紳士住在他那裡，據我所知是一位病人，他是個外國人，看他那副模樣，多吃點伯克郡牛肉對他準沒害處。」

站長話還沒說完，我們全都一股腦往起火方向衝去。這條路通往一座小山丘頂部，在我們眼前的是一棟占地寬廣、粉刷過的建築物，此刻，它的每一道裂縫和每一扇窗戶都噴出烈焰，屋前的花園裡，三輛消防車正努力但徒勞地想把火勢控制下來。

「就是這裡！」哈瑟利萬般激動地叫道，「是那條礫石路，那裡是我躺過的玫瑰叢，我就是從上面第二扇窗戶跳下去的。」

「好吧，至少，」福爾摩斯說，「你也成功報復了他們。毫無疑問，是你的油燈造成這一切，它被水壓機碾碎的同時，也引燃了周圍的木造牆壁，而同樣毫無疑問地，他們顧著對你瘋狂追殺且沒能及時發現。現在，睜大眼睛仔細看看這些人群，看看你昨晚的朋友們是不是混在裡頭，恐怕他們已經逃到百哩之遙了。」

福爾摩斯的擔憂成真，因為從那天以後，不論是那個美麗女子、邪惡的德國人或陰鬱的英國人，再也沒有人聽過有關他們的任何消息。當天一早，一個農夫遇到一輛馬車，上面載著幾個人和一些沉重的大箱子，他們駕著車往雷丁的方向疾駛而去，但這些逃犯的蹤跡就到此為止了，連福爾摩斯的聰明才智也沒能找到一絲一毫關於他們下落的線索。

那棟房子內部奇怪的布置讓消防員們都看傻了眼，等他們在三樓窗台上發現一截才剛被切下來的人類手指頭，就更不安了。約莫到了日落時分，他們的努力終於沒白費，成功撲滅了火，但屋頂在大火下坍塌，讓整棟房子徹底化作廢墟，除了一些扭曲的汽缸和鐵管外，那台讓我們這個不幸的朋友付出沉重代價的機器沒留下丁點痕跡。

大量鎳和錫被發現儲存在外圍一間小屋內，但沒有找到任何硬幣，這或許能解釋為何會有前述那些笨重的箱子。

要不是鬆軟的泥土留下痕跡，清楚說明整個事發經過，我們的水力工程師如何被從花園運送到他恢復意識的地方，可能就要永遠成謎了。他顯然是被兩個人一起抬過去的，其中一人的腳很小，另一人的腳卻大得異常。總的來說，那位沉默的英國人可能不如他的同伴那麼膽大包天，也不那麼凶惡，是他幫那女人將昏迷中的工程師抬離了危險。

「唉，」當我們坐在返回倫敦的火車上，工程師懊惱地說：「這真是天降橫禍！我丟了大拇指，還拿不到那五十基尼的報酬，而我又得到了什麼？」

「經驗，」福爾摩斯笑起來，「或許它的價值不那麼直接，要知道，只要這件事傳出去，在你將來的生涯中，你的公司都能獲得很好的聲譽。」

CASE 10

單身貴族奇案

The Adventure of the Noble Bachelor

聖西蒙勳爵的婚姻及其奇怪的結局，早已不再是與這位不幸的新郎往來的那些上流社會人士感興趣的話題。新的醜聞使它黯然失色，它們的細節更加刺激有趣，使流言蜚語遠離了這樁四年前的戲劇性事件。然而，我有理由相信，這件事完整的真相從未向大眾公開，而且我的朋友夏洛克．福爾摩斯在澄清此事方面有不小的功勞，我覺得若不對這不尋常的事件稍加敘述，對他的事蹟紀錄就不能算是完整的。

那是在我自己婚禮的前幾週，彼時我還與福爾摩斯同住在貝克街。某天，他自午後散步回來，發現桌上有一封信。那天，我鎮日待在屋裡，因為突然下起了雨，加上秋日的強風，使得我的一條胳膊持續隱隱作痛，那裡面還留著那顆捷則爾火槍子彈，做為我從阿富汗戰役帶回來的紀念品。我躺在一張安樂椅上，腿擱在另一張椅子上，自己則裹在一大堆報紙中，直到滿腦子都是今天的新聞，才把它們全扔到一邊去，無精打采地躺在那裡，看著桌上的信封那巨大的徽章和花押字，並懶洋洋地猜想是哪位貴族寫了這封信給我朋友。

「你有一封非常時髦的信，」我在他進屋時說道，「如果我沒記錯的話，你早上的信是來自一名魚販，和一名海關稽查員。」

「是的，我的信件確實多樣而迷人，」他笑著回答，「而愈是身分低下的寄信人，信件往往愈有趣。這看起來像是那一類不受歡迎的社交傳訊，要嘛一個人不是感到無聊，就是得說謊。」

他拆開信封，瞥了一眼內容。

「哦，瞧瞧，也許到頭來這會是個有意思的事件呢。」

「所以不是社交信件了？」

「不，明顯是工作上的事。」

「來自一位貴族的客戶？」

「英國地位最高的貴族之一。」

「親愛的老友，真是恭喜你了。」

「我向你保證，華生，一點也不假，客戶的地位對我而言，遠不如他的案件是否有趣來得重要。然而，在這樁新案件的調查中，他的身分也許是不可少的因素。你最近一直勤於看報，是吧？」

「看起來是，」我慘兮兮地說，指著角落裡的一大捆報紙。「我沒有其他事可做。」

「那很幸運，也許你能告訴我一些新消息。除了犯罪新聞和人事廣告欄，尤其後者總是最具啟發性的，報上的其餘東西我一律不看。不過，若你如此密切關注近來發生的事，那你一定讀過關於聖西蒙勳爵和他結婚的消息？」

「哦，沒錯，我是滿懷興趣讀到的。」

「那好。我手中的這封信正是聖西蒙勳爵寄來的，我會讀給你聽，作為回報，你得為我把報上關於此事的消息全翻出來。他在信上這麼說：

親愛的夏洛克・福爾摩斯先生：

巴克沃特勳爵告訴我，可以完全信任你的判斷和決定。因此，我決定去拜訪你，並就一件非常折磨人、與我的婚禮相關的事向你請教。蘇格蘭場的雷斯垂德先生已經接手調查此事，但他向我保證，他不反對與你合作，甚至認為這麼做可能會有所助益。我會在下午四點前去拜訪，如果你在這段時間有其他會面，希望你能將之推遲，因為這件事至關重要。

你忠實的聖西蒙

「這封信寄自格羅夫納宅第，是用鵝毛筆[18]寫的，尊貴的勳爵在寫信時，不慎讓他的右手小指外側沾到了墨水。」福爾摩斯邊疊起信紙邊說。

「他說了四點要過來，現在已經三點了，他會在一個小時內出現。」

「那麼在你的幫助下，我正好有這個時間來釐清問題。你去翻報紙，把有關的訊息摘錄出來並按日期排好，同時我來看看這位客戶是何許人物。」他從壁爐架旁成排的參考書目中挑出一本紅色封皮的書。「在這裡，」他說著坐下來，把書平攤在膝蓋上。「羅伯特．沃辛漢．德維爾．聖西蒙勳爵，巴爾莫勒爾公爵的次子。哼！紋章是蔚藍色，黑色中帶上三個鐵蒺藜[19]。一八四六年出生，現年四十一歲，這年紀以結婚來說夠成熟了。曾在上一任政府中擔任殖民地事務副大臣，他的公爵父親則擔任過外交大臣。他們是金雀花王朝的直系後裔，母系則出自都鐸王朝。哈！好吧，這一切其實都沒什麼啟發性，我得向你求助了，華生，我需要更確實的訊息。」

「要找到這些東西沒太大困難，」我說，「因為事情才剛發生而已，又給了我很深的印象。但我不太敢向你提這些，因為我知道你手頭上有案子正在調查，你向來不喜歡被其他事情干擾。」

「哦，你說的是格羅夫納廣場家具搬運車的小問題，那件事已經搞清楚了，儘管事實打從一開始就挺明顯的。請告訴我你在報紙上找到的結果。」

18 傳統鵝毛筆是用翎管當做筆尖，筆管本身不留羽毛，因為在書寫時羽毛會造成阻力，所以通常都會削除。

19 形狀四角分叉，置於地上時其中一角自然向上，也因狀似雞爪，又稱雞爪釘。

「這是我能找到的第一條啟事，登在《晨報》的人事要聞欄，日期的話，你瞧，是在幾週前：

（據說）巴爾莫勒爾公爵的次子羅伯特．聖西蒙勳爵，與美國加州舊金山的阿洛伊修斯．多蘭的獨生女海蒂．多蘭小姐，兩人的婚事已安排妥當，若傳言屬實，婚禮即將舉行。

就這樣而已。」

「簡明扼要。」福爾摩斯說，將他那瘦長的雙腿伸向爐火。

「同一週內的一份社會新聞對此事有進一步的報導。啊，在這裡：

看起來很快就會有針對婚姻市場實施保護政策的呼籲了，因為目前的自由貿易原則似乎極度不利於我們的自家產品，大不列顛貴族家庭的權位接二連三落入我們來自大西洋彼岸的美麗表親手中。上週，這些迷人的入侵者又在戰利品清單添上一筆輝煌戰績。聖西蒙勳爵二十多年來一直抗拒著愛神之箭，如今篤定地宣布將與加州百萬富翁迷人的女兒海蒂．多蘭小姐結婚。多蘭小姐以綽約之姿與驚豔之貌，在韋斯特伯里莊園的節慶活動中引起了人們極大關注，身為一位獨生女，據悉她的嫁妝將遠超過六位數之上，並在可預見的未來還會增加。由於在過去幾年間，巴爾莫勒爾公爵被迫出售收藏的畫作，這已是公開的祕密，而聖西蒙勳爵除了伯奇摩爾的小莊園外，名下並無其他財產，因此很顯然地，這位通過聯姻從共和黨黨員躍身為英國貴族夫人的加州女繼承人，並非這場婚姻的唯一獲益者。」

「還有別的嗎？」福爾摩斯打著呵欠問。

「哦，是的，多得是，接著是《晨報》的一則簡短報導，說婚禮一切從簡，將在漢諾威廣場的聖喬治教堂舉行，屆時將只邀請六位密友出席，在婚禮後，新婚夫婦與親友將回到阿洛伊修斯·多蘭先生在蘭開斯特門已布置完成的住所。兩天後，也就是上週三，又有一則簡單的聲明，表示婚禮已經舉行，新婚夫婦將於巴克沃特勳爵在彼得斯菲爾德附近的宅邸度蜜月。這些就是在新娘失蹤之前的全部報導了。」

「在什麼之前？」福爾摩斯愕然問。

「在那位女士失蹤前。」

「那她是什麼時候失蹤的？」

「就在婚禮後的早餐會上。」

「確實，這比想像的有意思得多，事實上，可算是相當戲劇性。」

「是的，就是因為有點脫離常軌了，我才會注意到這件事。」

「新娘失蹤這種事，要不就發生在結婚儀式前，偶爾也會在蜜月期間，但我不記得有哪次像這樣在婚禮後立刻失蹤的。請告訴我細節。」

「我話先說在前頭，這些細節很不完整。」

「也許我們可以讓它完整一些。」

「就像這個，這是刊登在昨天早報上的，我來讀給你聽。它的標題是『上流社會婚禮的離奇事件』：

發生在羅伯特・聖西蒙勳爵婚禮上古怪而令人難堪的事件，使這一家人陷入手足無措。這場婚禮，正如昨天報上簡短宣布的，已在前天早上舉行；但直到今日，那些一直不斷流傳的奇怪謠言方才得到證實。儘管參與其中的親友一直在試圖壓下此事，但眼看已經引起公眾高度關注，對此事避而不談不再有任何幫助。

婚禮在漢諾威廣場的聖喬治教堂舉行，全程低調避免引人注目，出席婚禮的僅有新娘的父親阿洛伊修斯・多蘭先生、巴爾莫勒爾公爵、巴克沃特勳爵、尤斯塔斯勳爵和克拉拉・聖西蒙小姐（新郎的弟弟和妹妹）和艾麗西亞・惠廷頓夫人。婚禮結束後，所有人前往阿洛伊修斯・多蘭先生位在蘭開斯特門的住所，在那裡已經準備好了早餐。當時似乎有一位婦女引起了一些騷動，此人姓名未知，她試圖尾隨新娘一行人強行進入屋內，自稱有求於聖西蒙勳爵。唯在一連串費時費力的糾纏後，她已被管家和傭人驅離，所幸新娘在這不愉快的干擾前已進屋，並和其他人一起坐下共進早餐，這時她突感不適離席，並回到房間，由於她久未回座引起一些議論，她父親於是上樓查看，卻從女傭那裡得知，她回到房間不久，便拿了長大衣和女裝帽，匆匆下樓到過道去了。其中一名傭人宣稱看到一位女士穿著上述服裝離開房子，但不相信那是女主人，認為她當時應該與賓客們在一起。阿洛伊修斯・多蘭先生在確定女兒失蹤後，與新郎立刻報警，警方隨即展開積極調查，本以為能夠迅速釐清這樁離奇的事件，然而直到昨天深夜為止，失蹤女士依然下落不明。有謠言指出此事涉及不法，據說警方逮捕了早先造成騷動的婦女，她被認為出於嫉妒或其他動機，可能與新娘的離奇失蹤相關。」

「就這些了？」

「只有另一份早報上有一小段報導，不過它相當具有啟發性。」

「指的是……」

「弗蘿拉．米勒小姐，就是那位引起騷亂的女士，實際上已經被捕了。看來她以前是阿利格羅的芭蕾舞者，而且已經認識新郎多年。其他就沒有進一步細節了，現在這個案子公布於媒體的部分，已經完完整整在你手上了。」

「看起來會是一起非常有趣的案子，說什麼我也不想錯過它。現在門鈴響了，華生，時間剛過四點沒多久，毫無疑問是我們尊貴的客戶來了。別滿腦子想走，華生，我非常想要有個見證人，就算只是為了確認我的記憶也好。」

「羅伯特．聖西蒙勳爵。」我們的傭人推門進來宣告，一位紳士隨即步入，他相貌宜人，教養良好，有著高挺鼻子與蒼白的臉孔，嘴角隱約透著怒意，沉穩而大睜的眼睛表明他是擅長命令及讓他人服從的那類人。他的舉止輕快優雅，但整體給人一種與年齡不相襯的印象，走起路來有些駝背，膝蓋微微彎曲。頭髮也是，當他脫下帽緣高高捲起的帽子時，露出一圈灰白色、髮量稀疏的頭髮。至於他的穿著則非常講究，近乎紈絝子弟的模樣，高高的領口、黑色的禮服大衣、白背心、黃手套、漆皮鞋和淺色綁腿。他緩步走進房間，轉著頭從左到右掃視著，繫在金邊眼鏡上的細鍊在手中擺盪。

「日安，聖西蒙勳爵，」福爾摩斯說，站起來鞠躬。「請坐那張柳條椅。這位是我的朋友兼同事，華生醫生，請稍微往爐火處挪一挪，我們來好好討論一下這件事。」

「你應該很容易想像，這事對我來說痛苦至極，福爾摩斯先生，它深深傷到了我。我知道你已經處理過一些這類需要小心翼翼的案件，先生，不過我猜那些委託人不是來自我這樣的社會階層。」

「的確不是，真是每況愈下了。」

「我請求你再說一遍。」

「上一位找我處理這類案子的客戶是位國王。」

「哦，真的！真想不到，是哪一位國王？」

「斯堪的納維亞國王。」

「什麼！他妻子也失蹤了嗎？」

「你一定能夠理解，」福爾摩斯溫和地說，「我得對其他客戶的事保密，就像我也承諾會對你的事完全保密一樣。」

「當然！非常正確！非常正確！請見諒。至於我這件事，我已經準備好要說出有助你做出見解的任何信息了。」

「謝謝你，我已經看完報上的所有報導，除此也沒有其他資料了。我應該能把這些報導都看作實情，例如這篇，有關新娘失蹤的報導。」

聖西蒙勳爵大略看了一遍。「是的，到目前為止都是正確的。」

「但在任何人能下定論之前，還需要補充大量的細節，要得到我需要的真相，直接問你是最快的。」

「請儘管問吧。」

「你第一次見到海蒂·多蘭小姐是什麼時候？」

「一年前，在舊金山遇到的。」

「當時你是去美國旅行嗎？」

「是的。」

「你們那時就訂婚了？」

「沒有。」

「但你們相處得很愉快？」

「我很享受和她往來，而她也看得出這一點。」

「她父親很有錢嗎？」

「他被稱作太平洋沿岸最富有的人。」

「他是怎麼致富的？」

「開礦。幾年前他還一無所有，後來挖到金礦，並投資下去，很快就發財了。」

「現在，說說你對這位年輕女士，也就是你妻子的性格有什麼印象？」

這位貴族頻頻擺弄著手上的眼鏡，目光向下凝視著爐火。「你知道，福爾摩斯先生，」他說，「我妻子在她父親暴富之前，已經二十歲了。在那之前，她可以自由進出採礦營地，或在山林裡遊蕩，與其說她的教育來自學校，倒更像是來自大自然，她就是我們英國人口中的野丫頭，個性剛烈，舉止粗野且無拘無束，不受任何傳統禮教約束。她很浮躁，要我直說的話，幾乎可以算得上是脾氣暴躁，她做決定向來非常果決，並無所畏懼地執行。另一方面，要不是考慮到她本質上仍是一名高貴的女性，」他莊嚴地咳了一聲，「我也不可能給予她我有幸擁有的姓氏。我相信，她是能夠做出英勇的犧牲，並厭棄一切不名譽之事。」

「你有她的照片嗎？」

「我帶了這個來。」他打開一個吊墜盒，給我們看一個非常可愛的女人正面肖像。它是象牙小畫像而非照片，畫家將她光澤的黑髮、大而黑的眼睛和小巧的嘴型描繪得很傳神。福爾摩斯認真端詳了許久，才闔上吊墜盒，交還給聖西蒙勳爵。

「後來，這位年輕女士來到倫敦，你們又開始往來？」

「是的，她父親帶著她來參加最近一次的倫敦社交季。我們見過幾次面，然後訂了婚，現在則正式結婚。」

「據我所知，她帶來非常可觀的嫁妝？」
「很合理的嫁妝，不超過我家族的常態。」
「這份嫁妝理所當然歸你所有，畢竟你們的婚姻已是既成事實？」
「我並沒有針對這個問題去探詢任何人。」
「當然。你在婚禮前一天見過多蘭小姐嗎？」
「有的。」
「她精神還好吧？」
「不能再更好，她一直談論著將來的生活，說我們可以做些什麼。」
「真的！那就有趣了。那麼婚禮當天早上呢？」
「她再開心不過了，至少在婚禮結束前都是如此。」
「所以在那之後，你有觀察到她的任何變化？」
「唔，老實說，那是我第一次看到這種狀況，在此之前從沒見過，她的脾氣未免激烈了點。但這起意外太瑣碎了，跟整件事無關，更不可能有任何影響。」
「就算這樣，還是請你告訴我們。」
「噢，說起來實在孩子氣。就在我們走向存放祭衣和聖器的儲藏室時，她手上的捧花掉了，當時她正經過教堂的前排座位，捧花就掉在座位裡。這事耽擱了一會兒，但座位上那位紳士撿起了捧花並遞還給她，看起來捧花也沒因為掉落而受到損傷。然而，當我和她談起此事，她回應的語氣很不客氣；更荒謬的是，在我們回程的馬車上，她似乎對這微不足道的事非常焦慮。」

「原來如此！你說前排座位坐著一位紳士，所以當時還有一般群眾在場了？」

「哦，是的，教堂是對外開放的，總不能將他們都趕出去。」

「這位紳士會不會是你妻子的朋友？」

「不，不，我稱他為紳士完全是基於禮貌，實際上他就是一個看起來極其普通的人，普通到我不會去注意他的外表。不過說實話，我覺得我們已經嚴重離題了。」

「聖西蒙夫人從婚禮上回來時，心情不如她參加婚禮時那麼愉快，那麼，當她回到她父親的住處後，做了些什麼？」

「我看到她正在和女傭交談。」

「她的女傭是誰？」

「名叫愛麗絲，美國人，從加州跟著過來的。」

「一名親近的傭人？」

「有點親近過了頭，在我看來，女主人給了她很大的自由。不過當然了，在美國，人們看待這類事情的方式大不相同。」

「她們談了多久？」

「哦，就幾分鐘而已，當時我還有別的事要操心。」

「所以你沒聽到她們的交談內容？」

「聖西蒙夫人說了『爭權奪利』之類的話，她習慣使用這樣的俚語，我完全不懂是什麼意思。」

「美國俚語有時在表達上是很準確的，你妻子和女傭談完後又做了什麼？」

「她到早餐室去了。」

「挽著你的胳膊去的？」

「不，她一個人，這一類小事情她是很獨立的。接著，我們才坐下來十分鐘左右，她便匆忙站起來，嘴裡嘀咕著些道歉的話，然後離開房間，就再也沒有回來。」

「但這位女傭愛麗絲，據我所知，事後作證聖西蒙夫人回到她的房間，用長外衣蓋住新娘禮服，戴上女裝帽後就外出了。」

「正是。稍後有人看到她偕同弗蘿拉．米勒走進海德公園，就是那位現在被拘留的女子，此人當天早上在多蘭先生的住處引起了騷動。」

「啊，沒錯，我希望能得到關於這位年輕女士，以及你和她的關係等等一些細節。」

聖西蒙勳爵聳了聳肩膀，揚起眉毛。「我們來往已經許多年了，我得說那是一種比較親近的來往。她曾經在阿利格羅擔任舞者，我並沒有苛待她，她對我也沒什麼好抱怨的，但你知道女人就是這樣，福爾摩斯先生，弗蘿拉是個可愛的小東西，但生性非常魯莽，對我又是一心一意迷戀。當她聽說我要結婚了，曾寫了一些很嚇人的信過來。還有，我就實話實說了，我之所以那麼低調地舉行婚禮，就是怕萬一她跑去把場面鬧得很難堪。那天，我們剛回到多蘭先生的住所，她就出現在門口，極力想要闖進屋內，口出惡言辱罵我妻子，甚至還威脅我妻子，但我早猜到她可能會這麼做，事先請了兩位便衣警察過來，他們很快就把她趕出去了，當她意識到大吵大鬧對事情沒什麼幫助，也就安靜下來了。」

「你妻子有聽到這一切嗎？」

「不，謝天謝地，她沒聽到。」

「但在那之後，有人看到她和這個女人走在一起？」

「是的，這也是為何蘇格蘭場的雷斯垂德先生把這件事看得如此嚴重，他認為弗蘿拉把我妻子誘騙出去，並讓她步入可怕的陷阱中。」

「嗯，這是個可能的假設。」

「你也這麼認為嗎？」

「我沒說是這樣，但你不認為這很有可能嗎？」

「我認為弗蘿拉連一隻蒼蠅都不會傷害。」

「儘管如此，嫉妒會奇妙地改變一個人的性格，請說說對於發生的這一切，你自己是怎麼看的？」

「噢，真的嗎，我是來尋求解答的，而不是自己提出一個答案，我已經把所有事實都告訴你了，不過既然你問起，我唯一能想到的是，或許因為這件事帶來的刺激，也就是意識到自己的社會地位一下子提升了這麼多，可能讓我妻子有點錯亂了。」

「簡而言之，就是她突然精神錯亂了？」

「嗯，老實說，當考慮到她背棄了一切……我不是說她背棄我，而是那些許多人渴望得到卻得不到的東西，我實在想不出有其他解釋。」

「嗯，這當然也是個言之成理的假設，」福爾摩斯微笑著說，「好了，聖西蒙勳爵，我差不多得到所有需要的資料了。能否再請問一點，當你們坐在早餐桌邊時，能不能看到窗外？」

「我們可以看到道路的另一邊和公園。」

「好，那麼我也別再耽擱你的時間了，我會再和你聯繫的。」

「若你有幸能解決這個問題的話，請務必聯繫。」我們的客戶說著站起身來。

「我已經解決了。」

「呃？你是指？」
「我說我已經解決這樁案子了。」
「那麼，我妻子人在哪裡？」
「關於這個細節，我很快就能提供給你。」
聖西蒙勳爵搖了搖頭。「恐怕這需要一個比你我都更聰明的頭腦才行。」他說道，莊嚴而老式地鞠了躬後離去了。
「聖西蒙勳爵將我的頭腦與他的相提並論，這是我的榮幸，」福爾摩斯大笑起來。「在經歷這一切的詰問後，現在我該來點威士忌蘇打、抽一支雪茄。在我們的客戶踏進這間房間以前，我對這件案子已經有了結論。」
「我親愛的福爾摩斯！」
「這裡有幾起類似案件的紀錄，儘管就像我之前說過的，那些案件沒有一件像這個案子，發生得如此迅速。這場調查證實了我的猜測，間接證據有時很能教人信服的，『猶如你在牛奶中發現一尾鱒魚』，梭羅這麼說。」
「但你聽到的我也都聽到了。」
「可是你缺乏對於過去那些案件的了解，而它們對我幫助甚深。幾年前在阿伯丁有個類似的例子，普法戰爭過後一年，在慕尼黑也有一件很像的案子，這是此類案件的其中之一……但是，嘿，雷斯垂德來了！午安，雷斯垂德！餐具櫃上有一只特大的玻璃杯，盒子裡有雪茄。」

這位官方警探穿著水手的雙排釦短外衣，繫著領巾，儼然一副海員模樣，手裡提著一個黑色帆布包。在簡短的問候後，他就坐下來並點起福爾摩斯遞來的雪茄。

「所以近來如何？」福爾摩斯眨眨眼問道，「你看起來不太滿意。」

「我當然不滿意，就是這個煩人的聖西蒙結婚案，這件事我既沒有頭緒，也找不到線索。」

「真的！這太讓我訝異了。」

「有誰聽過這麼一團亂的事？每條線索似乎都從我的指間溜走，一整天都在忙這件事。」

「看來它還把你搞得一身濕。」福爾摩斯把手擱在那件水手外衣的胳膊上。

「是的，我一直在海德公園的九曲湖打撈。」

「我的天，這又是為了什麼？」

「看看能不能找到聖西蒙夫人的屍體。」

福爾摩斯向後靠上椅背，笑得很開心。

「你有沒有順便打撈一下特拉法加廣場的噴水池？」他問。

「為什麼？你這話什麼意思？」

「因為跟你在那裡撈到這位女士的機會一樣大。」

雷斯垂德憤怒地瞪了我的同伴一眼。「我想你已經搞清楚了。」他咆哮道。

「嗯，我才剛剛聽說了事情經過，不過我已經有定論了。」

「哦，真的！那麼你認為九曲湖和這件事無關了？」

「我認為幾乎不可能有關。」

「那麼或許你可以好心解釋一下，我們怎麼會在那裡找到這個？」他說著便打開身旁的袋子，將裡頭的東西一股腦倒在地板上，包括一件波紋綢的結婚禮服、一雙白色緞面鞋、新娘花冠和面紗，這些東西全都被水泡得褪了色。「還有這個，」他說，把一枚嶄新的婚戒放到這堆東西上。「現在這裡有個小問題要請你來解決，福爾摩斯大師。」

「噢，的確！」我的朋友說，向半空吐出幾個藍色煙圈。「你從九曲湖撈上來的？」

「不，一名公園管理員發現它們在湖邊漂浮，隨後被指認出來確實是她的衣物，在我看來，如果衣服都出現在那裡了，屍體也就不遠了。」

「根據同樣精明的推理，我們總能在每個人的衣櫃附近找到他的屍體。請說說你打算透過這些得到什麼？」

「得到弗蘿拉·米勒與這樁失蹤案有關的證據。」

「恐怕很難找到。」

「你到現在還這麼覺得？」雷斯垂德有些氣憤地叫道，「福爾摩斯，恐怕你的演繹法和推理沒那麼實用，你在兩分鐘內就連犯兩個大錯，這件禮服確實牽連到弗蘿拉·米勒小姐。」

「怎麼說？」

「那件禮服有一個口袋，口袋裡是一個名片盒，名片盒裡有一張便條。這就是那張便條。」他把便條拍在面前的桌上。

「聽聽這個：

當一切準備就緒，你就會見到我。馬上過來。

——F.H.M

至此，我的推論始終是弗蘿拉·米勒將聖西蒙夫人誘騙出去的，毫無疑問，她和同夥應對這起失蹤案負責。這張就是她用姓名縮寫署名的便條，肯定是在門口悄悄塞進聖西蒙夫人手中的，引誘她落入他們的掌握中。」

「很好，雷斯垂德，」福爾摩斯笑著說，「你確實幹得好。讓我瞧瞧這個。」他懶洋洋地接過便條，但他的注意力立刻就被吸引住了，他滿意地低喊一聲。「這實在太重要了。」他說。

「哈！你也這麼認為？」

「至關重要，我打心底向你祝賀。」

雷斯垂德耀武揚威地站起身來，並低頭看去。「搞什麼，」他尖叫道，「你看反了！」

「恰恰相反，這才是正確的一面。」

「正確的一面？你瘋了！這面才是鉛筆寫的便條。」

「而這面似乎是旅館帳單的殘片，我深感興趣的是這個。」

「那上面什麼都沒有，我早就看過了。」雷斯垂德說，「『十月四日，房間八先令，早餐二先令六便士，雞尾酒一先令，午餐二先令六便士，雪利酒一杯八便士』。我看不出這有任何問題。」

「你很可能看不出來，但它仍然非常重要。至於那張便條，它也很重要，或至少該說那個縮寫的簽名很重要，所以我要再次向你祝賀。」

「我浪費夠多時間了，」雷斯垂德說著站起來，「我相信辛勤的工作，而不是坐在爐火旁編造精心的理論。再見，福爾摩斯先生，我們就來瞧瞧誰能先找出事件的真相。」他把那些衣物收攏起來，塞進袋子裡，向門口走去。

「給你個提示，雷斯垂德，」在對手離去前，福爾摩斯拉長了語調說，「關於這件事的真正答案，我就跟你說了吧，聖西蒙夫人是個虛構人物，現在沒有，也從沒有過這麼一個人。」

雷斯垂德悲哀地看著我的同伴，接著轉向我，敲了自己的額頭三下，嚴肅地搖了搖頭，匆匆忙忙離開了。

他才一關上門，福爾摩斯便站起來穿上大衣。「這傢伙對戶外工作的看法還是有點道理的，」他說，「所以我想，華生，我得把你扔在這裡再看一會兒報紙了。」

福爾摩斯是在剛過五點時出門的，但我甚至來不及感到孤獨，因為不出一個小時，一名糕點鋪的人上門，帶著一個非常大的扁盒子，他在同行的年輕人協助下打開盒子，不一會兒，我便愕然看著一頓十分講究的冷盤晚餐在我們簡陋住所的桃花心木餐桌上擺設妥當，有兩對山鷸、一隻雉雞、一塊肥鵝肝餅和幾瓶陳年好酒。在布置好這些奢侈之物後，這兩位訪客一眨眼就消失無蹤了，簡直像《天方夜譚》中的精靈似的，除了說明這些東西已經付過帳，並被指定送到這個地址外，他們沒再多做解釋。

即將九點時，福爾摩斯步履輕盈地走進來，他的神情嚴肅，但眼中的光芒讓我相信，他的結論沒有令他自己失望。

「所以他們已經把晚餐布置好了。」他搓著手說。

「你似乎有客人要招待，他們一共送來五份晚餐。」

「是的，我料想會有一些客人，」他說，「我只是訝異聖西蒙勳爵還沒到。哈！我聽到他正走上樓來了。」

確實是我們下午的訪客，他慌忙走進來，比先前更使勁地擺弄他的眼鏡，貴族氣派的臉孔顯得心神不寧。

「所以我遣去送信的人找到你了？」福爾摩斯問。

「是的，我承認信的內容讓我無比震驚，你所說的這一切都有充分依據嗎？」

「不能更充分了。」

聖西蒙勳爵摔進一張椅子，手按著額頭。

「公爵會怎麼說呢？」他喃喃地說，「在聽說了他的家族成員遭受如此羞辱之後。」

「純粹就是一場意外，我不認為其中存在任何羞辱。」

「唉，你是從另一個角度看待問題。」

「我不覺得有誰該被究責，我想像不出這位女士還能有別的辦法，儘管她的唐突行事確實令人感到遺憾。她沒有母親，在面臨這樣的困境時，沒有人能替她出主意。」

「這是一種蔑視，先生，公然的蔑視。」聖西蒙勳爵說，用手指敲打著桌子。

「你得體諒這個可憐的女孩，她面對的是前所未有的處境。」

「我無法原諒，我實在非常生氣，我被可恥地利用了。」

「我聽到門鈴聲了，」福爾摩斯說，「沒錯，樓梯口有腳步聲。如果我說服不了你對此事寬容以待的話，聖西蒙勳爵，我找來一位擁護我觀點的人，或許比我更能做到這一點。」他打開門，領進一位女士和一位紳士。「聖西蒙勳爵，」他說，「容我向你介紹弗朗西斯．海．莫爾頓先生和他的夫人。這位女士，我想你已經見過了。」

一見這兩個剛踏進門的人，我們的客戶從座位上彈跳起來，他直挺挺站著，目光垂到地上，手探進禮服外衣胸前，儼然自尊心受創的模樣。這名女士迅速一步向前，朝他伸出了手，但他仍拒絕抬眼看她，也許這麼做是為了堅定他的決心，因為她懇求的神情是他很難拒絕的。

「你生氣了，羅伯特，」她說，「嗯，你完全有理由這麼做。」

「請不要向我道歉。」聖西蒙勳爵苦澀地說。

「噢，是的，我知道這麼對待你實在太差勁了，我應該在離去之前把話說清楚才是，但我當下有點失措了，打從我在這裡再度見到弗蘭克起，我簡直不知道自己做了什麼或說了什麼，我只是訝異自己竟然沒在神壇前跌倒或暈倒。」

「也許，莫爾頓夫人，在你解釋這件事的同時，希望我的朋友和我稍稍迴避一下嗎？」

「若我能插句話，」那位陌生的紳士說，「我會說我們對整件事有點保密過了頭。就我而言，我倒希望整個歐洲和美國都能知道這是怎麼回事。」他是個矮小精實的人，皮膚曬得黝黑，鬍子刮得乾乾淨淨，臉孔輪廓分明，舉止機警。

「這就來說說我們的故事，」這位女士說，「弗蘭克和我是一八八四年在洛磯山脈附近的麥奎爾營地認識的，我爸在那裡經營一座礦場。弗蘭克和我訂了婚，但有一天，我爸發現了一個藏量豐富的礦脈，從此發了大財，而可憐的弗蘭克當時也有一個礦場，但日益枯竭，到最後再也開採不到任何東西。我爸愈來愈富有，但弗蘭克愈來愈貧窮，到最後我爸不再同意我們的婚約，把我帶到舊金山，不過弗蘭克是不會放棄的，他一路跟到那裡，並瞞著我爸來見我。讓我爸知道這些只會惹他生氣，所以我們自己安排了一切。弗蘭克說他也要去賺一大筆錢，直到他和我爸一樣富有了，才會回來娶我。因此我答應會等他，並承諾只要他還活著，就絕對不會和別人結婚。『既然如此，我們為何不現在就結婚呢，』他說，『這樣我就能放心了，而在我回來之前，我不會自稱是你的丈夫。』於是我們就這樣商量定了，他把一切都安排妥當，我們請來一位牧師，就在那裡結了婚，之後弗蘭克便出發去尋求他的財富，我也回到我爸那裡去。

「我再次聽到弗蘭克的消息時，他人在蒙大拿，然後他去了亞利桑那勘探礦脈，再接下來我聽說他在新墨西哥。在那之後，報紙上刊出一篇長篇報導，講述一個礦工營地是如何遭受阿帕奇印第安人的襲擊，我在死者名單上看到我的弗蘭克。我昏死過去，在接下來的幾個月都病得很重，我爸怕我從此一病不起，帶我看了舊金山少說一半的醫生。我有超過一年的時間沒有弗蘭克的任何消息，所以我從沒懷疑過他的死訊。然後，聖西蒙勳爵去了舊金山，接著是我們來到倫敦，我們的婚約就這麼定下來了。爸爸非常高興，但我一直覺得，這世界上再也沒有誰可以取代可憐的弗蘭克在我心中的位置。

「儘管如此，如果我當真嫁給了聖西蒙勳爵，我當然會履行身為他妻子的職責。愛情是不能勉強的，但行為或多或少可以，因此當我和他一起走向聖壇時，的確打心底願意盡我一切所能當個稱職的妻子。但你們可以想像當我在聖壇的隔欄前回頭一瞥，卻見到弗蘭克站在第一排座位看著我時，會是怎麼樣的感覺。起初我以為那是他的鬼魂，但當我定睛一看，發現他仍在那裡，帶著一種詢問的眼神，彷彿在問我見到他是高興還是悲傷。我只奇怪怎麼沒有當場暈過去，而眼前的一切天旋地轉，說話的牧師就像一隻在我耳邊嗡嗡響的蜜蜂。我不知道該怎麼辦，我該打斷儀式，在教堂裡大鬧一番嗎？我又瞥了他一眼，只見他似乎看穿我的想法，因為他把手指壓在嘴唇上，示意我不要聲張，然後我看他在一張紙上潦草寫了幾筆，我知道他是在寫紙條給我。因此在走出教堂的路上，在經過他的座位時，我故意把捧花掉在他面前，讓他把捧花還給我時，得以趁機將紙條塞到我手裡。紙條上只有一行字，要我一看到他向我打信號，就立即去和他會面。我當然對此沒有一絲一毫猶豫，我唯一要做的就是對他盡責，我打定主意要完全按照他的指示去做。

「當我回到住處，我把這事跟女傭說了，她在加州就認識他了，他們一直是很好的朋友。我要她什麼都別說，幫我收拾幾樣東西，並把我的長外套準備好。我知道應該要和聖西蒙勳爵交代清楚，但在他母親和那些顯要人士面前，我實在開不了口，當下便決定先逃跑再說，事後找機會向他解釋。我在餐桌邊坐了不到十分鐘，便透過窗口看到弗蘭克出現在對街，他向我打手勢示意，接著便走進公園。我穿戴起來，溜出房子並跟上他，此時有個女人湊上來對我說了一些與聖西蒙勳爵相關的事，從這些不算多的訊息聽來，似乎他在婚前也有自己的小祕密。我設法擺脫了她，很快就追上弗蘭克。我們一同坐上一輛出租馬車，驅車去了他在戈登廣場的住處，經過這麼多年的等待，這才是我真正的婚禮。弗蘭克之前一直被阿帕契人囚禁，終於逃出來後，他到了舊金山，得知我因為他的死訊而對他徹底死心並去了英國，他又一路跟到這裡來，最終在我第二次婚禮的當天早上找到了我。」

「我在報紙上看到結婚的消息，」那名美國人解釋，「它給出了女士的名字和舉行婚禮的教堂，但沒有說她住在哪裡。」

「接著我們商量該如何是好，弗蘭克認為應該完全公開此事，但我對這一切太羞愧了，只想要從此消失不見，不用再見到他們其中的任何一個人，也許至多給我爸捎一封短信，讓他知道我還活著。一想到那些貴族和夫人們還坐在早餐桌邊等著我回去，我感覺實在糟透了，因此弗蘭克為了不讓任何人找上門來，把我的婚紗和其他東西收攏成一大捆，扔到沒人找得到的地方。我們本該在明天就要到巴黎，只是這位好心的紳士福爾摩斯先生今晚找上了我們，儘管我完全想不出他是怎麼找到我們的。他非常清楚並親切地向我們指出，我錯了，而弗蘭克是對的，如果我們繼續這麼保密下去，只會把自己置於錯誤的境地，然後他提出一個讓我們與聖西蒙勳爵單獨把話說清楚的機會，當下我們立刻就到這裡來了。現在，羅伯特，你已經知道了一切，如果我對你造成任何傷害，那我真的很抱歉，希望你不要把我當作一個很卑鄙的人。」

聖西蒙勳爵半點不放鬆他僵硬的姿態，只是眉頭深鎖，嘴角緊抿地聽著這段漫長的敘述。

「抱歉，」他說，「但如此公然討論我最隱密的私事，並非我的習慣。」

「這麼說，你不會原諒我了？在我走之前，你不願意和我握一下手？」

「哦，當然可以，如果這麼做能使你感到高興的話。」他伸出手，冷冷地和她伸來的手握了一下。

「我本來希望的是，」福爾摩斯建議，「你能加入我們這頓友好的晚餐。」

「我認為你這麼要求就有點過分了，」這位大人答道，「也許我被迫默許了最近這些事態發展，但你不能指望我會欣然接受這一切。若你們允許的話，我在此祝各位有個愉快的夜晚。」他朝我們所有人鞠了個躬，便闊步走出了房間。

「那麼我想，至少你們願意賞光做為我晚餐的嘉賓，」福爾摩斯說，「能夠結識美國朋友始終是件樂事，莫爾頓先生，因為包括我在內的許多人深信，多年前一位君主的愚行與一位大臣犯下的錯誤，不會阻止我們的子孫在將來的某一天，在米字旗與星條旗組成的旗幟下，成為同一個世界大國的公民。」

「這件案子實在很有意思，」福爾摩斯在我們的訪客離開後評論道，「因為它非常清楚地說明一件事，那便是乍看簡直無法理解的案子，解釋起來卻是那麼簡單。再也沒有比這位女士講述的事發順序更自然而然的了，但對某些人而言，比如蘇格蘭場的雷斯垂德先生，則沒有比這件案子的結果更詭異的事了。」

「所以你自始至終都沒搞錯？」

「打從一開始，有兩個事實對我來說就是明擺在眼前的，一個是這位女士很樂意參加婚禮儀式，另一個是她回到家沒幾分鐘就突然後悔了。那麼就很明顯了，是早上發生的某件事改變了她的想法，那會是什麼樣的事？她在戶外的時候不可能和任何人交談，因為新郎一直陪在她身邊。那麼，是她看到了誰嗎？如果是，對方必定來自美國，因為她初來乍到這個國家，這裡不可能有誰會對她造成如此深刻的影響，深刻到僅僅看了一眼，就促使她全盤改變計畫。你瞧，透過一連串排除各種可能的過程，我們已經得出她可能見到一個美國人的結論。那麼這個美國人又是誰，為何會對她有如此深刻的影響力？可能是情人，也可能是丈夫。我知道她在艱苦的環境中成長，並經歷過許多不尋常的狀況，這些是我在聽聖西蒙勳爵敘述之前就已經了解的，而當他告訴我們有一個男人坐在前排座位，到新娘的態度起了變化，很明顯是為了取得便條而故意掉落捧花，到她求助於貼身女傭，到她提起爭權奪利這句話的重要暗示——在礦工的用語中，這意味著強奪他人已有的採礦權——整個情況就變得非常明朗了。她和那個男人離開了，他要麼是她的情人，要麼是前夫，而後者的可能性更高。」

「那你到底是怎麼找到他們的？」

「這本來是件難事，但我們的朋友雷斯垂德手裡握著一份他自己都不知道價值的資料。當然，姓名的縮寫是最重要的，但更有價值的是，我因此得知此人一週內曾在倫敦其中一間最高級的旅館結過帳。」

「你是怎麼推論出是高級旅館的？」

「透過帳單上不菲的開銷。住一晚就要八先令，一杯雪利酒就要八便士，這都指出它是最昂貴的旅館之一，這種收費的旅館在倫敦沒幾家。我在諾森伯蘭大道沿街走訪那些旅館，在第二間旅館的登記簿上，我看到一名叫做弗朗西斯·H·莫爾頓的美國紳士，他前一天才離開，在檢視他名字下面的條目後，我發現了和那張帳單上完全相同的消費項目，同時還註明他的信將被轉發到戈登廣場二二六號。我循線找到那裡，運氣還不錯，這對愛侶正好在家，我冒昧地以父執輩的身分給了他們一些建議，並向他們指出，從各方面來看，他們都應該向公眾、特別是向聖西蒙勳爵說明自己的處境，這樣會更好。我邀請他們來這裡與他會面，而正如你所見到的，我也讓勳爵赴約了。」

「但結果不是太好，」我評論道，「他的態度實在不怎麼高尚。」

「嘿，華生，」福爾摩斯說，露出了微笑。「畢竟在經歷了求愛到結婚這一系列的麻煩事後，卻發現自己的妻子和財富在一夕之間全沒了，換作是你，你恐怕也很難表現得多高尚。我想我們對聖西蒙勳爵的評斷大可以更寬容些，並感謝老天從沒讓我們也落入那種處境。把你的椅子拉過來，並把提琴遞給我，眼下我們只剩一個問題要解決，那就是如何打發這個蕭條的秋夜。」

CASE 11

綠柱石王冠竊案

The Adventure of the Beryl Coronet

「福爾摩斯，」一天早上，我站在圓肚窗前俯瞰著街上說道，「有個瘋子往這裡過來了，他的家人竟容許他一個人跑出來，這實在很可悲。」

我的朋友懶洋洋地從扶手椅站起來，雙手插在晨袍口袋裡，越過我的肩膀看出去。這是個晴朗而乾冷的二月早晨，前一天下的雪還厚厚地堆積在地面上，在冬陽下明亮地閃耀著。貝克街馬路中央的積雪已被往來車輛輾壓成一條棕色的帶狀碎屑，但馬路兩邊和人行道邊緣的積雪仍和剛下時一樣潔白。灰色的人行道已經清理過了，但依然很濕滑，十分危險，所以行人比起平時要少，事實上，從大都會車站的方向過來的，除了這位行徑古怪而引起我注意的紳士，就沒有別人了。

他是個五十歲上下的人，高大魁梧，氣宇不凡，有著厚實而輪廓分明的臉孔和威嚴的姿態，衣著風格乍看很黯淡，實則非常奢華，他身穿黑色禮服大衣，頭戴光潔的帽子，還有整齊的棕色綁腿和剪裁講究的珍珠灰長褲。然而，比起威嚴的穿著和外表，他的舉止十分荒謬。此刻他正費力地跑著，偶爾小小蹦跳一下，就像一個向來不習慣給雙腿施加太多負擔的人在疲憊時會做的。他邊跑邊猛力上下揮舞手臂，搖頭晃腦，臉孔扭曲成極其怪異的模樣。

「他到底有什麼毛病？」我問道，「看來正在查找這些房子的門牌號碼。」

「我相信他是要來我們這裡的。」福爾摩斯搓著手說。

「這裡？」

「是的，我認為他是來就我的專業尋求諮詢的，我能看出這些徵兆。哈！我不是說了嗎？」在他這麼說的同時，那個人喘著粗氣衝到我們門前，猛拉門鈴直到叮噹聲傳遍整棟房子。

不出幾分鐘，他已經來到我們的房間，仍然喘著氣、揮舞著手勢，但眼中透露出強烈的悲傷和絕望，令我們的笑容霎時轉為震驚和憐憫。他有好一會兒都說不出話來，只是搖晃著身子、拉扯頭髮，就像一個人的理智被逼到極限的模樣，接著他猛地跳起來，狠狠地把頭往牆上撞去，我們一同衝上前把他拖回房間中央，福爾摩斯一把將他推進安樂椅，自己則坐到他身旁，輕拍著他的手，以運用自如的輕鬆、安撫人心的語調與他聊了起來。

「你來找我是為了告訴我你的故事，不是嗎？」他說，「你跑得太急了，現在看起來很累，請稍等片刻，等你緩過來了，無論接下來交給我的是何等小問題，我都會非常樂意調查。」

此人坐了一分鐘或更久，胸膛起起伏伏，他極力將情緒穩下來，然後用手帕揩了揩額頭，闔上嘴，轉臉朝向我們。

「你們肯定覺得我瘋了吧？」他說。

「看得出你遇上了天大的麻煩。」福爾摩斯答道。

「天知道我遇上了什麼樣的麻煩！……一個足以讓我失去理智的大麻煩，它是這麼突然，又這麼可怕。儘管我的人格一直以來都毫無污點，但這次怕是要在公眾面前蒙羞了。個人的苦難也許是每個人命中注定的，但這兩件事以如此可怕的方式結合在一起，這夠震撼我的靈魂了。更何況，這不光是我一個人的麻煩，若不想辦法解決，就是這個國家最尊貴的人也會受牽連。」

「請你冷靜一點，先生，」福爾摩斯說，「先讓我知道你是誰，以及你到底遭遇了什麼事。」

「我的名字，」我們的訪客答道，「你們可能很熟悉，我是針線街霍爾德與史蒂文森銀行的亞歷山大．霍爾德。」

我們的確都聽過這個名字，它屬於倫敦第二大私人銀行的資深合夥人。那麼是發生了什麼事，才讓倫敦最重要的公民之一走到處境堪憐的這一步？我們都好奇地等待著，直到他再次打起精神，說出自己的遭遇。

「我認為時間很寶貴，」他說，「這也是為何當警廳巡官建議我該尋求你的協助時，我立刻飛奔過來了。我搭地下鐵來到貝克街，從車站徒步跑過來，因為出租馬車在雪地上的速度太慢了，這也是為何我會喘不過氣來，我平時太缺乏運動了。現在感覺好多了，我會盡快也盡量清楚地告訴你們這是怎麼回事。

「當然，你們都很清楚，一樁銀行業務的成功，很大程度取決於我們是否能為資金找到有利的投資，以及增加對外的聯繫和儲戶數量。其中最有利可圖的方式之一是把資金借貸出去，當然這需要絕對可靠的擔保。過去幾年，我們這方面的業務成果頗豐，許多貴族世家以他們的畫作、藏書或名貴器皿做為抵押品，向我們借貸了大筆款項。

「昨天早上，我正坐在辦公室，一名職員進來遞給我一張名片，上面的名字讓我嚇一大跳，因為那不是別人，而是……好吧，即便是對你們，我最好也別透露太多，姑且說那是個全世界家喻戶曉的名字，是英國最有權勢、最高貴、最崇高的名字之一。我被這份榮譽搞得不知所措，並在他走進來時試圖對他這麼說，但他立刻切入了正題，彷彿急著要完成一件令人不悅的差事。

「『霍爾德先生，』對方說，『我聽聞你們有貸款的業務。』

「『只要擔保品足夠可靠，本行是有此項業務的。』我回答。

「『眼下對我來說最要緊的是，』他說，『我必須立即取得五萬英鎊。當然，我可以向朋友借到十倍於這筆小錢的款項，但我寧願把它當成正式的業務看待，並親自處理這件事。你應該不難明白，以我身處的立場，接受他人的恩惠是很不智的。』

「『能否容我請問一下，您需要這筆錢多久時間？』我問。
「『下週一我會有一大筆收回的款項，屆時我肯定能償還你的借款，連同任何你認為合理的利息。但對我來說，最要緊的就是立刻拿到這筆錢。』
「『我會很樂意從我的私人錢包中掏錢借貸給您，而不用再進一步洽談，』我說，『只是這麼做對我的負擔實在有點重了。另一方面，若要我以本行的名義辦理此事，那麼為了對我的合夥人表示公平，即便是對您，我也必須堅持採取一切業務上的防範措施。』
「『我寧願這麼做。』他說著拿起放在椅子旁的黑色方形摩洛哥皮箱。『你肯定聽過綠柱石王冠吧？』
「『我國最珍貴的公共財產之一。』我說。
「『正是。』他打開皮箱，箱子裡，陷在柔軟肉色天鵝絨墊上的，就是那件他提到的華麗珠寶。『上面有三十九顆巨大的綠柱石，』他說，『黃金雕鏤的價格更是無法估量。這頂冠冕最低估價也有我所要求借款的兩倍，我預備把它留在這裡做為抵押品。』
「我拿過這個貴重的箱子，有些困惑地把目光從箱子移到我那顯赫的客戶身上。
「『你懷疑它的價值？』他問。

「『一點也不，我只是不確定……』

「『不確定我把它放在這裡是否恰當。關於這一點，你大可放心，如果不是有十足把握能在四天內把它贖回去，我連做夢都不敢這麼做。這純粹就是形式而已，這樣的抵押足夠嗎？』

「『很足夠了。』

「『要知道，霍爾德先生，根據我所聽聞關於你的一切，我這麼做足以證明對你的信任。我不僅要依賴你的小心謹慎，以避免任何人對此說三道四，最重要的是，請採取一切可能的預防措施來保護這頂冠冕，因為無須我多言，你應該也曉得它一旦遭受任何損害，都會在公眾間引發巨大的醜聞，而對它的任何損害幾乎就跟把它丟失一樣嚴重，因為世界上再沒有能與之相比的綠柱石了，要替代它們是不可能的。無論如何，我以最深的信任把它留在你這裡，我會在週一早上親自過來贖回。』「看得出我的客戶急著離開，我也不再多說什麼了，只是把我的出納員叫來，讓他支付五十張一千英鎊的鈔票給客戶。但在場只剩下我一個人，面前桌上放著這只貴重的箱子，我不免對必須承擔起如此沉重的責任感到焦慮不安。毋庸置疑地，由於它是國寶，但凡它出了任何差錯，一場可怕的醜聞都將隨之而來。我已經開始後悔為何要答應保管它了，然而，現在說什麼都太遲了，我也只能把它鎖進我的私人保險箱，然後回去工作。

「當傍晚來臨，我覺得把這麼貴重的東西留在辦公室裡，而我就這麼下班回家，未免太不謹慎了。銀行的保險箱過去曾被人撬開過，為什麼我的就不可能被撬開呢？若真的發生了，等著我的會是多麼可怕的處境啊！因此我決定，在接下來的幾天都要隨身帶著這個箱子，絕不讓它離開我的視線。基於這個決定，我叫了一輛出租馬車，帶著這件寶物駛回位在斯特里薩姆的住家。直到我捧著它上樓，將它鎖進更衣間的櫃子裡，這才大大鬆一口氣。

「現在來說明我家裡的狀況，福爾摩斯先生，因為我希望你能對整件事有徹底的了解。我的馬夫和男傭是睡在房子外面的，可以完全撇開這兩人不提。我有三名女傭，她們在我這裡做事已經很多年了，毫無疑問是絕對可信的。另外一位名叫露西．帕爾，是來當助手的女傭，到我這裡才幾個月而已，但她的性格極好，我一直都很滿意，同時她還是個非常漂亮的女孩，被她吸引的那些仰慕者偶爾會在家附近遊蕩，這是我們能想到她唯一的缺點，但我們相信不論從哪一方面來看，她都是個徹頭徹尾的好女孩。

「傭人的部分就這些了。至於我的家庭本身，規模實在太小了，我用幾句話就可以說完。我是個鰥夫，只有一個獨子名叫亞瑟，他一直以來都讓我很失望，福爾摩斯先生，極度的失望。我毫不懷疑這是我的責任，大家都說是我寵壞了他，事實也真是如此，在我親愛的妻子去世後，我覺得他就是我的一切，我甚至見不得他的笑容從臉上消失，哪怕片刻都不行。我從沒拒絕過他的要求，如果我能對他嚴厲一些，也許對我倆來說比較好，但我這麼做都是為了他。

「自然的，我本打算將來讓他接手我的事業，但他不是塊做生意的料。他放蕩而任性，而且說實在的，我不相信他有能力管理大筆金錢。他年紀輕輕就加入一個貴族俱樂部，在那裡，他因為舉止作風迷人，很快就與一夥揮霍成性的紈綺子弟往來密切。他學會了在牌局裡下大筆賭注，把錢浪費在賽馬上，為此他一次又一次地跑來找我，懇求我預支零用金給他償還債務，好維護他的面子。他不止一次試著要和這幫損友斷絕關係，但每一次，他的朋友喬治・伯恩威爾爵士對他的影響力，都足以把他給拽回去。

「而且，像喬治・伯恩威爾爵士這樣的人會對我兒子有所影響，我確實不覺得奇怪，因為我兒子經常把他帶到家裡來，連我也難以抗拒他那迷人的風度。他比亞瑟年長，是個見多識廣的人，好像什麼地方都去過、什麼東西都見過，能言而健談，儀表堂堂。然而當我冷靜下來琢磨他這個人，拋開他那迷惑人的儀表風度，從他譏諷的言語，以及我在他眼中捕捉到的神情，我確信他是個完全不可信的人。我是這麼認為的，而我的小瑪麗也和我一樣看法，她對人性有著女性特有的機敏洞察力。

「現在只剩下她要描述了。她是我侄女，當我哥五年前去世，留下她一個人孤苦無依，我收養了她，從那時起我就視她如己出。她是這個家裡的陽光，迷人、有愛心又美麗，無論做為經理人或管家都非常出色，但又不失女性的溫柔、嫻靜、文雅，她是我最得力的助手，我簡直無法想像沒有她該怎麼辦。就只有在一件事上，她和我意見相左，我兒子曾兩度向她求婚，他全心全意愛著她，但她兩次都拒絕了。我總認為，若還有誰能把我兒子導回正途的話，那可能只有她了，這樣的婚姻也許能改變我兒子的一生。但現在，唉！太遲了……永遠不可能了！

「現在，福爾摩斯先生，你已經認識了所有住在我家屋簷下的人，我該繼續講述我悲慘的故事了。

「那天晚上，我們飯後正在客廳裡喝咖啡，我向亞瑟和瑪麗說了這件事，並提到這件珍寶此刻就在屋裡，只是壓下了那位客戶的名字沒說。露西．帕爾在先前端了咖啡進來，我很肯定那時她已經離開房間了，但我不確定房門是否有關好。瑪麗和亞瑟都對此很感興趣，也想要一睹這頂著名的冠冕，但我認為最好別去動它。

「『你把它放在哪裡？』亞瑟問。

「『放在我的櫃子裡。』

「『好吧，我只希望晚上不會遭小偷。』他說。

「『我把櫃子鎖上了。』我回答。

「『哦，隨便一把舊鑰匙都打得開那個鎖，小時候，我就親手用儲藏間的壁櫥鑰匙打開過它。』

「他經常信口說些鬼話，因此我對他所說並沒多想。然而那天晚上，他跟著我進了我的房間，臉色很沉重。

「『那個，爸，』他垂下目光說，『你能給我兩百英鎊嗎？』

「『不，我不能！』我厲聲答道，『我在金錢上已經對你太慷慨了。』

「『你一直以來都很仁慈，』他說，『但我必須拿到這筆錢，不然我再也不能在俱樂部露面了。』

「『要真是那樣就太好了！』我叫道。

「『是沒錯，但你不會讓我用這種不光彩的方式離開吧，』他說，『這種恥辱我可不能忍，我必須想辦法籌到這筆錢，你要是不給我，那我就得試試別的辦法了。』

「我非常生氣，因為這個月他已經第三次向我要錢了。『你休想從我這拿到一枚硬幣。』我喊道，他也不再說什麼，鞠了個躬便離開了房間。

「在他離開後，我打開櫃子的鎖，確定寶物還好好的在那，便又把櫃子鎖上。接著我開始在屋裡巡視，看看一切是否安好，這件事平常是瑪麗的職責，但我認為那天晚上最好由我自己來做。我下樓，看到瑪麗獨自站在走廊窗邊，當我走近她，她關上窗子並拉上窗栓。

「『告訴我，爸，』她說，模樣看起來有些不安。『你今晚有准許露西出去嗎？』

「『當然沒有。』

「『她剛剛才從後門進來，我很確定她是去邊門和什麼人碰面，但我覺得這樣實在很不安全，應該禁止她再這麼做。』

「『你明天一早務必找她談談，還是你覺得該由我來說比較好。你確定所有門窗都關上了嗎？』

「『很確定，爸。』

「『那麼，晚安了。』我吻了她後就上樓回到臥室，並很快就睡著了。

「我盡可能把一切都告訴你，福爾摩斯先生，它們可能與這件事相關，但我要是有哪一點說得不夠清楚，請一定要讓我知道。」

「恰好相反，你的敘述非常清晰。」

「我現在要說到的這個部分，特別希望能講得清楚些。我不是個睡得很沉的人，毫無疑問的，焦慮使我比平時睡得更淺了。大約到了凌晨兩點，我被屋裡的某種動靜驚醒，雖然它在我完全清醒之前就停止了，但它已經給我留下一種印象，好像是一扇窗戶在某處被輕輕關上。我躺著專注聆聽，突然聽到輕微但清晰的腳步聲在隔壁房間移動。我溜下床，從更衣間門的角落朝裡頭窺望。

「『亞瑟！』我尖叫道，『你這個惡棍！你這個小偷！你怎麼敢碰那個冠冕？』

「煤氣燈仍然半亮著，就和我離開房間時一模一樣，而我那不幸的孩子，只穿著襯衫和長褲，就站在燈旁，手裡拿著那頂冠冕，看起來他正在扭它，或者該說，使盡全力扳動它。被我這麼一嚷，他一鬆手讓冠冕掉到地上，臉色變得死白。我一把搶過冠冕檢查，發現它其中的一個黃金邊角，以及上面嵌著的三塊綠柱石，全都不見了。

「『你這無賴！』我氣到發狂，尖叫道，『你毀了它！你會讓我蒙羞一輩子！你把偷走的寶石弄到哪裡去了？』

「『偷！』他叫起來。

「『沒錯，你這個小偷！』我咆哮，抓住他的肩膀猛搖。

「『明明什麼都沒弄丟，不可能弄丟任何東西的。』他說。

「『少了三顆寶石，你心知肚明它們在哪裡。你做賊還不夠，難道要當個騙子嗎？我這不是親眼看到你試著把另一顆寶石撬下來？』

「『我受夠了你的侮辱，』他說，『我再也忍不下去了，既然你選擇侮辱我，我不會再對這件事吐露一個字，天一亮我就要離開這裡，從此按著自己的想法過日子。』

「『天一亮你只會被警察抓走！』我叫道，在悲傷和憤怒之下差不多要發狂了。『這件事我絕對要追究到底。』

「『你別想從我這裡追究出任何東西來，』他用一種我意想不到、與他性格不符的激憤語氣說，『如果你選擇報警，那就讓警察來找他們找得到的東西吧。』

這時，由於我在憤怒之下拉高了嗓門，滿屋子的人都被驚醒了。瑪麗是第一個衝進來的人，她一看見冠冕和亞瑟的臉，馬上就明白是怎麼回事了，尖叫一聲就倒在地上昏迷不醒。我要女傭去報警，請警方立即過來展開調查。當巡官和一名警員抵達時，亞瑟仍抱著雙臂、繃著一張臉站在那裡，他問我是否打算控告他盜竊，我回答他，這已經不再是我們家的私事了，而成為了公眾問題，畢竟被弄壞的是國家財產，我下定決心讓法律來裁決這件事。

「『至少，』他說，『你不會讓我現在就被捕吧，如果你讓我出去五分鐘，這對我們兩個都會有好處。』

「『好讓你可以溜走，或把你偷走的東西藏起來。』我說，但接著又意識到自己的糟糕處境，我懇求他記住這不僅事關我一個人的聲譽，還將使一位比我崇高得多的人身處險境。他的所作所為恐怕會引發震撼全國的醜聞，但他也完全可以避免這一切，只要他肯透露那三枚寶石的下落。

「『你何不面對現實，』我說，『被當場抓了正著，再否認下去只會令你更加罪惡深重，但你是有辦法做出補救的，只要你說出那些綠柱石在哪裡，一切都可以被寬恕，並當作什麼都沒發生過。』

「『把你的寬恕留給那些乞求你寬恕的人吧。』他回答，一臉鄙夷地轉身走遠了。我看他的態度強硬，不論我怎麼說都動搖不了他，別無他法，我只能讓巡官拘留他，並隨即展開搜索，他們不僅搜了他的身，還把他的房間和屋裡任何可能藏匿寶石的地方都翻了個遍，但沒有任何蹤跡。而無論我們怎麼好言相勸或出言威脅，這頑劣的孩子就是一個字都不肯說。今天早上他被轉移到監獄，至於我，在辦完警方所有的手續後，便飛奔過來找你了，懇請你運用你的本事揭開真相。警方已經公開承認他們目前對此無能為力。你在調查時可以花費任何必要的開支，我已經提供了一千英鎊的懸賞金。天啊，我該怎麼辦！在一夜之間失去了名譽、寶石和我的兒子。哦，我該怎麼辦！」

他雙手抱著腦袋的兩側，來回晃動著身子，嘴裡喋喋不休，就像個無法用言語表達悲傷的孩子。

福爾摩斯靜靜坐了幾分鐘，眉頭緊鎖，眼睛直盯爐火。

「你時常接待客人嗎？」他問。

「不常，除了我的合夥人和他的家人，還有近來亞瑟那位朋友喬治．伯恩威爾爵士偶爾來過幾次，我想不出還有誰。」

「你經常外出社交？」

「亞瑟很常去，瑪麗和我則更多時間待在家裡，我們都不喜歡社交。」

「這對一位年輕女孩來說並不尋常。」

「她生性文靜，再說，她也不算很年輕，都二十四歲了。」

「有關這件事，照你所說，也讓她感到震驚。」

「太震驚了！她甚至比我更受到衝擊。」

「你們都對你兒子盜竊的事毫不懷疑？」

「要怎麼懷疑呢？我都親眼看到他手裡拿著冠冕了。」

「我很難把這當作一個決定性的證據。冠冕還有其他地方受損嗎？」

「有，它被拗彎了。」

「那麼，你不覺得他有可能在試著把它扳直？」

「上帝保佑你！你這是盡力在為他和我著想，但這麼做實在太難了。他到底在那裡做什麼？若他的目的不是要偷走冠冕，那他為何不這麼說呢？」

「確實是這樣。但如果他是有罪的，那他為何不說謊脫罪？在我看來，他的沉默會阻礙我們釐清案情，但也解釋了某些事實。另外，這個案子仍有幾點離奇的地方，對於把你從睡夢中吵醒的噪音，警方有什麼看法？」

「他們認為那可能是亞瑟關上臥室門的聲音。」

「說得好像真的一樣！就像一個人決心要犯下滔天大罪，卻非得狠狠摔門吵醒一屋子人。那麼對於丟失的寶石，他們又是怎麼說的？」

「他們仍在敲打家裡的木地板，搜索傢俱，希望能找到。」

「他們有沒有想過要去房子外頭找？」

「有，他們充滿了幹勁，把整個花園都細細搜過一遍。」

「那麼，我親愛的先生，」福爾摩斯說，「這件事確實要比你或警察起初認為的更難以理解，這還不夠明顯嗎？你們似乎認為這是個單純的案子；但它在我眼中卻極其複雜。回想一下你的理論都涉及了什麼，你假設兒子溜下床，冒著巨大的風險去你的更衣間，打開櫃子，拿出冠冕，使盡全力掰下一小塊，再跑去某個地方，用無與倫比的技巧把三十九顆寶石中的三顆藏到沒人找得到的地方，最後冒著被人發現的極大風險，帶著剩下三十六顆寶石回到你的房間。我現在再問你一次，這樣的理論說得通嗎？」

「但除此之外還能有什麼解釋？」銀行家以絕望的姿態叫道，「要是他這麼做不是為了犯罪，那他為什麼不辯解？」

「我們要做的就是去搞清楚這一點，」福爾摩斯答道，「所以現在，如果你願意的話，霍爾德先生，我們一起到斯特里薩姆，花一個小時查看更進一步的細節。」

我朋友堅持要我陪同，而這正好也是我渴望的，這個剛剛聽聞的故事已經深深激起我的好奇心和同情心。坦白說，關於銀行家的兒子是否有罪這一點，我的答案是非常明顯的，而且就和他那不幸的父親看法一致，但我對福爾摩斯的判斷同樣深具信心，只要他對已經被所有人接受的解釋仍不滿意，那就一定有某些依據證明此案尚存希望。在我們前往南郊的路上，他一語不發地坐著，低垂著頭直到下巴抵到胸前，把帽子拉下來蓋住眼睛，陷入深深的沉思。倒是我們的客戶因為眼前有了一絲希望，似乎又振作起精神，甚至和我有一搭沒一搭聊起他工作上的事。短程的火車後是一小段步行，我們來到費爾班克，也就是這位大銀行家樸素的住處。

費爾班克是一棟相當大的方形房子，由白石砌成，離大路有段距離。雙向的馬車道與白雪覆蓋的草坪直通房子入口處那兩扇緊閉的大鐵門。右側有一小叢灌木，通往一條兩側有著整齊樹籬的窄徑，這條小徑連接馬車道與廚房門，成了商販們進貨的必經之路。左邊則有一條小徑通往馬廄，它本身不在庭院的範圍內，因此儘管是公共道路，卻少有人出入。福爾摩斯把我們留在門口，他自己慢慢繞著房子走，穿過前庭，沿著商人進貨的小徑走，接著又繞過後面的花園來到通往馬廄的小徑。他花的時間太久了，霍爾德先生和我索性先進屋到了餐室，坐在爐火邊等他回來。我們沉默地坐著，直到一位年輕女士推門進來。她比中等身高稍高一些，身形纖瘦，頭髮和眼睛的顏色很深，在她極為蒼白的膚色襯托下就更是如此了。我從未見過一位女性的臉色蒼白若此，嘴唇同樣沒有一點血色，但她哭到眼睛都紅腫了。當她一聲不吭地衝進房間，給我的印象比銀行家早上那副模樣更悲傷，但同時明顯又是一位性格堅毅的女性，有著強大的自制力，這就使她更引人注目了。她不顧我就在一旁，徑直走向她叔叔，用女性特有的溫柔撫摸著他的頭。

「你讓他們把亞瑟放了，是嗎，爸爸？」她問。

「不，還不行，我的女孩，這件事必須追究到底。」

「但我很確定他是無辜的，你知道這是女人的直覺，我很清楚他沒做錯任何事，你這麼粗暴地對待他，將來一定會後悔的。」

「那麼，如果他是無辜的，為何什麼都不肯說？」

「誰知道呢？也許他在氣你竟然懷疑他。」

「我親眼看到他手裡拿著那頂冠冕，這要我怎能不懷疑他？」

「噢，他不過是拿起來看看罷了。唉，相信我，你一定要相信我的話，他是無辜的，讓事情就這樣過去吧，別再提起了，一想到我們親愛的亞瑟被關進監獄，這實在太可怕了！」

「在找到寶石之前，我絕對不會放棄追查——絕不，瑪麗！你對亞瑟的感情使你忽視此事將帶給我的可怕後果。我不僅不會放棄，還從倫敦請來了一位先生，好更深入地調查此事。」

「是這位先生？」她轉頭看著我問道。

「不，是他的朋友，他要我們別打擾他，現在一個人跑到通往馬廄的小徑去了。」

「通往馬廄的小徑？」她揚起了深色眉毛。「他打算在那裡找什麼？啊！我想這位就是他了。先生，我相信你一定能夠證明我深信不移的事實，那就是我堂兄亞瑟在這樁犯罪中是完全無辜的。」

「我完全同意你的觀點，而且我相信，有了你的幫助，我們可以證明這一點，」福爾摩斯回答，走回擦鞋墊把鞋底的雪磕下來。「我相信，能與瑪麗・霍爾德小姐談話是我的榮幸。能否請教一兩個問題？」

「只要能釐清這件可怕的事件，先生，請儘管問。」

「昨天晚上，你都沒聽見任何聲音嗎？」

「沒有，直到我叔叔說話愈來愈大聲，我聽到後，就立刻趕過去了。」
「前一天晚上是由你來關門窗的，所有窗戶都拴上了嗎？」
「是的。」
「到今天早上都還是拴住的？」
「是的。」
「你們這裡的一名女傭，她有個情人是吧？我知道昨晚跟你叔叔提起，說她跑出去找情人私會？」
「是的，她就是那個在客廳接待的女孩，她可能聽到了叔叔關於冠冕的談話。」
「我明白了，你推斷她可能把這件事跟情人說了，然後他倆策畫了這起竊案。」
「但糾結這些模糊的理論有什麼幫助，」銀行家不耐煩地叫起來，「我不是告訴過你們了，我親眼看到亞瑟手裡拿著那頂冠冕？」
「請稍待，霍爾德先生，這件事我們必須搞清楚。有關這個女孩，霍爾德小姐，我猜你看見她從廚房門回到屋裡？」
「是的，當時我正要去查看門是否鎖好了，正好撞見她溜進來，我也看到了那個男人，他就躲在暗處。」
「你認識他嗎？」

「哦，認識！他是為我們送蔬菜的蔬果商，名叫弗朗西斯·普羅斯珀。」

「他站在門的左邊，」福爾摩斯說，「也就是說，是站在遠離門口的小徑上。」

「是的，他就是站在那個位置。」

「而且他有一條木腿？」

這位年輕女士表情生動的黑眼睛裡竄入某種類似恐懼的情緒。「哇，你就像個魔術師，」她說，「你怎麼知道？」她笑起來，但福爾摩斯瘦削、急切的臉上並未報以笑容。

「我希望現在能上樓去瞧瞧，」他說，「我可能還會到屋外繞一圈。也許在上樓之前，我最好先看一眼樓下的窗戶。」

他迅速走過每一扇窗，只在一扇大窗前停下腳步，那扇窗可以從走廊向外看到通往馬廄的那條小徑。他推開窗，用高倍放大鏡仔細檢查了窗台。「現在我們該上樓去了。」他最後說道。

銀行家的更衣間是個布置樸素的小房間，有一塊灰色地毯，一個大櫃子和一面長鏡。福爾摩斯首先走向櫃子，仔細研究上面的鎖。

「是用哪一把鑰匙打開的？」他問。

「儲藏間壁櫥的鑰匙，就是我兒子說過的那把。」

「它現在在你這裡嗎？」

「就是放在梳妝台上的那一把。」

福爾摩斯拿起它打開了櫃子的鎖。

「這個鎖打開時沒聲音，」他說，「難怪沒把你吵醒。我猜冠冕就放在這個盒子裡，這一定要看看。」他打開盒子，拿出那鑲著寶石的小冠冕，把它放在桌上。這真是珠寶匠手藝最華麗的傑作了，那三十六枚寶石是我從所未見的極品。冠冕的一角有個裂開的邊緣，一個鑲著三枚寶石的邊角被掰掉了。

「現在，霍爾德先生，」福爾摩斯說，「這一角與不幸丟失的那一角是相對的，我是否可以請你把它掰斷。」

銀行家驚恐地向後躲開。「我連做夢都不敢試一下。」他說。

「那讓我試試。」福爾摩斯突然使勁一掰它，但一點效果都沒有。「我感覺有稍稍扳彎一點，」他說，「但是，儘管我手指的力道異於常人，但我要掰斷它也幾乎不可能，更別提普通人了。而且，如果我當真把它掰斷了，你想會發生什麼事，霍爾德先生？肯定會有類似手槍射擊一樣的聲響，告訴我，當這一切發生在你床榻的咫尺之遙，你什麼都聽不到嗎？」

「我不知道該怎麼說，這一切對我來說完全是謎團。」

「但也許隨著我們調查下去，它會逐漸清晰。你覺得呢，霍爾德小姐？」
「我就和叔叔一樣困惑。」
「在你看到你兒子的當下，他有沒有穿著鞋子或拖鞋？」
「只有長褲和襯衫，其他什麼都沒穿。」
「謝謝你。這次詢問的成果頗豐，我們的運氣實在好極了，這要是還不能成功釐清案情，那完全是我們的問題。若你允許，霍爾德先生，我現在要繼續到屋外調查。」
他一個人跑出去了，這是他的要求，對此他的解釋是，任何不必要的腳印都可能增加他工作的難度。他在外頭待了一個多小時，終於回到屋裡，腳上結著厚厚的雪塊，神情還是那麼高深莫測。
「我已經看了所有該看的東西，霍爾德先生，」他說，「若要為你提供最好的服務，我現在該回到我的住處去。」
「但那些寶石，福爾摩斯先生，它們在哪裡？」
「這我不好說。」
銀行家擰著他的雙手。「我再也見不到它們了！」他叫道，「還有我兒子呢？你不是說有希望嗎？」
「我的看法依舊不變。」

「那麼，看在上帝的分上，昨晚發生在我家的邪惡勾當究竟是什麼？」

「如果你明天早上九點到十點之間能跑一趟我在貝克街的住所，我很樂意盡我所能為你釐清案情。根據我的理解，你全權委託我處理這件事，只要我能拿回寶石，你對我可能支出的金額並無限制。」

「我願意付出全部的財產換回它們。」

「那好，我會在這段時間內把事情調查清楚。再見，我可能得在傍晚之前再來這裡一趟。」

至此我可以清楚看出，我的同伴對這個案子已經有定論，儘管如此，我也難以想像他的定論到底是什麼。在我們回家的路上，我好幾度試著從他嘴裡問出來，但總被他轉移話題，到最後我也只能失望地放棄了。我們還不到三點就返回貝克街的住所，他匆匆忙忙走進房間，幾分鐘內便打扮成尋常流浪漢的模樣重新出現在我面前。豎起的衣領、磨得發亮的舊大衣、紅色領巾和破爛靴子，是這類人典型的模樣。

「我想這樣就可以了，」他說著，瞥了一眼壁爐上的鏡子。「真希望你能和我一起去，華生，但恐怕不行。我可能已經掌握了這件事的線索，但也可能是被引入歧途，但我很快就知道是哪一種了，希望能在幾個小時內回來。」他從餐具櫃上的大塊烤牛肉切下一片肉，夾在兩塊圓麵包之間，把這頓簡陋的餐食塞進口袋後就出門調查去了。

他回來時，我才剛喝完茶。他顯得精神奕奕，一只側邊帶著鬆緊帶的舊靴子在他手中擺盪著，他將它甩到角落裡，去倒了一杯茶。

「我只是路過進來看看，」他說，「我馬上又要出去了。」

「去哪裡？」

「哦，到西區去，這趟可能要花比較多時間，你就別等門了，省得我回來得太晚。」

「事情進展得如何？」

「噢，還行吧，沒什麼好抱怨的。剛才我出門後，又跑了斯特里薩姆一趟，但這回沒上門拜訪。這小問題挺迷人的，說什麼都不能錯過它。無論如何，我不該繼續坐在這閒聊，但得先換掉這身破衣服，恢復我那備受尊敬的模樣。」

從他的神態可以看出，讓他感到如此滿意的原因，遠遠不止話語中所暗示的那些。他眼中閃爍光芒，原本蠟黃的臉頰甚至氣色不錯。他火急火燎上了樓，幾分鐘後我就聽到大廳門砰地一聲，顯示他再度出門了，去進行他最擅長的追捕行動。

我一直等到午夜，他依然還沒回來，我也就回房就寢了。當他即將抓住線索時，一連幾個晝夜不回來不算什麼稀罕事，因此我也沒對他的遲遲不歸感到驚訝。我不知道他是幾點回來的，但當我一大早下樓吃早餐，看見他已經坐在那裡了，一手咖啡一手報紙，精神飽滿，外表打理得整整齊齊。

「原諒我沒等你就開動了，華生，」他說，「但你還記得吧，我們和客戶約好了一早就要見面。」

「哎呀，現在都已經九點多了，」我答道，「我聽到門鈴聲了，如果來者是他，我也不會太驚訝。」

上門的確實是我們的銀行家朋友，我對發生在他身上的變化感到震驚，因為他那原本寬闊且給人深刻印象的臉孔，現在整個消瘦到垮下去，而我總覺得他的頭髮至少白了大半。他疲憊又了無生趣地走進來，似乎比前一天早上那副狂亂的模樣更痛苦，他頹然地摔進我推給他的扶手椅中。

「不知道我做錯了什麼，要受到這麼嚴酷的折磨，」他說，「不過兩天前，我還是個快樂、富足又無憂無慮的人，現在我深陷在孤獨與蒙羞之中，傷心事接踵而來，現在就連侄女瑪麗也棄我而去了。」

「棄你而去？」

「是的，今早我們發現她的床沒有睡過的痕跡，房間裡不見人影，一張留給我的紙條放在大廳桌上。我昨晚出於悲傷而不是憤怒地對她說，要是她能和我兒子結婚的話，也許我兒子就能成為一個好人。我這麼說太自私了，沒有為她設想，她在這張紙條中也提到這一點：

最親愛的叔叔：

我覺得是我給你帶來苦惱，如果我能採取不同的作法，這樁可怕的不幸也許就不會發生了。心存這樣的想法，我在這個家裡再也不可能快樂，我覺得有必要永遠離你而去。毋須掛心我的未來，一切都已安排妥當了；還有最重要的是，不要找我，因為那將是徒勞無功的，更無益於我。無論是生是死，我永遠都是……

你摯愛的瑪麗。

「她這張紙條是什麼意思，福爾摩斯先生？你認為這指的是自殺嗎？」

「不，不，完全不是這麼回事，也許這就是最好的結果了。我相信，霍爾德先生，你的煩惱就快要結束了。」

「蛤！你都這麼斷言了！你肯定聽說了什麼，福爾摩斯先生，你一定知道了吧！那些寶石在哪裡？」

「以一顆一千英鎊的價格買回它們，你不會覺得這樣的代價太大吧？」

「十倍的價錢我都願意付。」

「沒這個必要，三千英鎊夠辦妥這件事了，我想還要再加上一點點報酬。你帶了支票簿嗎？鋼筆在這，最好開一張四千英鎊的支票。」

銀行家頂著一張茫然的臉照著開了支票。福爾摩斯走到他的書桌前，拿出一小塊鑲著三顆寶石的三角形金塊，扔在桌上。

我們的客戶喜極地尖叫一聲，一把將它抓過去。

「你找到它了！」他大口喘著氣，「我得救了！我得救了！」

他喜悅的反應就像先前的悲苦一樣激烈，他把失而復得的寶石緊緊抱在胸前。

「另外你還欠了一樣東西，霍爾德先生。」福爾摩斯相當嚴厲地說。

「欠！」他抓起筆來。「告訴我金額，多少我都會付的。」

「不，不是欠我的。你欠了那個高尚小伙子一個真心道歉，你兒子一個人承擔整件事，假若我有機會擁有一個兒子，我會為他做了同樣的事感到自豪。」

「所以不是亞瑟拿走那些寶石？」

「我昨天就告訴過你不是了，我今天再重複一次，不是他拿的。」

「所以你很確定是這樣！那我們應該立刻趕到他那裡去，讓他知道真相大白了。」

「他已經知道了，我在搞清楚一切後就去見了他，發現他不肯告訴我真相，於是便由我來說明，他不得不承認我是對的，並補充了一些我還不太清楚的細節。然而，你今天早上帶來的新消息可能會讓他願意吐實。」

「那麼看在上帝的分上，告訴我，這個離奇的謎團到底是什麼！」

「我會的，而且我會把釐清整件事的每一個步驟都告訴你。首先我要說的這件事，很難開得了口，你恐怕也無法承受，那就是喬治．伯恩威爾爵士和你的侄女瑪麗有所串通，現在他們兩個已經一起逃走了。」

「我的瑪麗？不可能！」

「不幸的，不只是可能，而是事實。當你接納此人進入你的家庭圈時，不論是你或你兒子都不知道他的真面目。他是全英國最危險的人物之一，一個傾家蕩產的賭徒，一個壞透的惡棍，一個沒心沒肺毫無良知的人。你侄女對這樣的人一無所知，當他向她低語訴說著誓言，就像他過去對上百位女性所做的那樣，她還自以為是世上唯一能使他傾心的人。這個魔鬼深知如何用言語拐騙女人成為他的工具，並幾乎每晚都去和他幽會。」

「我無法……，也不敢相信這是真的！」這位銀行家面如死灰地喊道。

「那麼，我來告訴你昨晚你家裡發生了什麼事。你侄女在料想你已經回房後，便溜下樓，隔窗與她的愛人交談，那扇窗子朝向通往馬廄的小徑，他在那裡站得太久了，以致腳印都深深穿透了積雪。她向他提起冠冕的事，這個訊息激起他對黃金的邪惡貪慾，並逼她按照他的意志去做。我毫不懷疑她愛你，但有些女性對情人的愛足以壓過對其他人的愛，而我認為她正是這一類人。她還來不及聽完他的指示，就看到你下樓了，她迅速關好窗，告訴你其中一名女傭和木腿情人之間的越軌行為，這事倒是半點不假。

「你兒子亞瑟在和你交談過後就上床睡覺了，但他對俱樂部的債務感到焦慮，因此難以成眠。到了半夜，他聽到一個輕柔的腳步聲從他房門外經過，因此他起床查看，卻驚訝地看到堂妹偷偷摸摸沿著過道走去，直到走進你的更衣間。這小子嚇呆了，他隨便穿了件衣服，等在暗處想知道這件怪事接下來會怎樣。沒多久，瑪麗再度出現在更衣間門口，藉著過道的燈光，你兒子看清楚她手裡拿著那頂貴重的冠冕。她走下樓，他驚恐地跟上去，幾大步閃身躲到你房門外的窗簾後，他從那個位置可以看到樓下走廊發生的一切。他看到她悄悄打開窗戶，把冠冕遞給站在暗處的某個人，接著她重新關好窗，從他躲著的窗簾前經過，匆匆回到自己的房間。

「只要她人還在場，他就不能採取任何行動，以免令人震驚地暴露他心愛女人的所作所為。但當她一走，那一瞬間他意識到這是椿足以摧毀你的巨大不幸，以及將這件事導正有多重要。他還光著腳就衝下樓，打開窗戶，跳到雪地上，沿著小徑跑出去，在月光下，他看到一道黑色人影。喬治．伯恩威爾爵士正試圖要逃跑，但亞瑟抓住了他，兩個人扭打在一起，你家小伙子扯著冠冕的一邊，他的對手也拉住另一邊。在這陣混戰下，你兒子打中喬治爵士，割傷他眼睛上面的部位，接著突然有什麼東西被拉斷了，你兒子發現冠冕已經落到了自己手中，於是奔回屋裡，關上窗，上樓到你的更衣間，這才發現冠冕在剛才的打鬥中被扯壞，他正努力想把它扳直，你就出現了。」

「這有可能嗎？」銀行家喘著氣問道。

「他覺得他該得到你最熱烈的感謝，卻換來你一頓辱罵，這狠狠激怒了他。他無法向你說明真實情況，又不想出賣那個讓他顧慮的人，於是他採取更具騎士風度的想法，決定替她保守祕密。」

「所以，她才會一看到冠冕就尖叫並暈過去，」霍爾德先生叫道，「哦老天！我真是又瞎又蠢！他請求我讓他出去五分鐘！這可愛的孩子是想去看看弄丟的那部分是否還留在打鬥現場，而我是多麼殘忍地誤會了他！」

「當我一到你家，」福爾摩斯繼續說，「立刻仔細地繞著房子外圍一圈，檢查雪地上是否留下任何有助於我調查的蹤跡。我知道前一天晚上過後就沒再下雪了，而這段時間的酷寒氣溫更能留住那些痕跡。我沿著商人出入的小路走，但發現那裡已經被踩踏得什麼都看不出來了。然而就在它後方，廚房門的另一邊，曾有一個女人站在那裡和一個男人交談，他其中一邊的腳印是圓形的，這說明他有一條腿是木製義肢。我甚至可以斷言他們的談話被驚擾，因為那個女人匆匆跑回門口，她鞋尖較深而鞋跟較淺的腳印說明了這一點，而有木腿的人還等了一會兒才離開，當下我便認為這可能是那名女傭和她的情人，你曾和我提過這件事，在詢問過後也證明了就是這麼回事。我繞過花園，除了一些雜亂的腳印外，沒看到什麼線索，而我認為那些雜亂的腳印是警察留下的。但當我來到通往馬廄的小徑時，面前的雪地上寫著一個非常漫長又複雜的故事。

「那裡有兩行穿著靴子的人留下的腳印，而另外兩行腳印，我很高興看出它們屬於一名光著腳的男人，根據你對我說的，我立刻確信後者是你兒子的腳印。穿著靴子的腳印曾朝著來回兩個方向走，但光腳的腳印則是大步奔跑留下的，而且在一些地方還蓋在穿靴子的腳印上，很明顯他是跟在後頭踩上去的。我順著腳印走，發現它們來到走廊的窗邊，穿靴子的人在那等了太久，把腳邊的積雪都踩壞了。然後我走到另一頭，大約是沿著小徑走出去一百碼或更遠些，我看到穿靴子的人轉過身來，那裡的雪被踩得亂七八糟，彷彿發生過一場扭打，最後是幾滴落下的血跡，證明我的猜測沒錯。接著穿靴子的人沿著小徑逃離，這裡又有一點血跡顯示他是受傷的一方，當他來到小徑盡頭的公路上，我發現那裡的人行道已經被清理過了，於是這邊的線索到此為止。

「不過，當我們進入房子，你應該還記得我用放大鏡檢查了走廊窗戶的窗台和窗框，當時我立刻就看出有誰從那裡翻出去過，我能分辨出那上頭有從外頭踩進來時留下的濕腳印，到此我對發生過什麼事的看法逐漸成形：一個男人等在窗外；有人把寶物交給他；你兒子暗中目睹這一切；他一路追著竊賊出去；與對方扭打成一團；他們各自拉住冠冕的一邊，兩個人的力道加起來，對冠冕造成任何一方都無法獨自造成的傷害。你兒子奪回寶物，但他的對手搶走了冠冕的一小塊。事情到目前為止，我都已經搞清楚了，現在的問題是，那個男人是誰，又是誰把冠冕拿給他的？

「我的一條老格言是，當你排除了一切不可能，無論剩下的是什麼，無論有多麼難以置信，它們都必須是事實。現在，我知道當然不會是你拿給他的，那麼能這麼做的只剩下你侄女和女傭們了，但如果是女傭們，你兒子為何要替她們攬下罪責呢？這裡找不到任何說得通的理由，但由於他深愛著堂妹，這就完全能解釋他為什麼要替她保守祕密，加上這個祕密還是件不名譽的事，就更是如此了。當我想起你曾看到她站在那扇窗前，以及她是如何一見到冠冕就暈過去的，我的猜想變成了肯定。

「那麼，誰可能會是她的同夥？很顯然是個情人，因為除了這個人以外，還有誰能重於她對你的愛和感激之情？我知道你們都不常外出，你們的朋友圈因此也非常有限。但偏偏喬治．伯恩威爾爵士就是其中之一，我以前就聽說過他在女性圈子中聲名狼藉，穿著那雙靴子的人一定是他，失蹤的寶石想必也在他手中，儘管他知道亞瑟已經發現了，但他仍自認能置身事外，他咬定了這小子無法吐露任何事而又不危害到家人。

「好了，依你們出色的判斷力，應該能想到我下一步採取的作法。我以流浪漢的模樣到喬治．伯恩威爾爵士家，設法和他的貼身男傭套了交情，並得知他的僱主前一天晚上割傷了頭，最後，我用六先令的代價，弄來一雙很確定是他僱主的舊靴子，我帶著它們又跑了一趟斯特里薩姆，確定它們和雪地上的腳印完全吻合。」

「昨晚，我看到一個穿著襤褸的流浪漢在那條小徑上。」霍爾德先生說。

「一點也沒錯，那正是我。我已經找到要找的人了，於是回家換了身衣服。此時我不得不扮演微妙的角色，我很清楚要避免醜聞傳出去，此事絕不能鬧上法庭，也知道如此精明的惡棍肯定看得出我們在這件事情綁手綁腳的。我找上他，起初他當然死不承認，但等我把事發的每一個細節都說明清楚，他試著要恐嚇我，又從牆上拿下防身武器。但我知道要對付的人是誰，在他一棍子揮過來前，搶先一步用手槍指著他的腦袋，終於讓他稍稍講理些了。我告訴他，我們會開個價買下他手上的寶石，每顆一千英鎊。這讓他第一次露出極度懊悔之色。『什麼，該死的！』他說，『我把它們用三顆六百鎊的價錢賣了！』在承諾不會告發他後，我很快就從他那裡得到收購寶石的買家地址。我找到了對方，在一番討價還價後，以每顆一千鎊的價格買回寶石，接著我去見了你兒子，告訴他一切都順利解決了。在度過我願稱之為辛勤勞作的一天後，終於得以在半夜兩點上床睡覺。

「這一天，你把全英國從一場巨大的公眾醜聞中拯救出來。」這位銀行家站起來說，「先生，我無法表達我的感激，但你將看到我絕不會對你所做的一切忘恩負義，你的本事的確是我聞所未聞的。現在我得飛奔去找親愛的兒子，為我加諸在他身上的所有錯誤鄭重道歉。至於你告訴我有關可憐瑪麗的事，那真是傷透我的心了，就算是你這樣的本事，也無法得知她目前的下落吧。」

「我想，我們可以篤定地說，」福爾摩斯答道，「喬治．伯恩威爾爵士在哪，她也就在哪。還能同樣篤定地說，無論她犯了什麼樣的罪，他們很快就要受到嚴厲的懲罰了。」

CASE 12

銅山毛櫸探案

The Adventure of the Copper Beeches

「對一個熱愛技藝的人來說，」福爾摩斯說著，將《每日電訊報》的廣告版扔到一邊。「往往都是從那些最不重要和最卑微的表現形式中獲取最深刻的樂趣。我很高興觀察到，華生，從你好心為我們的那些小小案件所做的紀錄看來，到目前為止，你已經把握住這個真理，而且，我必須這麼說，你有時會對這些紀錄加以潤色，但你沒有突顯那些我曾參與的爭議大案或轟動一時的審訊，反而選擇那些微不足道的事件，這些事件才能讓我的推理和邏輯綜合本領有發揮的餘地，這些本領都成了我專屬的領域。」

「然而，」我微笑著說，「我仍無法完全免除譁眾取寵的指控，這在我的紀錄中本該要完全避免的。」

「也許，你是犯了錯誤，」他評論道，用火鉗夾起一塊熾紅的餘燼，點燃了櫻桃木製長菸斗，當他想要與人爭論而非深思冥想時，會習慣用它來替代陶土製的菸斗。「你犯下的錯誤，也許是試圖將生命和色彩添加到你對每個案件的敘述中，而不是限制自己只記錄那些由因到果的嚴肅推理，這才是案件中唯一真正值得注意的地方。」

「在我看來，我在你說的這件事情已經做得十足公正了。」我有些冷淡地說，對他的自大很是排斥，我已不止一次觀察到，這樣的自大是我朋友獨特的性格中一項強烈的要素。

「不，這不是自私或自負，」他說，就像他習慣的那樣，回答的是我的想法，而非我的言語。「如果我要求為我的技巧做公正的紀錄，那是因為它是非個人的，是一件不屬於我的東西。犯罪常見，而邏輯罕有，因此你應該記錄的是邏輯而不是犯罪，你把原本該用來講授的課程降級成了一系列的故事。」

那是早春的一個寒冷早晨，早餐後，我們坐在貝克街老住處那明亮舒適的爐火兩側。濃霧從成排的暗褐色房屋之間翻滾而下，對面的窗戶像某種黑暗、不成形的模糊之物，在一團團沉重的黃色霧氣中時隱時現。我們點起煤氣燈，照在白桌巾上，因為桌面還沒清理，餐具的瓷器和金屬閃爍著微弱的反光。福爾摩斯整個上午都沉默不語，不斷翻查著一張又一張報紙的廣告專版，最後，他看起來是放棄了，轉而不那麼和藹地對我寫作的短處一通批評。

「同時，」他頓了頓，坐在那抽著長菸斗並凝視爐火，才又繼續說道，「你也不該被指責是譁眾取寵，因為在這些你自己也非常感興趣的案子中，有很大一部分在法律意義上根本不算是犯罪。我努力幫助波希米亞國王的那件小事、瑪麗·薩瑟蘭小姐奇特的經歷，與那個歪嘴男有關的問題，以及單身貴族的那件事，這些案件都在法律範疇之外。我反倒擔心你為了避免譁眾取寵，會讓紀錄太過瑣碎。」

「結果可能是這樣，」我回答，「但我使用的手法是新奇而且有趣的。」

「呸，我親愛的老友，對於公眾，那些廣大不善觀察的公眾，他們無法用一個人的牙齒分辨出他是紡織工，或從左手拇指看出他是排字工，他們哪會關心分析和推理的精細區別！但其實就算你的紀錄太過瑣碎，我也不好責怪你，因為屬於大案子的時代已成過去，一個人，或至少是一名罪犯，已失去一切進取心和創造力。至於我自己的小事業，它似乎也正淪為替人找找不見的鉛筆、為寄宿學校的年輕女士出出主意的辦事處。然而，我終於要觸底了，今天早上收到的這張紙條標誌著我事業的終點。你看看吧！」他向我扔過來一封揉皺了的信。

信上的日期是前一晚，從蒙塔古廣場寄來的，上面寫著：

親愛的福爾摩斯先生：

我非常急切地想要得到你的建議，關於我應不應該接受聘請成為家庭教師一事。若是方便的話，我會在明天十點半前去拜訪。

你忠實的維奧萊特・杭特

「你認識這位年輕女士嗎？」我問。

「不認識。」

「現在已經十點半了。」

「是的，我毫不懷疑正在拉門鈴的就是她。」

「這事可能比你想像得更有趣，還記得藍色柘榴石那件案子吧，起初也就是興之所至，但後來卻發展成嚴肅的調查。這個案子說不定也是如此。」

「好吧，但願是這樣，我們的疑問就要有答案了，因為除非是我弄錯，不然來的正是我們在討論的人。」

他正說著，房門打開了，一位年輕女士走進房間，她的穿著樸素而整潔，有一張聰明、機敏的臉，臉上的雀斑像是鴴鳥蛋上的斑點，展現出有主見的婦女那種生氣勃勃的神態。

「我相信你會原諒我的打攪，」她在我的同伴起身迎接時說道，「但我遇上一件非常奇怪的事，由於我沒有父母或任何親戚可以尋求建議，也許你能好心告訴我該怎麼做。」

「請坐，杭特小姐，我很樂意盡我所能為你服務。」

我可以看出福爾摩斯對這位新客戶的態度和談吐印象很不錯，他以洞察的目光打量對方一番，然後沉靜下來，低垂著眼皮，指尖合攏在一起，聽她開始講述。

「我在斯彭斯・孟若上校家裡當了五年的家教，」她說，「但兩個月前，上校接受在新斯科舍省的哈利法克斯的任命，帶著他的孩子們去了美洲，我就這麼失業了。我登了求職廣告，也去應徵了招聘廣告，但都不成功，到最後，我存下的那點小錢即將花光，對於未來一點頭緒都沒有。

「西區有一家有名的家庭教師職業介紹所，叫做威斯特維，我通常每週會往那裡跑一趟，看看是否有適合的工作。威斯特維是這家公司創始人的名字，但它的實際經營者是一位史托伯小姐。她坐在小辦公室裡，求職的女士們則在接待室等著，然後一個接一個被領進去，她則翻找著分類簿，看看是否有工作適合她們。

「於是，就在我上星期到那裡的時候，就像往常一樣被領進小辦公室裡，但我發現史托伯小姐不是房間裡唯一的人，一個笑容滿面、胖得驚人的男人坐在她的手肘旁，他一層又一層肥大的下巴疊起來、向下垂到了脖子，鼻子上架著一副眼鏡，非常認真地看著進門的每一位女士，當我進去時，他從椅子上跳起來，迅速轉向史托伯小姐。

「『就是這個了，』他說，『我不能要求比這個更好的了，好極了！好極了！』他似乎很熱情，開心地揉搓著雙手，是個看起來很舒服，讓人很愉快的人。

「『你在找工作，小姐？』他問。

「『是的，先生。』

「『當家庭教師？』
「『是的，先生。』
「『你要求多少工資？』
「『我過去在斯彭斯．孟若上校那裡工作時，工資是每個月四英鎊。』
「『哦，嘖嘖，嘖嘖！廉價勞工啊，真是太廉價了！』他叫道，在空中揮舞著肥胖的雙手，就像一個情緒極度激動的人會做的那樣。『怎麼會有人用這點少得可憐的錢打發一位有吸引力又有成就的女士？』

「『有關我的成就，先生，可能不如你想像的那麼高，』我說，『就懂一點法語、一點德語、音樂和繪畫……』

「『嘖嘖，嘖嘖！』他叫道，『這些都不是問題，重點是，你有沒有做為一位真正的女士應有舉止和儀表？就這麼簡單。如果你沒有，就不適合教育這個孩子，而他有朝一日也許會在這個國家的歷史中發揮重要作用，但如果你有，那麼，怎會有任何一位紳士開得了口，要求你屈就低於三位數的工資？你在我這裡的工資，女士，將從每年一百英鎊算起。』

「你可以想見，福爾摩斯先生，在我這個一貧如洗的人看來，這樣的條件實在好到不像真的，然而這位紳士或許也看出我臉上懷疑的表情，於是打開皮夾，抽出一張鈔票。

「『這也是我的習慣，』他說，狀極愉快地微笑著，直到眼睛成為兩道閃爍的縫隙，深陷在白皙臉孔的肥肉皺褶中。『預付一半工資給我年輕的女士，這樣就可以應付她們旅程中的小小開銷，並買幾件衣服。』

「我從未見過如此迷人而體貼的人。當時我還欠了店主一些錢，這筆預付的工資自然對我幫助甚大，然而整樁交易還是有些地方讓我感到不太自然，因此我希望在答應前，能再了解得詳細一些。

「『我能問問你住在哪裡嗎？先生。』我說。

「『銅山毛櫸，一個迷人的鄉下地方，就在漢普郡，離溫徹斯特五哩遠。那是最可愛的鄉間，我親愛的女士，有著最親愛的鄉下老房子。』

「『先生，那我的職責呢？我將很高興知道我的工作內容。』

「『一個孩子，一個可愛的小搗蛋鬼，才剛滿六歲。哦，如果你能看到他是怎麼用拖鞋殺死蟑螂的！打！打！打！你還來不及眨眼，三隻就這麼沒了！』他向後靠上椅背，再次笑得讓眼睛陷入肥肉皺褶中。

「我對那孩子的娛樂方式有點駭異，但他父親大笑的模樣讓我覺得也許那就是個玩笑。

「『所以我唯一的職責，』我問，『就是照顧一個孩子？』

「『不，不，不是唯一的，不是唯一的，我親愛的女士，』他叫道，『我相信就像你的理智會指引你去做的那樣，你的職責應該是服從我妻子可能給出的任何小指令，只要它們是一位女士原本就該遵從的。你看，一點也不難吧，嗯？』

「『我很樂意讓自己對你們有所幫助。』

「『就是這樣，比如說穿衣服好了，我們是有特殊好惡的人，你知道的，有特殊好惡但沒有惡意。如果我們要求你穿上任何我們可能給你的衣服，你不會反對我們小小的突發奇想吧，嗯？』

「『不。』我說，對他這麼說頗為驚訝。

「『要你坐這裡，或者坐那裡，不會冒犯到你吧？』

「『哦，不會的。』

「『或者讓你在報到之前，先把頭髮剪得很短？』

「我簡直不敢相信我聽到的，如你所見，福爾摩斯先生，我的頭髮很濃密，而且是相當特別的板栗色調，向來被認為非常好看，我做夢也沒想到要如此輕易放棄它。

「『恐怕這是不可能的。』我說。他一直用小眼睛急切地看著我，當我這麼說時，可以看出一道陰影掠過他的臉。

「『恐怕這是必要的。』他說，『這是我妻子的小癖好，女士們的那些癖好，你知道的，小姐，女士們的那些癖好必須被照顧到。所以你不打算把頭髮剪掉？』

「『不，先生，我真的不能。』我堅定地回答。

「『啊，好吧，那只能這樣了，真可惜，因為在其他方面，你真的非常合適。既然如此，史托伯小姐，我最好再多看看幾位你這裡的年輕女士。』

「那位女經理從頭到尾都在埋頭處理文件，對我們這邊的事未置一詞，但她現在滿臉惱怒地瞥了我一眼，令我忍不住懷疑是否因為我的拒絕，使她損失一筆可觀的佣金。

「『你還希望名字留在分類簿上嗎？』她問道。

「『如果可以的話，史托伯小姐。』

「『噢，說實在的，這看起來沒什麼用，因為你就這麼拒絕了最優厚的待遇，』她尖銳地說，『你很難指望我們再花心思為你找到另一個這樣的機會。再見，杭特小姐。』她敲了桌上的呼叫鈴，服務員便進來將我帶出去了。

「哎，福爾摩斯先生，當我回到住處，看見櫥櫃裡的食物所剩不多，桌上還有兩三張帳單時，不免自問，我是否做了件十足的蠢事。畢竟，如果這些人有奇怪的好惡，並希望別人遵從他們稀奇古怪的要求，他們至少已經準備好要為自己的怪癖付出代價。在英國，沒幾個家庭教師能有每年一百鎊的工資。再者，我的頭髮對我有什麼用？許多人藉著剪短頭髮改善自己的外表，也許我也該這麼做。到了第二天，我開始懷疑自己犯了錯，又過了一天，我確定我錯了，在我幾乎克服自尊心、回去介紹所詢問那個空缺是否還在時，我收到那位紳士本人的信，信就在這裡，我唸給你聽：

溫徹斯特市，銅山毛櫸

親愛的杭特小姐：

史托伯小姐很好心地把你的地址給了我，因此我從這裡寫信過去，想問問你是否重新考慮了你的決定。我妻子非常急切地希望你能過來，因為她被我對你的描述深深吸引。我們願意支付每季三十英鎊的工資，也就是每年一百二十鎊，以補償我們的怪癖可能對你造成的任何不便，畢竟，那些怪癖也不算過分苛刻。我妻子偏好一種特殊的鋼青色色調，並希望你早上能在室內穿這種顏色的衣服，然而，你不需要特地花錢去買一件，因為我們有一件原屬於我親愛的女兒愛麗絲（她現在人在費城）的，我想應該很適合你。再來，至於坐在這裡或那裡，或以任何指定的方式消遣娛樂，這應該不至於給你帶來任何不便。關於你的頭髮，毫無疑問地非常可惜，特別是在我們那次短暫的會面中，我也忍不住讚賞了它的美麗，但恐怕我必須堅持這一點，我只希望額外的工資可以補償你的損失。至於照顧孩子方面，你的職責很輕鬆。請務必要過來，我會駕著狗車到溫徹斯特車站接你，請讓我知道你的火車班次時間。

你忠實的傑夫羅・盧卡斯爾

這就是我剛剛收到的信，福爾摩斯先生，我也下定決心要接受這個職位，然而在跨出最後一步之前，我還是想讓你知道整件事，請你替我考量一下。」

「嗯，杭特小姐，如果你下定決心了，就這麼辦吧。」福爾摩斯微笑道。

「但你不建議我拒絕嗎？」

「我承認，這不是一個我希望看見我的姊妹去應聘的職位。」

「這究竟是怎麼回事，福爾摩斯先生？」

「呃，沒有資料，這我說不上來，也許你自己已有某些定論了？」

「嗯，在我看來，事情似乎只有一種可能的解釋。盧卡斯爾先生看上去是個和善、好脾氣的人。有沒有可能他的妻子是個瘋子，他想要守住這個祕密，以免她被送到精神病院，並用任何方法迎合她的幻想，好防止她發作？」

「這是個可能的答案——事實上，就眼前的狀況看來，這是最有可能的解釋。但無論如何，對於一位年輕女士來說，那戶人家似乎不是個好去處。」

「但是錢啊，福爾摩斯先生，那麼多錢！」

「嗯，是的，當然工資很優厚，就是太優厚了，才會令我不安。他們為什麼要付給你每年一百二十鎊，而他們明明可以選擇每年只要四十鎊的人？這背後肯定有強烈的理由。」

「我想，如果我把事情都跟你說了，一旦需要你的幫助，你很快就能掌握一切狀況，而且若有你當我的後盾，我會更堅強的。」

「哦，你不妨就帶著這種想法去吧，我向你保證，你的小問題可能將是我幾個月以來最感興趣的一個，它的一些特徵顯然非常新奇，如果你發現自己有疑慮或危險……」

「危險！你預見到什麼危險了？」

福爾摩斯嚴肅地搖了搖頭。「能說得出來的，那就不叫危險了。」他說，「但無論任何時候，白天或晚上，只要打一通電報，我會立刻飛奔去救你。」

「這樣就夠了。」她輕快地從椅子上站起來，滿臉的愁容一掃而空。「我現在可以放寬心到漢普郡去了。我立刻寫信回覆盧卡斯爾先生，今晚就去把我那可憐的頭髮剪短，明天動身去溫徹斯特。」她對福爾摩斯說了幾句感謝的話，向我倆道了晚安後，匆匆離開了。

「至少，」當我們聽到她快步而堅定地走下樓梯時，我說，「她看上去是一位有足夠能力照顧自己的年輕女士。」

「她也正需要如此，」福爾摩斯嚴肅地說，「如果很多天過去了，我們還沒有任何她的消息，那我就大錯特錯了。」

不久，我朋友的預測就成了真。兩個星期過去，在這段期間，我發現我的心思經常轉到她那裡，想著這位孤單的女孩究竟流落到哪個奇怪的人生經歷歧途去了。不尋常的薪水、古怪的條件、輕鬆的職責，都指出整件事的異常之處，唯獨不論此事只是單純的怪癖還是一場陰謀，又或者那個人是大善人還是惡棍，要確認這些問題，早已完全超出我的能力範圍。至於福爾摩斯，我觀察到他經常一坐就是半個小時，眉頭緊鎖且心不在焉，但當我提起這件事，他又揮揮手躲開話題。「資料！資料！資料！」他不耐煩地嚷嚷，「沒有黏土，要我怎麼做出磚塊。」可到末了他又總是喃喃自語，說他絕不會讓自己的親姊妹接受這樣的職位。

那通電報最終在某天深夜送到我們手中，那時我正打算上床睡覺，福爾摩斯則安頓下來要做那些令他沉迷通宵的化學研究，通常我在晚上離開他時，總看他俯身在曲頸瓶和試管上，到了早上我下樓吃早餐時，發現他還在原來的位置。他打開那個黃色信封，瞥了一眼電報內容，就把它扔給了我。

「查一下火車時刻表。」他說，然後又埋頭到化學研究中。這個召喚簡短而緊急，上面寫著：

明天中午請到溫徹斯特的黑天鵝酒店，務必要來！我已經無計可施了。

杭特

「你要和我一起去嗎？」福爾摩斯抬眼瞥了我一下問道。

「我很樂意。」

「那就查查時刻表。」

「九點半有一班火車，」我看了看我的火車時刻表。「十一點半就到得了溫徹斯特。」

「太好了，我最好把對丙酮的分析緩一緩，因為明天早上我們可能需要以最佳的身心狀態出發。」

第二天十一點，我們已經順利地往英國的舊日首都而去。整段路途中，福爾摩斯一直把自己埋在晨報裡，但在我們越過漢普郡邊界後，他把報紙一扔，開始欣賞起風景來。這是一個理想的春日，蔚藍色的天空中是點點柔軟如羊毛的白雲，從西向東飄去。陽光燦爛，空氣中仍有一絲令人振奮的寒意，能使一個人精神抖擻起來。起伏的丘陵遍布整個鄉間，一直連綿到奧爾德肖特周遭，小小的紅色和灰色農舍屋頂從一片新生植物的新綠中隱約浮現。

「這可不是清新又美麗的景色嗎？」我做為一個才剛離開霧茫茫貝克街的人，不禁興頭十足地高呼。

但福爾摩斯嚴肅地搖了搖頭。

「你知道嗎，華生，」他說，「像這樣看待任何事物都會聯繫到我的專業領域，已經成為一種對我心靈的詛咒。當你看著那些散落的房子，被它們的美麗深深吸引，而我看著它們，唯一的想法想便是它們的與世隔絕感，一旦在那裡發生了犯罪事件，犯人恐怕得不到應有的懲罰。」

「我的天！」我叫道，「誰會把犯罪事件和這些可愛的老農舍聯想在一起？」

「它們總是令我充滿某種恐懼。這是我的看法，華生，基於我的經驗，倫敦最低劣、最污穢的小巷也不會有比這令人愉快的美麗鄉間更可怕的犯罪紀錄。」

「你嚇到我了！」

「但這道理顯而易見。在城裡，輿論的壓力可以做到法律做不到的事，一個受虐兒童的哭叫聲，或一名醉漢的打鬧聲都會引起鄰里間的同情和公憤，沒有一條巷道會卑劣到對此視而不見，況且整個司法機構就近在身邊，一句投訴就可以讓它動起來，令罪犯和被告席只有一步之遙。但看看這些孤立的房子，每個都立於自己的一方田地裡，裡頭住的盡是些可憐無知的人，他們對法律知之甚少。想想看，極端殘酷的暴行，隱藏的罪惡，可能年復一年在這些地方發生，而沒人對此知覺。若這位向我們求助的女士是要到溫徹斯特居住，那我絕不會為她感到憂心，但正是這五哩的鄉間構成了危險。還好很明顯的是，眼下她還沒有受到人身威脅。」

「是沒有，如果她還能到溫徹斯特與我們見面，這說明了她是能脫身的。」

「正是如此，她還有行動自由。」

「那麼，這是怎麼回事呢？你不能給點解釋嗎？」

「我想出了七種不同的解釋，每一種對我們目前已知的情況都說得通，但它們之中哪一個是正確的，只能由那些毫無疑問正等著我們的新消息來決定了。好，那邊是大教堂的塔樓，我們很快就可以得知杭特小姐想要告訴我們什麼了。」

黑天鵝是大街上一間頗有名氣的旅店，離車站不遠，那位年輕女士已經在那裡等著我們，她訂了一間起居室，午餐也擺在桌上等著我們。

「你們能來，我實在太高興了，」她懇切地說，「你們兩位真是好心；但事實上，我已經完全不知該怎麼做，你們的建議對我來說將會非常重要。」

「請告訴我們你都遭遇了些什麼。」

「我會的，而且我得快點，我答應盧卡斯爾先生會在三點前回去，我今天早上是得到他的允許才到城裡來的，但他不曉得我是為了什麼而來。」

「讓我們把事情按順序條理清楚。」福爾摩斯將瘦長的雙腿伸向爐火，讓自己靜下心來傾聽。

「首先，總的來說，我得說我沒有受到盧卡斯爾先生和夫人的苛待，這麼說對他們比較公平，但我理解不了他們，對他們也無法放心。」

「你不能理解他們的什麼？」

「他們行為背後的動機，但我會盡量如實告訴你這一切。當我下了火車，盧卡斯爾先生到這裡來接我，駕著狗車帶我去銅山毛櫸。正如他所說，那裡環境優美，但房子本身就沒那麼好了，因為它是一個大而方正的房子，粉刷成白色，但被濕氣和惡劣氣候搞得滿是斑駁的污漬。那些圍繞在房子周遭的土地，有三面是樹林，剩下的一面空曠地傾斜向下，直達蜿蜒通過前門一百碼開外的南安普頓公路。前門的這塊空曠地屬於這棟房子所有，但周圍的樹林則都是薩瑟頓勳爵領地的一部分。一叢銅色的山毛櫸正對著大廳門生長，這個地方因此得名。

「我由雇主駕車載著，他就像之前那樣友善，當晚他把我介紹給他妻子和孩子。

福爾摩斯先生，那天我們在貝克街你的房間裡認為最有可能的那個猜測不是真的，盧卡斯爾夫人並不瘋，看起來是個安靜、臉色蒼白的女人，比她丈夫年輕許多，我想她不會超過三十歲，而她先生則不可能小於四十五歲。從他們的談話中，我得知他們結婚大概七年了，此前他是個鰥夫，和前任妻子唯一的孩子就是那位去費城的女兒。盧卡斯爾先生私下告訴我，女兒離開他們是因為對繼母總有一種沒來由的厭惡。基於那位女兒不可能小於二十歲，我完全可以想像她的處境，她和父親再婚的年輕妻子相處時，肯定感到很不自在。

「在我看來，盧卡斯爾夫人無論是內心還是外表，都是個平凡而無趣的人，她沒給我留下什麼好印象，但也不壞，就是個無足輕重的人。我可以輕易看出她一心深愛丈夫和他們的小兒子，她那雙淺灰色的眼睛不斷地在父子倆身上來來回回，注意他們每一個小小的需求，並設法預先滿足他們。丈夫對她也很好，以他那種裝模作樣、吵鬧的方式。整體來說，他們似乎是一對幸福的夫婦，然而這個女人，有某些不為人知的傷心往事，經常沉浸在沉思中，臉上的表情極其悲傷，我不止一次看到她在掉眼淚。我有時在想，會不會是她兒子的性格使她內心不堪重負，因為我從沒見過這麼被徹底寵壞又如此心地不善良的小東西。他比同齡小孩的個子矮小，但腦袋大得不成比例。若不是野蠻不受控地亂發脾氣，就是陰鬱地生悶氣，他的整個生命似乎耗在這不斷交替的兩種情緒上，折磨任何比他弱小的生物似乎是他唯一的娛樂，在想辦法捕捉老鼠、小鳥和昆蟲方面，他表現出相當不凡的才能。但我寧願不要談到這個小東西，福爾摩斯先生，事實上，他和我的故事關係也不大。」

「我樂見一切細節，」我朋友說，「不論它們在你看來是否有關。」

「我會盡量不要錯過任何重要的部分。有關這棟房子，有一個地方立刻引起我的不快，就是傭人們的外表和言行。那裡只有兩個傭人，一個男人和他妻子，他的名字叫托勒，是個粗魯、笨拙的人，頭髮和鬍鬚都已經花白，還有滿身永遠散不掉的酒氣，我到他們那裡後，已經兩度看到他喝得爛醉，但盧卡斯爾先生似乎沒把此事放在心上。托勒的妻子是一個非常高大強壯的女人，老是板著臉，就像盧卡斯爾夫人一樣沉默寡言，但遠不如她親切。他們真是一對惹人厭的夫婦，但幸運的是，我大部分時間都待在位於那棟房子的一角、彼此相鄰的育兒室和我自己的房間裡。」

「在我剛到銅山毛櫸的前兩天，日子過得很平靜，到了第三天，盧卡斯爾夫人在用過早餐後下樓來，悄聲對她丈夫說了些什麼。

「『哦，是的，』他說著，『我們非常感謝你，杭特小姐，你願意為了我們的怪癖把頭髮剪短，我向你保證，這麼做絲毫沒有損害你的外表。我們現在來看看那件鋼青色的衣服適不適合你，你會看見它就放在房間裡的床上，如果你能好心穿上它，我們都會非常感激的。

「我發現那件等著我去穿的裙裝是種特殊的藍色色調，是一種上好的嗶嘰材質，但一看就知道被穿過，它非常合身，為我量身縫製的衣服也不過如此。盧卡斯爾先生和夫人看到後都很高興，甚至有點高興得過了頭。他們在起居室等我，那是一間非常大的房間，延伸到整棟房子的前半部，有三扇長長的落地窗，還有一把椅子放在靠近中間那扇窗的地方，背對著窗子。他們要我坐在這張椅子上，接著盧卡斯爾先生在房間的另一頭走來走去，開始對我講起一連串我從沒聽過的最好笑的故事。你沒法想像他那副樣子有多滑稽，我笑到都要沒力氣了，但盧卡斯爾夫人顯然不太有幽默感，她一點也不笑，只是把手放在腿上坐在那裡，滿臉憂愁和焦慮。如此過了大概一個小時，盧卡斯爾先生突然說，是時候開始一天的工作了，我可以換件衣服、去育兒室照顧小愛德華。

「兩天後，又是同樣的表演，在極度相似的狀況下。我再次換了衣服，再次坐到窗前，也再次聽我的雇主用誰也學不來的方式講著那些好像講不完的好笑故事，並為之開懷大笑。然後他遞給我一本廉價小說，要把我的椅子稍稍往側邊挪，好讓我的影子不會落在書頁上，他請求我大聲讀給他聽。我由其中一章的中間開始，讀了大約十分鐘，然後突然地，當我唸到一句話的中間時，他要我停下來並去換衣服。

「你應該不難想像，福爾摩斯先生，我對這種不尋常的表演背後的意義會有多好奇。我觀察到，他們總是小心翼翼地要我把臉從窗口轉開，這讓我愈來愈想知道我背後到底發生了什麼事，起初看似不可能，但我很快就找到辦法。我的手鏡打破了，這讓我想出一個好主意，我把一塊鏡子的碎片藏在手帕中，下一次相同的場合裡，我趁著大笑把手帕舉到眼前，稍稍調整一下後就能看到背後的一切了。我承認這令我很失望，因為那裡什麼都沒有，至少我的第一印象是如此。然而，當我第二次看向那裡時，察覺到有一個人站在南安普敦路上，那是個穿著灰色西裝、蓄小鬍子的男人，他似乎正朝著我這裡張望。那條路是一條重要的高速公路，路上通常有人來往，然而，這個人靠在圍出我們土地邊界的欄杆上，殷切地往上看著。我放下手帕，瞥了盧卡斯爾夫人一眼，發現她用一種完全洞悉的目光盯著我看，她什麼也沒說，但我確信她已經猜到我手裡拿著鏡子，並且看到身後的一切，她立刻站起來。

「『傑夫羅』，她說，『路上有一個無禮的傢伙正盯著杭特小姐。』

「『那是不是你的朋友，杭特小姐？』他問道。

「『不，我在這個地方沒有熟人。』

「『哎呀！多麼無禮啊！請你轉過身去，示意他走開。』」

「『別理他肯定更好吧。』

「『不，不，這會讓他老是在附近晃來晃去。請轉過身去，像這樣揮揮手把他趕走。』

「我照著他說的做了，盧卡斯爾夫人也同時拉上了窗簾。那是一週前的事了，在那以後，我再也沒有坐在窗前，也沒再穿過那件藍色裙子，更沒有再見過路上的那個男人。」

「請繼續，」福爾摩斯說，「你的敘述很可能會成為我聽過最有趣的事情之一。」

「我擔心你會覺得它很零碎，也許這正代表了我說的那些不同事件之間並無關聯。我到銅山毛櫸的第一天，盧卡斯爾先生就領我到廚房門附近的一間小外屋。我們才走近它，就清楚聽到鐵鍊的嘩啦聲，以及一隻大型動物走動的聲音。

「『看看這裡頭！』盧卡斯爾先生說，向我指出兩片厚板之間的縫隙。『牠是不是很漂亮？』

「我往裡頭看，察覺到黑暗中兩隻發光的眼睛，以及一個蜷伏著的模糊身影。

「『不要害怕，』我的雇主說，被我驚嚇的樣子惹得大笑。『那只是我的英國獒犬卡羅。我說牠是我的，但實際上只有馬夫老托勒對付得了牠。我們一天只餵牠一次，而且不會餵很多，這樣牠才能總是像芥末一樣毒辣。托勒每天晚上都把牠放出去，上帝保佑那些撞上牠獠牙的入侵者。所以看在上帝的分上，你不論出於任何理由，都不要在晚上跨過門檻半步，不然你這條命就一文不值了。

「這個警告不是鬧著玩的，因為就在兩天後的晚上，我碰巧在凌晨兩點左右從臥室的窗口往外看去。當晚的月光很美，房子前面的草坪被染成了銀色，幾乎和白晝一樣明亮。當我站在窗前，為這寧靜的美景陶醉不已時，注意到有什麼東西在那些銅色山毛櫸的樹蔭下移動，當牠終於在月光下現身，我也看清牠究竟是什麼。那是一隻非常大的狗，就像一頭小牛，黃褐色，嘴皮垂著，黑色的吻部和巨大突出的骨架。牠緩步穿越草坪，直到消失在另一頭的陰影中。這位恐怖的守衛令我打心底起了寒顫，那是任何竊賊都不敢越雷池一步的原因。

「現在，我還有一段非常奇怪的經歷要告訴你。你也知道我是在倫敦把頭髮剪短的，我把剪下來的頭髮盤成一大圈，壓在旅行箱的底部。一天晚上，在孩子睡著後，我開始藉著檢視房裡的傢俱和重新整理我的一些小東西來打發時間。房裡有個帶抽屜的舊衣櫃，上頭的兩層抽屜可以打開而且空的，最下面那層則上了鎖。我把衣物填滿了上面兩個抽屜，但還有很多東西要放，因此對不能使用第三層抽屜自然有些惱火。這時我忽然想到，也許它可能只是不經意被鎖上的，於是我拿了鑰匙串試圖打開它，而正巧第一把鑰匙就解鎖了，我拉開抽屜，裡頭只有一樣東西，而我相信你絕對猜不到，是我的那圈頭髮。

「我把它拿起來檢視，它有著一樣的特殊色澤和一樣的粗細，這完全不可能的事卻硬生生就在眼前發生了。我的頭髮怎麼會被鎖在這個抽屜裡？我用顫抖的手打開旅行箱，把裡頭的東西都翻出來，從箱底抽出我自己的頭髮。我把兩束頭髮放在一起，我可以向你保證，它們是一模一樣的，這不是非常奇怪嗎？我自然非常困惑，但完全想不出任何合理的解釋。我把那束奇怪的頭髮放回抽屜裡，一點也沒對盧卡斯爾夫婦提起這事，因為我覺得打開他們鎖上的抽屜是不對的。

「我天生就很會觀察，你可能也注意到這一點了，福爾摩斯先生，因此我很快就在腦海中搞清楚整棟房子的格局。而這棟房子其中一側的廂房看起來完全無人居住，托勒夫婦住處正對的一扇門直通這一側的廂房，但它始終是上鎖的。然而有一天，當我上樓時，遇上盧卡斯爾先生正從這扇門出來，他手裡拿著鑰匙，臉上的表情和我所熟悉的那個圓胖、快活的人判若兩人。他氣得臉色漲紅、眉頭糾結，太陽穴則在激動之下凸起青筋。他鎖上了門，匆匆從我身邊走過，一語不發，也沒有看我一眼。

「這引起了我的好奇心，所以當我帶著孩子到屋外的空曠地散步時，我故意蹓躂到房子的另一側，從那裡我可以看到這一部分的窗子。那裡有一排四扇窗，其中三扇只是單純很髒而已，但第四扇窗則被護窗板封死了，所有這些窗子顯然都已經廢棄。當我來回走晃，偶爾瞥它們一眼時，盧卡斯爾先生從屋裡出來並往我這邊走，看起來就和往常一樣愉快且友善。
「『嘿！』他說，『如果我一聲不吭地從你身邊走過去，請千萬不要認為我粗魯無禮，親愛的年輕女士，我正專心想著生意上的事呢。』
「我向他保證我沒有受到冒犯。『對了，』我說，『樓上似乎有一整套空置的房間，其中一間還用護窗板封死了。』
「他看起來有些吃驚，而且在我看來，是被我的言論嚇了一跳。
「『攝影是我的愛好之一，』他說，『我把那裡布置成暗房。但是，我的天！我們遇上了一位多麼擅長觀察的年輕女士。有誰相信呢？有誰相信呢？』他用開玩笑的語氣說著，但他看著我的眼神可沒有半點玩笑，我在他的眼中讀到懷疑和惱怒，但就是沒有任何玩笑。
「就這樣，福爾摩斯先生，當我意識到那套廂房裡藏著我不知道的東西，從那一刻起，我便急切地想搞清楚那是什麼。那不光是好奇心而已，雖然我或多或少帶有這樣的心態，但那更像是一種責任感，一種我若滲透這個地方，或許可以帶來一些好事的感覺。人們總愛談論女人的直覺；也許正是女人的直覺給了我這樣的感覺。無論如何，這種感覺清清楚楚的，這使我急著尋找一切機會，可以通過那扇被禁止進入的門。
「一直到昨天，我才等來了機會。我可以告訴你，不只盧卡斯爾先生，托勒和他妻子也都會到那些空置的房間裡不知忙些什麼，我就曾見過他帶著一個黑色大布袋從門裡出來。最近他酗酒酗得凶，昨天晚上尤其喝得酩酊大醉；我上樓時，看見鑰匙仍插在門上，我毫不懷疑是他把鑰匙留在那裡的。當時，盧卡斯爾先生和夫人都在樓下，孩子也和他們在一起，因此我有了絕佳的機會，我輕輕轉動門鎖裡的鑰匙，打開門，溜了進去。

「在我眼前是一條狹小的過道，既沒糊壁紙，也沒鋪地毯，在遠端的盡頭是一個直角的轉彎，繞過這個拐角後是三扇並排的門，其中第一扇和第三扇門敞開著，門後的房間都是空的，昏暗的房裡就只有灰塵而已，其中一間有兩扇窗，另一間則只有一扇，窗上積著厚厚的灰塵，讓透過它們照進來的餘暉益發幽暗。中間那扇門是關著的，外頭橫擋著一根鐵床上拆下來的粗鐵桿，鐵桿的一端用掛鎖鎖在牆上的一個鐵環上，另一端則用結實的繩索固定住。門本身也上了鎖，沒有看到鑰匙。這扇被封鎖的門後頭的房間，很顯然就是從屋外看到用護窗板封住窗戶的那一間，由門下透出的微光，可以看出房裡並不暗，顯然，房裡有天窗能讓光線從上方照進來。當我站在過道裡凝視著那扇不祥的門，想知道它藏著什麼樣的祕密時，忽然聽到房裡響起了腳步聲，從門下透出昏暗光線的細縫中，我看到一個人影來來回回走動。這幅景象讓我心中油然升起一種狂亂、沒來由的恐懼，福爾摩斯先生，過度緊繃的神經出賣了我，我轉身就跑，好像有一隻駭人的手在後頭要抓住我的裙襬似的，我衝出過道，穿過門，直接和等在門外的盧卡斯爾先生撞了個滿懷。

「『所以，』他微笑著說，『果然是你，當我看到門開著的時候，就猜到是怎麼回事了。』

「『噢，我要嚇死了！』我氣喘吁吁著說。

「『我親愛的年輕女士！我親愛的年輕女士！』你無法想像他的態度有多親切和有多安撫人心。『什麼東西把你嚇成這樣子，我親愛的年輕女士？』

「但他的語氣有點過於哄騙了，他偽裝得過了頭，這立刻引起我的戒心。

「『我蠢到不小心走進了空的廂房，』我回答，『但裡頭太昏暗了，讓它顯得那麼安靜和詭異，我嚇到立刻就跑出來。噢，它安靜得好嚇人啊！』

「『只有這樣嗎？』他說，銳利地看著我。

「『怎麼了，你為什麼會這麼想？』我問。

「『你想我為什麼要鎖上這道門？』

「『我不知道。』

「『就是為了防止不相關的人進去，這樣你明白了嗎？』他仍以最和藹可親的模樣微笑著。

「『如果早知道是這樣，我一定……』

「『好吧，那麼，現在你知道了。如果你再跨過那個門檻一步，』他說到這裡，微笑瞬間變得冷酷，轉為發怒的冷笑，用凶神惡煞的表情俯視著我。『我就把你丟給那隻獒犬。』

「我當下太害怕，不曉得自己做了什麼，我猜八成是從他身邊衝過去，逃回房間，我什麼都記不得了，直到我發現自己渾身顫抖地躺在床上。然後我想到了你，福爾摩斯先生，再得不到任何建議，那個地方我是待不下去的。我害怕那棟房子，那個男人，那個女人，那兩個傭人，甚至那個孩子，他們全都令我感到害怕，如果我能把你請去那裡就好了。當然，我大可以直接從那棟房子逃走，但我的好奇心幾乎和恐懼一樣強烈，我很快就下定決心要打電報給你。我戴上帽子、披上大衣，去了房子大約半哩外的電報局，在回程中路上感到輕鬆不少，但當我走到大門前時，恐懼和疑慮又襲上了心頭，害怕那隻大狗已經被放出來了，但我記得托勒那天晚上喝到不省人事，而我知道他是整個屋子唯一能對付那頭野蠻生物的人，應該不會還有誰敢冒險去放牠出來。我安然溜進屋子，一想到馬上就要見到你了，我開心得大半個晚上都睡不著覺，到今天早上，我沒有任何困難地就請好了假來到溫徹斯特，只是必須在三點前回去，因為盧卡斯爾先生和夫人要外出訪友，整個晚上都不在家，所以我得照顧孩子。

現在，我已經把整場冒險經歷都告訴你了，福爾摩斯先生，我會樂於聽到你告訴我這一切究竟意味著什麼，以及更重要的是，我該怎麼做。」

福爾摩斯和我出了神地聽著這個非比尋常的故事。我朋友站起來，在房間裡來回踱步，雙手插在口袋，臉上的表情極度嚴肅。

「托勒還沒酒醒嗎？」他問道。

「是的，我聽到他妻子告訴盧卡斯爾夫人，說她拿他一點辦法都沒有。」

「那很好。然後盧卡斯爾夫婦今晚會出門？」

「是的。」

「那裡有沒有可以牢牢上鎖的地窖？」

「有的，酒窖就是。」

「從你在這件事的種種表現看來，你是一位非常勇敢和機智的女孩，杭特小姐，你覺得自己還能多做一件英勇的壯舉嗎？若我不認為你是個非常傑出的女性，就不會向你提出這種要求了。」

「我願意試。你要我做什麼？」

「我朋友和我會在七點到達銅山毛櫸，到那時候，盧卡斯爾夫婦已經出門了，至於托勒，我們姑且希望他還沒酒醒，這樣就只剩下托勒太太了，她可能會報警。如果你能找件差事騙她到酒窖，並把她鎖在裡頭，會讓整件事變得容易得多。」

「我會這麼做的。」

「太好了！這樣我們就能徹底搞清楚整件事了。當然，這其中只有一個說得通的解釋，那就是你是被雇用去冒充某人的，而此人就被囚禁在那個房間裡，這是明擺著的事實。至於被囚禁的是誰，我毫不懷疑是他們的女兒，愛麗絲．盧卡斯爾小姐，若我沒記錯的話，據說她是到美國去了。無疑地，他們挑上你是因為你的身高、體型和髮色都很像她。她有可能因為大病一場而把頭髮剪掉，基於這個緣故，你的頭髮當然也得被犧牲，碰巧的是，你偶然間發現了她剪下來的頭髮。至於公路上的那個男人則肯定是她的某個朋友，甚至可能是她的未婚夫，同樣肯定的是，你穿著那女孩的衣服，而且跟女孩又那麼相像，每當他看到你時，從你的大笑，以及後面揮手要趕他走的模樣，令他深信盧卡斯爾小姐過得非常快樂，同時不再需要他的關愛。晚上放狗出去則意在防止他想方設法與她聯絡，這些事實都很清楚，而本案最嚴重的一點就是那孩子的性情。」

「這到底和他有什麼關係？」我忍不住叫出來。

「我親愛的華生，做為一名醫生，你可以透過不斷研究父母得知孩子可能會成為什麼樣的人，難道你不明白倒過來也有完全一樣的效果。我經常以研究孩子為深入了解其父母內在真正性格的第一步。這孩子的性格不尋常的殘酷，而且是為了殘酷而殘酷，這種性格無論是如我懷疑的那般，遺傳自他那微笑的父親，還是從他母親那裡來的，這對於還落在他們掌握中的可憐女孩來說都不是一件好事。」

「我相信你是對的，福爾摩斯先生，」我們的客戶叫道，「現在我想起的事愈來愈多了，我相信你說得完全正確。哦，讓我們一刻也別耽擱，去幫助那可憐人吧。」

「我們得小心行事，畢竟我們正對付著一個狡猾的人。在七點前，我們什麼也做不了，到時候，我們會到你那裡去，用不了多久就能解開謎團。」

我們信守承諾，在七點準時到了銅山毛櫸，把雙輪馬車停在路邊的酒吧。那裡生長著一叢樹木，它們的深色葉子在夕陽下像拋光金屬一樣閃耀，即使沒有杭特小姐站在門階前微笑，也夠讓我們認出那就是我們要去的房子。

「你辦到了嗎？」福爾摩斯問。

響亮的撞擊聲從樓下某個地方傳來。「那是酒窖裡的托勒太太，」她說，「她丈夫正躺在廚房的地毯上打鼾，這是他的鑰匙串，是從盧卡斯爾先生的鑰匙串複製的。」

「你實在做得很好！」福爾摩斯熱切地叫道，「現在帶路吧，我們就要知道這樁見不得人的事會怎麼結束了。」

我們上了樓梯，開了門鎖，沿著門後的通道往裡走，直至來到杭特小姐提過的那扇上鎖的門前。福爾摩斯割斷繩索，移開橫放的鐵桿，接著他把那串鑰匙試過一遍，但都沒辦法成功打開那道鎖。門裡沒有任何聲音傳出來，在這一片寂靜中，福爾摩斯臉上的表情沉了下來。

「我確信我們沒有來遲，」他說，「我想，杭特小姐，你最好還是別跟著我們進去。現在，華生，用你的肩膀頂著門，看看我們能否撞開門進去。」

那扇門老舊且搖搖欲墜，被我們合力一撞就撞開了。我們一起衝進去，但眼前的房間空空如也，只有一張簡陋的小床、一張小桌和一籃子衣物，此外就沒有其他陳設了，上頭的天窗則大敞著，被囚禁的人已經不見了。

「有誰在這幹了邪惡的勾當，」福爾摩斯說，「這傢伙猜到杭特小姐的打算，搶先一步把他的受害者移走了。」

「但要怎麼移走？」

「從天窗。我們很快就會知道他是怎麼做的。」他一個擺盪上了屋頂。「哦，是的，」他喊道，「這裡是一道輕便長梯子的頂端，就靠在屋簷邊，他就是這麼做的。」

「但這不可能，」杭特小姐說，「盧卡斯爾夫婦出門時，還沒看到這道梯子。」

「他又折回來這麼做的，我說過他是個聰明而危險的人。我現在聽到有人正要上樓來，若說來者就是他，我也不會感到太訝異。我想，華生，你最好也把手槍準備好。」

他話聲未落，一個人已經出現在房門口，那是一個非常肥胖和魁梧的人，手裡拎著一根沉重的棍子。杭特小姐一看到他就尖叫起來，瑟縮到牆邊，但福爾摩斯一箭步上前與他對峙。

「你這惡棍！」他說，「你的女兒到哪裡去了？」

那胖子四下打量一圈，接著抬眼看見了打開的天窗。

「這問題應該由我來問你們，」他尖叫道，「你們這些賊！刺探的傢伙和賊！這下我可牢牢逮住你們了，是吧？你們現在都在我的掌控中，再來有你們好受的！」他轉過身，以最快的速度踩著響亮的腳步聲衝下樓去了。

「他要去放狗！」杭特小姐叫道。

「我帶著我的左輪。」我說。

「最好把前門關上。」福爾摩斯喊道，於是我們一起衝下樓梯，還沒到大廳，就聽到獵犬的吠叫聲，然後是痛苦的尖叫和恐怖的撕咬聲，聽起來令人毛骨悚然。一名滿臉通紅的老人揮舞著手臂，從邊門跌跌撞撞衝出來。

「我的天！」他叫道，「誰把狗放出來，牠有兩天沒餵了。快，快，否則就來不及了！」

福爾摩斯和我衝出去，繞過屋角，托勒緊緊跟在後頭。只見那是頭巨大、餓壞了的畜牲，牠黑色的嘴吻埋進盧卡斯爾的咽喉，而他則被摁在地上痛苦掙扎著尖叫。我奔上前去，一槍轟得牠腦袋開花，牠倒下去時，又尖又白的牙齒仍咬著他脖子上肥大的褶痕。我們費了很大的勁才把他們一人一狗分開，把還活著、但被撕咬得血肉模糊的盧卡斯爾抬進屋子，放在起居室的沙發上，並差遣酒醒的托勒去通知他妻子，我則盡力為他止痛。當我們全都圍在他身邊時，門被推開，一名高大、憔悴的女人走進來。

「托勒太太！」杭特小姐叫道。

「是的，小姐，盧卡斯爾先生回來後，在去找你之前先把我放出來了。噢，小姐，真可惜你不讓我知道你在計畫些什麼，不然我就能早點告訴你，你這是在白費力氣。」

「哈！」福爾摩斯敏銳地看著她說道，「顯然地，托勒太太比誰都更了解這件事。」

「是的，先生，我的確是這樣，而且也準備好要把我知道的一切都說出來。」

「那麼請坐，讓我們聽聽看，因為我必須承認，這件事我仍有幾處沒弄清楚。」

「我這就向你們說明整件事，」她說，「如果我能快點從地窖裡出來的話，本可以更早就這麼做的。若這件事當真鬧到了治安法庭，請記住我是站在你們這邊的，同時我也是愛麗絲小姐的朋友。

「自從她父親再婚後，愛麗絲小姐在家裡就不快樂。她受到漠視，任何事情都沒發言權，但直到她在朋友家遇到富勒先生，狀況才真正一發不可收拾。就我所聽到的一切，根據遺囑，愛麗絲小姐有權支配自己的財產，但她是那麼沉默和忍讓的一個人，以至於她對此一個字都沒提過，只把一切都交給盧卡斯爾先生支配。盧卡斯爾先生知道只有他女兒一個人的話，他可以安穩地控制一切；但一旦多了個丈夫摻和進來，對方一定會要求法律賦予的權利，因此他認為是時候阻止這一切了。他要她簽署一份文件，無論她結婚與否，他都可以動用她的錢，當她不肯簽字，他便一直折磨並脅迫她，直到她得了腦炎，有六個星期的時間都性命垂危，等到她的病情終於好轉，人已經瘦得看不出原樣，連原本美麗的頭髮都剪掉了；但這些都沒有動搖富勒先生分毫，他對她竭盡了一個男人的所有忠誠。」

「啊，」福爾摩斯說，「我認為在你好心告訴我們這一切後，事情已經很清楚了，剩下的事情我可以推斷得出來，我猜盧卡斯爾先生為此採用了監禁的手段？」

「是的，先生。」

「把杭特小姐從倫敦請過來，好擺脫富勒先生招人煩的糾纏。」

「就是這樣，先生。」

「但富勒先生是個堅持不懈的人，就像一名優秀的水手應當要表現出來的那樣，他堵在房子外頭，並在遇到你後，透過某些手段，用金錢或其他條件成功地說服了你，讓你相信你們倆利益一致。」

「富勒先生是一位說話很和善、出手大方的紳士。」托勒太太沉靜地說。

「他也透過這種方式讓你的好男人不愁沒酒喝，並等你的主人前腳才踏出門，就立刻把梯子準備好。」

「你說對了，先生，事情和你說得完全一樣。」

「我想我們欠你一個道歉，托勒太太，」福爾摩斯說，「因為你確確實實釐清了困擾我們的一切。現在鄉間的外科醫生和盧卡斯爾夫人要來了，因此我想，華生，我們最好護送杭特小姐回溫徹斯特去，因為在我看來，我們現在立足在此的合法性大有問題。」

如此，在那幢門前長著銅色山毛櫸的不祥房子發生的謎案解決了。盧卡斯爾先生保住一命，但從此成了廢人，得由對他忠貞不移的妻子照料，才得以苟活下去，他們依然和老傭人住在一起，可能是這兩人對過去知道得太多了，令盧卡斯爾先生難以擺脫他們。富勒先生和盧卡斯爾小姐在南安普敦以特許結婚證成了婚，那是他們逃出去後第二天的事，富勒先生現在則被政府派到模里西斯島任職。說到維奧萊特．杭特小姐，我朋友福爾摩斯實在令我很失望，當她不再是他案件的中心人物，他也就不再對她表現出興趣了，而她如今是瓦索耳一所私立學校的校長，我相信她在那裡的事業是相當成功的。

福爾摩斯冒險史

作　　者——柯南・道爾（Conan Doyle）
譯　　者——謝海盟
責任編輯——王曉瑩

發 行 人——蘇拾平
總 編 輯——蘇拾平
編 輯 部——王曉瑩、曾志傑
行 銷 部——黃羿潔
業 務 部——王綬晨、邱紹溢、劉文雅
出　　版——本事出版
發　　行——大雁出版基地
新北市新店區北新路三段207-3號5樓
電話：(02) 8913-1005　傳真：(02) 8913-1056
E-mail：andbooks@andbooks.com.tw
劃撥帳號—— 19983379　戶名：大雁文化事業股份有限公司

封面設計——楊啟巽工作室
內頁排版——陳瑜安工作室
印　　刷——上晴彩色印刷製版有限公司
●2025年06月初版
定價480元

ISBN 978-626-7465-65-3

國家圖書館出版品預行編目資料

福爾摩斯冒險史
柯南・道爾（Conan Doyle）／著　謝海盟／譯
---. 初版. — 新北市；本事出版：大雁出版基地發行, 2025. 06
面　；　公分. –
譯自：The adventures of Sherlock Holmes

ISBN 978-626-7465-65-3（平裝）

873.57　　114003617